因为爱上你，我才成为我

爱喝水 —— 著

Ai He Shui
Works

北京联合出版公司
Beijing United Publishing Co.,Ltd.

图书在版编目（CIP）数据

因为爱上你，我才成为我 / 爱喝水著 . -- 北京：北京联合出版公司，2017.5

ISBN 978-7-5596-0052-3

Ⅰ . ①因… Ⅱ . ①爱… Ⅲ . ①长篇小说－中国－当代 Ⅳ . ① I247.5

中国版本图书馆 CIP 数据核字（2017）第 068026 号

因为爱上你，我才成为我

作　　者：爱喝水
出 品 人：唐学雷
责任编辑：喻　静
装帧设计：粉粉猫

北京联合出版公司出版
（北京市西城区德外大街83号楼9层　100088）
北京联合天畅发行公司发行
北京京都六环印刷厂　新华书店经销
字数：235 千字　889 mm × 1194 mm　1/32　印张：9.5
2017 年 5 月第 1 版　2017 年 5 月第 1 次印刷
ISBN 978-7-5596-0052-3
定价：36.00 元

未经许可，不得以任何方式复制或抄袭本书部分或全部内容
版权所有，侵权必究
如发现图书质量问题，可联系调换。质量投诉电话：010-68210805　64243832

目录

Chapter 1　失婚与失恋 * 001

Chapter 2　生活大不同 * 019

Chapter 3　机会掌握在"脸皮厚"者手中 * 039

Chapter 4　情人还是得不到的好 * 059

Chapter 5　人有多美，就有多作 * 077

Chapter 6　你要的周到而温暖，这个社会给不了 * 095

Chapter 7　你欠矜贵，但坚强争气 * 111

Chapter 8　人前风光，人后受罪 * 131

Chapter 9　摇摇欲坠的友情 * 149

Chapter 10　互相煎熬，互相伤害 * 167

Chapter 11　关于爱，我们还懂得太少 * 183

Chapter 12　无法弥补的过错 * 203

Chapter 13　放弃远方，依然输给眼前的苟且 * 223

Chapter 14　他在灯火阑珊处 * 241

Chapter 15　如梦如幻月的旅途 * 259

Chapter 16　若即若离花的等待 * 277

尾声　安佳佳的日记节选 * 295

Chapter 1
失婚与失恋

　　我得谢谢他,如今我不单单是女斗士,还拜他所赐,即将荣升为女"剩"斗士!
　　我不难过,因为我失去的,也是他失去的。

1

林媚离婚了，婚龄享年三个月。

她大包小包，光鲜亮丽地出现在我面前时，我正坐在油腻腻的大排档前，嗫着油腻腻的香辣田螺。

"姐姐我这回终于解脱了，这三个月过得简直像这辈子一样长！"将精美的名牌纸袋随手一扔，她端起我的啤酒喝了两口。

"你说，我以前怎么没发现和他在一起生活那么难呢？半夜不睡，早上不起，每天叫他起床，比我自己叫床还累。三天不洗澡，也敢把老娘一件一件用手搓的衣服往自己身上穿！我一骂，就跟我卖萌，'哎哟，老婆宝贝，我最爱你了，亲一个，亲一个。'亲亲亲……亲个屁，到底是卖萌，还是卖傻啊！这些都不算什么，我最最受不了他吃饭吧唧嘴，在家里也就算了，在外面，那不是给我丢人现眼吗，整得像多少年没进过馆子似的……对对对，那小家子样和你现在一模一样……"

我挑起眼皮看向口沫横飞的林媚，将刚嗫出来的肥美螺肉"嗞溜"一声狠狠吸进嘴里，摘掉沾满红油的塑料手套，又替自己倒上一杯冰啤喝掉半杯，才慢条斯理地说："当年你们海誓山盟，满校园秀恩爱的时候,怎么没见你对他嫌这嫌那?"

"那是我被五光十色的爱情闪瞎了眼!我算明白了,婚姻绝对是毁灭爱情、洞穿男人本性的不二利器。连我自己都纳闷,怎么找了个哪儿哪儿都膈应的男人结婚呢?"

一杯啤酒下肚,林媚的面颊上晕染开艳丽绯色。婚姻会不会毁灭爱情,我无从考证,但足以将我面前这位打击成个尖酸刻薄的怨妇,令我一时忘记她曾是我们学院最美丽动人的院花。

"我告诉你,领证那天,我们在民政局走错地儿了,先奔离婚办公室转了一圈。现在一琢磨,这一定是当时命运对我的暗示!暗示我的婚姻终将以失败告终!"

如果走错门能暗示一段婚姻的失败,那三个月前在她婚礼上,我脚蹬十寸高跟,冒着当众摔跤出丑的危险,艰难战胜数名恨嫁女人,抢到的那一束新娘捧花,也一定是对我的爱情的最大讽刺。

林媚又喝干第二杯酒,抹抹嘴:"为什么民政局非得把俩办公室弄一块儿呢?是不是告诉我们,婚姻都没有好结果,出了这门,早晚还得进那个门?"

我点点头:"是啊,你想离婚,必须得先结婚。"

她捻起漂亮的彩绘指甲,往脚边的名牌纸袋上一指:"我今天把结婚收的彩礼钱全花光了,两个字,痛快!想买什么就买什么,眼睛都不眨,随我尽情挥霍。"又把名牌包往油腻腻的桌上一扣,戳着上面像手铐一样的巨大暗纹logo,说:"瞧见没,这一小块是你的份子钱。来,摸摸,感受一下女人的虚荣心。"

如此昂贵的虚荣心,我可没有勇气摸,和她干掉剩下的半杯啤酒,默默地戴回塑料手套,吃起我的香辣田螺。

"这钱本来是攒着去马尔代夫的,去潜水,去海钓,去住水上屋,去享受人间天堂的阳光沙滩,现在全没了,全没了……"

林媚潇洒仰头,将又一杯啤酒喝尽,拿开酒杯已是泪流满面。她扑过来,一把抱住我,整张脸埋进我颈窝,像是不愿让我瞧见她此刻因哀伤而变得狼狈的样子。

"前天我们从民政局走出来,你知道我看见什么了吗?我看见他长舒一口气,像庆幸终于摆脱了我一样,如释重负地长长舒了口气。他妈的,该舒口气的应该是老娘我才对,他凭什么觉得这么痛快,凭什么……呜呜呜……"

我被她搂着,僵硬地高举双手以免碰到她一身的名牌,任由她的眼泪濡湿我的T恤,什么也没说。

就在几天前,我也失恋了。

周志齐不声不响考上老家的公务员,离开前夕才对我坦白,说我们这样的外地人,在这座城市不吃不喝打拼一辈子,也不见得能买得起房子。没有希望,没有未来,不如分手,给彼此一个重新来过的机会。

我当时彻底听蒙了,愣过几秒,嘴就像上了机油一样,高速运转。我问他为什么不干脆再晚一点告诉我,几年后,领着孩子到我面前,得意扬扬地说,儿子,叫阿姨。然后惺惺作态地关心我,问我过得好不好?我势必要感激涕零地谢谢他,谢谢他当初给了我重新做人的机会,张罗着送面锦旗,赠他四个大字——"再生父母"!

分手就分手,何必拿些冠冕堂皇的理由敷衍我。不要指着我被甩了,还记得他的好,记得他最后的无私和善解人意。

有时候,婚姻和恋情的失败,不是输给出轨和小三,而是输给了我们自己,输给了曾坚信全世界我们最懂的那个人。

林媚依然在哭,我却无动于衷,麻木地听着她喃喃自语:"这两天我根本不敢回家,一进家门看到的全是他的影子,挥都挥不去。回爸妈家,我还得琢磨着怎么骗他们,怎么挑个合适的机会,告诉他们我离婚了。我真的好累。"

是啊,我也好累。

至少她还可以躲回父母的怀抱,而我却离父母太远,想找个可以遮风避雨的港湾都没有。

身在异乡,一场短暂到来不及心痛的分手之后,我还得手捧半月工资,点头哈腰去孝敬我的房东。时不时担心会传来加租的噩耗,或者打开房门时,看到他冷脸一张,请我尽快搬走,腾地儿给他新的房客。

我不坚强,只是不想和林媚一起当街抱头痛哭,弄得像一对同病相怜的苦命姐妹花儿。

隔壁桌来了群年轻人,一水的男性,个个神采飞扬,笑容满面,正能量过剩。其中一个长相敦厚的男人,手指着马路对面我们学校的后门,感慨万千地说:"那是三年前我第一次遇见她的地方,你们别不信,我对她真是一见钟情,只用一眼就认定这辈子非她不娶。没想到,她昨天终于答应我的求婚了!"

煽情肉麻的话一出口,他的朋友们开始集体躁动,纷纷冲他举起酒瓶。我隐约听见,什么祝你持证上床、合法行房,什么过几天婚礼别整得这么恶心、让人食不下咽,什么终结孤单、告别单身生活值得纪念……

想必这是一场给准新郎准备的婚前单身聚会。

我以为哭得早已两耳不闻身边事的林媚突然梦醒,紧紧攀住我的胳膊,怨恨地道:"去,你去告诉那傻帽,别头脑发热踏进婚姻的陷阱,小心死无葬身之地!"

一语惊人,我直想拿红油手套捂她的嘴:"你喝醉了,别人结婚关你什么事。"

"你不去,我去!我要让他看看以身犯险的傻帽,就是现在我这副德行,提醒他警钟长鸣!"

林媚说着摇摇晃晃站起来,顺手拎起空酒瓶,目露凶光,杀气毕现。好像待婚待嫁人士在她眼里,都是些冥顽不灵,需要用力敲打的笨蛋。

可拿酒瓶敲打,真不是开玩笑,是会闹出人命的!

忙将她按回原位,我夺过酒瓶,无奈妥协:"行行行,您老歇着,我去。劝他迷途知返是吧,交给我。"

林媚目送我蹭到一群人身后,他们说说笑笑,酒兴正浓,根本没注意到我手抱酒瓶、满脸愁容地站在后面。我回头望了望林媚,她小粉拳一挥,不知是给我加油,还是见我缺乏执行力,准备亲自出马,顺带亲自动手。

心下一横,我硬塞进俩男的中间坐下,高举酒瓶,对敦厚男说:"哥们儿,祝你新婚幸福,白头偕老!"

敦厚男是真开心,也不管我是谁,豪爽地端起酒杯:"谢谢!"

"安佳佳!"

背后林媚平地炸雷,我吓得一个激灵,摸起手边的酒杯喝得一滴不剩,咬牙挤出比哭还难看的笑容:"结婚好啊!从此以后,一个人的钱两个人花,两个人的父母一个人养。吃饭有人和你抢菜,睡觉有人和你争被,开车有人免费用第六感当你的GPS,连手机里的短信,也有人不辞辛劳地替你过滤删除。有了她,你一个自己手机号都记不住的人,准确地记住了情人节、七夕节、她的生日、岳父岳母的生日、你们的结婚纪念日。有了她,你还能练就一心二用的好本领,边看电视边听她聊同事八卦,边打游戏边帮她支付淘宝账单,边偷瞄美女边面不改心不跳地对她说,老婆你最瘦最美!"

口吐莲花到这儿，在座的各位基本处于半呆滞状态，快口吐白沫了。回头接收到林媚蒙眬醉眼中的鼓励之色，请身旁的人再满上一杯酒，我继续神侃："当然，她不可能十全十美，不时会被一些俗称'雌性激素'，也叫'不可理喻的心情不佳'激素左右。"我又故意埋下头，压低声音。

"我后面那位看见没有……欸，别，别着急回头。她现在正处于雌性激素活跃期，出现严重的自我否定症状，疯狂购物和喝酒买醉已经不能治愈她了。作为她的闺蜜，我必须要做点什么。你们能不能帮个忙，一起用赞赏崇敬的目光看看她，然后对着她比个大拇指，给她点鼓励，让她重燃自信，好吗？哥儿几个，拜托啦！"

我这碗心灵鸡汤药效有点猛，所有人中邪似的恍惚片刻，都不由自主地听话照办，大拇指竖得一个赛一个高。那边的林媚一愣，眨着仍不明所以的大眼睛，喜上眉梢。

带着成功愚弄众人的一点点得意忘形，我收回视线，口干舌燥，发现端起的杯子里没有酒，下意识地看向身边的男人。长得不错，好像也是在场唯一一个没被我侃晕的人，正托着腮帮子上下打量我，探究的眼神值得回味。

被人瞧两眼又不会掉层皮，我很无所谓地勾起酒瓶准备给自己满上，这位仁兄说话了。

"失恋了吧？"

我一顿，差点顺势点头，不自觉地摸了摸自己的脸，有那么明显吗？

"只有失恋的女人才会浑身散发出一股子霉味，说话怨毒，看哪个男人都跟自己的前男友一样，恨不得先除之而后快。"

小子嘴挺毒，我也不甘示弱："一个男人能这么了解女人，通常只有两种可能,要么阅女无数,经验丰富,要么他心里根本就住着个女人。不知道阁下属于哪一种呢?"

"我是哪一种不重要。重要的是,你一定属于被男人一脚踹了的那一种。"

"你……"

"别激动。"对我的怒目相向,他懒洋洋地一笑了之,越发随性:"你是不是以为刚才你说的那些个女人的毛病,你全没有,所以自我感觉非常良好。抱定自己的爱情必将天长地久的信念,以至于被甩了,还觉得特难以置信,憋屈不值?放心,这绝对是你人性的闪光点,现如今像你这样冒着傻气儿的女人,实在是不多了。"

我这辈子从来没觉得哪个陌生人会如此面目可憎,不仅恶毒,而且字字戳中我的要害。回首过去几年的恋爱时光,我的确曾无数次在周志齐面前,用坚强独立、懂事明理等词汇美化自己。试图暗示周志齐,我这样的中国好女友,百年不遇,千载难逢,你小子赚到了。临到头,分手拜拜,只换来周志齐听似苦口婆心的一句话——

"佳佳,你以后别在男人面前把自己武装成刀枪不入的女斗士,好吗?"

我得谢谢他,如今我不单单是女斗士,还拜他所赐,即将荣升为女"剩"斗士!

话不投机,我和毒舌男没什么好说的,回报他个宽宏大量的笑容,起身走人。至此一见,永不相逢,就算你是料事如神的算命先生,我也有权利不找你卜卦测字不是?

2

我觉得，国家应该为失婚失恋的人设立法定假期，给他们充足的时间修复情伤，振作起来，重新走回工作岗位。不然，就得像我现在这样，无精打采，消极怠工。

房屋中介这个工作我干了三年，耗光热情之后，基本只能靠职业操守和意志品质支撑自己。每天的工作，无非是从上级手里接过各种方法获取的业主名单，逐个电话骚扰，寻找可能的房源。或者，在各大小区门前的房源信息板蹲着，伺机而动，力求不放过任何一个潜在客户。

不过，今天我打着收集网上房源信息的幌子，坐在电脑前无聊地翻看网页，什么心情也没有。接到客户黄大妈的电话之后，心情更是彻底绝望。

黄大妈这样五十岁出头的退休女性，是我们这行最忌惮的客户群体。在看尽人世百态的她们眼里，天下众生无不长着张"玩命算计人"的脸，她们得小心，得提防，得反算计。什么事儿落她们手里，都能演变成一出类似"宫斗"的大戏。所以她们看《甄嬛传》时，总能做出高屋建瓴的判断：瞧，我早说这女的是最坏的吧，眼睛里就透着股邪气。

黄大妈盘算着给即将学成归国的独生儿子买套大户型。她打算全款购房写自己名，一来可以给儿子谈女朋友增加软实力，二来将来谈婚论嫁，也可以以此为资本，要求女方家出钱买车。哪怕将来儿子一不小心离婚了，房子还是自己的。房子是不动产，只会升值，车子是消耗品，越开越不值钱。

黄大妈对未来儿媳妇都如此精明，何况是对我这个不怎么敬业的房屋中介。我跟了她小半年，推荐的房源不下百套，前前后后看过的房子也有四五十套，没一套她中意的，或多或少都能挑出些瑕疵。评头论足起来像极了挑剔后宫佳丽眼小腿粗的皇上她妈，所以私下里，我都称她"黄太后"。

今儿这套房子是真不错，坐北朝南的中间楼层。小区交通便利闹中取静，装修简洁通透。房东刚把房装修好，赶上工作变动不得不出手，要价也算合情合理。

窝在舒适的布艺沙发里，午后温暖的阳光带着微尘洒落一地，很难不让人产生"家"的错觉。我不由自主地闭上眼，脑海中闪现出周志齐那张无耻的嘴脸。

说同甘共苦，携手创造幸福小家的人是他，说再努力也找不到归属感，再辛苦也买不起房的人也是他。我每天挣着一块地板砖的钱，眼巴巴看着一套套中意的房子找到各自的主人，仍旧憧憬着，希望有一天，周志齐将一把闪亮的钥匙递到我手中，开启一扇房门来迎接我这个女主人。

真不知道该骂自己太执着梦想，还是该赞赏周志齐懂得对现实妥协。

"哟，闺女，这是怎么了？脸色不太好，不舒服？"

从卧室走出来的黄太后坐到我身边，摸了摸我的额头。小半年的时间足够我们彼此相熟，我笑着摇摇头，问："黄阿姨，这房子如何？您要是相中了，我再找房东杀杀价。他急着出手，价钱好谈。"

"房子是不错……"黄大妈环顾客厅一周，面带忧虑："这刚装修，辐射啊、甲醛啊肯定不小，你能不能找个专业机构做做鉴定。费用嘛，应该房东出比较合适。"

"您老又不着急搬进来，再过两三个月，什么有害物质都挥发掉了。"

"那可不一定,现在的装修材料都是剧毒,闻多了容易得癌。我可不能让我儿子回来住有毒的房子。"

是是是,您儿子是没经受过由内到外"生化武器"洗礼的纯净生物,零抗体。哪有我们这些糙人耐腐蚀啊。如果地球爆发生化大战,常年生活在水深火热之中的我们,绝对是挺到最后的那一拨儿,说不定还能自动过滤有害物质,变人体净化机。

"黄阿姨,我跟房东商量,看他……"

话没说完手机响了,我忙着伺候黄太后,连着挂掉两通林媚的电话,她还是锲而不舍地打来,估计真有急事。我赔笑道声抱歉,起身走进离客厅最远的一间卧室。

"安佳佳,和周志齐分手这么大的事,你为什么不告诉我?搞得我很尴尬知不知道?"

我听得一笑:"你尴尬什么?我又不是被你挖墙脚了。"

"少嘴贫。猜到你可能在带客户看房,我就给周志齐去电话,问他周末宫卉的婚礼,你们去不去,打算随多少钱。结果,他吞吞吐吐跟我说你们分了,他回老家工作了。电话里我都听出他的尴尬来了,你说我能不更尴尬吗?你们到底怎么回事啊?"

"还能怎么回事。道不同不相为谋,他回老家当公务员,我继续留守大城市苟延残喘呗。"

"你能别故作轻松硬扛吗?没谁会发你朵大红花,表彰你失恋之后的勇敢坚强。今儿晚上姐借你肩膀,抡圆膀子随便哭,哭高兴为止。"

说来也奇怪,失恋到现在我居然一滴眼泪没掉过,心也疼,脑子也空,可无论如何没有丁点落泪的欲望。大概是因为周志齐这刀来得够快够猛,不等我抹眼泪,便觉得荒谬到令人发笑,所以我还真不是故作轻松。

"算了,就当你前几天那场哭戏,顺带把我那份给演了吧。我可不好意思跟你这位失婚少妇面前吆喝失恋。"并不想继续谈论周志齐,我迅速转移话题:"对了,你打算给宫卉递的'电子罚单'交多少罚款啊?"

昨天晚上,我准备上天涯情感专区找几篇帖子看看,回味人间真情,感叹爱情不死,随手打开邮箱就看到来自宫卉的电子结婚喜帖。

伴随着欢畅的《今天你要嫁给我》,喜帖毫无征兆地跳到我电脑屏幕上,映入眼帘的是白色游艇上一对亲密相拥、含情对望的男女,女的娇美,男的憨厚。旁边有一句闪着银光的话——

"起航于爱琴海上的爱情,希望在你的祝福声中停靠家的港湾。"

没有我的祝福,他们的爱情也不会搁浅。

可梦幻般湛蓝色的爱琴海,着实让我的心小小酸涩了一把。我的爱琴海只是马路对面那家蓝色墙壁上镶着人造贝壳的"爱琴海西餐厅",我坐在里面除了点一份西班牙海鲜烩饭和一杯长岛冰茶以外,没有浪漫爱情可以邂逅。

人跟人终究是不同的,早在和宫卉做大学舍友时,我就明白。

宫卉是出身富贵的娇娇女,大学走读,宿舍里那张床铺对她来说,仅是一种象征性的摆设。她曾对我用香皂洗脸和林媚连续两天穿同一条牛仔裤,表现出受惊般的大呼小叫,这让我们对她敬而远之。有得必有失,我们同样也错过了得到大钻戒的难得机会。同宿舍另一位舍友生日请客,从没参加过同学生日的宫卉出手阔绰地将一枚钻戒慷慨相赠。

她的世界里没有钱,我的世界里没有钱不行。

这位来自异世界,不生不熟的同学的婚礼到底要不要参加?我和林媚最后一致决定:去,必须去。去观瞻别人完美的人生轨迹,也顺带开开洋荤,长长见识。

挂断电话走出来,客厅里多了三个人。一个是我同事刘大嘴,另外两个是一对年轻的情侣。冲刘大嘴对他们滔滔不绝介绍的架势来看,这俩人也是看房的客户。

刘大嘴是我们分片区的销售冠军,能说会道,一个真正做到了把客户当上帝的员工。逢年过节的祝福吉祥话,天冷加衣天热防暑的贴心问候,连看个笑话也要发短信和客户分享,如此无微不至,恐怕连他亲生爹妈都没享受过。叫他"大嘴",不仅因为他一张嘴能把客户捧上天,而且他溜须拍马,哄上司开心的本事也一流。

刘大嘴最厉害的一招是"拦路抢劫",但凡哪个同事的客户和他的客户看上同一套房源,十有八九必成他手下败将。同事们虽然有怨言,但刘大嘴是上司面前的红人,再多不满也只能自己吞苦水。

以我三年的从业经验来看,今天他带来的这小两口应该是计划置办婚房,一旦看上哪套房子,绝对下手利落,不拖泥带水。他们似乎很是中意这套房子,在刘大嘴的介绍声中频频点头,不掩满意神色。

情场失意,又刚领张罚单,我要再在职业战场上败北,岂不是太惨了点。

朝黄太后递个眼色,她心领神会地找了个由头支开刘大嘴。我跟上走进主卧的小两口的脚步,笑眯眯地插进话:

"二位是准备结婚的新人吧,恭喜恭喜。"

他们相视而笑,同声道谢,我立刻摆出犹豫的样子:"看你们像是打算买婚房,有些事情瞒着你们也不厚道。你们知道这么好的房子为什么卖得比周围便宜吗?因为房主也是像你们这样的小情侣,结婚没多久,离了。谁都不想再触景生情,所以打算把这房子便宜卖了。事实是这样,买不买在你们。我只是觉得我同事不该为图业绩,隐瞒客户一些可能会左右他们决定的信息。"

小两口听完表面上没什么,等刘大嘴回来,他们已然失去先前雀跃,只说再考虑考虑,就急忙出了门。背后使绊子这种事刘大嘴没少做,他自然很快瞧出猫腻,离开前回头睇我那一眼,可谓怨愤交织。

黄太后更是人精,瞧出好房源紧俏不愁卖,也不再跟我提检测的事,直奔购房主题。半年的努力总算没有白费,我高高兴兴地走出小区,又被那对小两口截半道上了,非要请我帮他们找房子,说我为人实在可靠,他们不担心被骗。

顿时,我就有种感觉,这回小人做得值!

3

我曾经站在楼顶天台,穷极无聊地思考过一个问题。如果,白天这座城市被一颗天外飞石不幸命中,直接被砸死的十有八九会是有钱人。因为忙于生计的我们,不是坐在狭窄的格子间里埋头苦干,就是缩在拥挤的地铁里埋头苦睡。

为了将有限的时间节约在无限拥堵的交通上,人人都练就出一身"直立入睡"的好本领。我也不例外,不仅要保持淑女般不张嘴不流口水的优雅睡姿,还要时刻盯防地铁色魔,更能在手机响起时精准地掏出来,而不是摸进别人的兜里。

电话是林媚父母打来的,说林媚因为坦白私自离婚的事儿自责不已,班也不上,把自个儿锁屋里一天了,谁叫也不应,让我过去开导她。

敲开林媚家门，我喊了一声叔叔阿姨。他们只勉强笑着点头，难掩愁苦中又夹杂窘迫的神情，道句出去再买点菜，让我留下来吃饭，便匆匆离开。而此刻他们牵肠挂肚的宝贝女儿，穿着她标志性的长颈鹿睡衣，正蜷在电脑前津津有味地逛着QQ空间。

林媚有恋物癖，极度热爱一切和长颈鹿有关的东西。长颈鹿背包，长颈鹿手机壳，长颈鹿项链……连睡衣帽子上都有个巨大的长颈鹿公仔。甚至当初她对吴迪一见钟情，也是因为他随手拿着个铜质长颈鹿的钥匙扣，先将她目光牢牢吸引住了。

但林媚却不喜欢动物园里活的长颈鹿，嫌它们脖子太长，没有美感。所以我一度怀疑，当初真正牢牢吸引住她目光的，应该是吴迪手里的车钥匙。

"安佳佳，你来给我分析分析，为什么我们都离婚了，吴迪还不把结婚照从空间里删除呢？"

林媚转过来她那高高的长颈鹿头，眼神和长颈鹿一样呆滞，问的问题显然也不比长颈鹿智商高多少。

我坐在她铺着长颈鹿床单的床上，反问道："如果他在离婚的下一秒，火速删除所有照片，你才觉得正常，会好过一点？"

"不会！"她干脆回答，用力摇着长颈鹿头："我会觉得他是忘恩负义的渣男！"

"那你干吗要问这种问题自寻烦恼？既然离婚对你来说是一种解脱，何必再在乎他的一举一动。你不要告诉我，你是现在过得太惬意，所以想忆苦思甜。"

帮她关掉网页，林媚又对着马尔代夫的风景桌面发起惆怅的呆，期期艾艾，幽幽怨怨："要不是为等你和周志齐的好事儿，我才不会推迟蜜月呢。这下可好，我离了，你分了，没老公没男友，双双回归单身大军。妈的，我们大概是全中国最倒霉的一对闺蜜。"

伸手推起她耷拉下来的长颈鹿头，我笑笑："千万别。你好歹还能自称'失婚少妇'，我失恋了，可就不再是'少女'了。"

她拍掉我的手，杏眼圆瞪："安佳佳，你不用我安慰，也没必要自嘲来安慰我。"

她见我笑得更无所谓，又瞬间泄气，长叹口气："唉，同样是女人，宫卉过的才叫生活，而我们只能叫作混日子。对了，你不觉得宫卉老公挺眼熟的吗？"

"没觉得。"

林媚不死心，嘟囔着一定在哪儿见过，点开QQ邮箱，指着电子喜帖上的男人，说："你好好看看，真的好像在哪里见过。"

见没见过不重要，重要的是，他已经是别人的老公。

我敷衍地看了两眼，没找到和林媚一样的感觉，只能顺她心意猜测："你朋友多，圈子广，没准确实和他有过一面之缘。"

她想了会儿，点点头，不再继续想这个人："毕业前，我疯吃疯玩疯狂度日。毕业之后，决定和吴迪为理想打拼留在这座城市，我开始精打细算。每天对着我们共同的银行账户，开心地数个十百千万，为增加的每一笔收入感到心花怒放。吴迪还算有点良心，把这张承载着我们希望的银行卡留给了我。只可惜这好事他办得不够彻底，没把密码改了，害得我每次刷卡，还要强制回忆一遍我和他的定情之日。我不难过，因为我失去的，也是他失去的。"

林媚大概以为我不信，拉着我点开她的QQ群："快看看，学着点。"

我一看果然大开眼界，海外团购群、精品打折群、护肤美容群、瘦身塑体群、美食达人群……看到最后一个群，我笑了："超市促销群，林媚,你可真够全面的!"

她白我一眼,凑近屏幕:"这群是我妈的。安佳佳,我妈都懂得紧跟时代,主动融入社会。你呢?现在能活得自我一点吗?"

活得自我,好深刻的话题。我扯着她长颈鹿的大脖子,将她拽起来往门口推:"你就是活得太自我了,在屋里假装受伤,让你爸妈在外面心疼干着急。"

她死活不从,挣脱开我,埋着头一蹲不起,真像她床头的那只长颈鹿公仔——如果我没记错,那是某年吴迪送她的生日礼物。此刻看起来有些讽刺,林媚嘴里不停嚷嚷的话更讽刺。

"我不演点苦情戏,我爸妈就得给我上打戏,用惨无人道的极刑逼着我找吴迪复婚。真要复婚,我能主动吗?我能便宜他……"

她语音凝滞,不愿承认的心事脱口而出,就好像抬起手给了自己一耳光。如果再挽回解释,等于打完耳光,说自己其实是在拍蚊子。

我没说什么,转身走出房间。有些道理,我们都懂,只是还需要时间体会。这个时间也许很长,长得我们都像中了邪一样,执迷不悟。

Chapter 2
生活大不同

如此一来，我这根娇艳欲滴的小黄瓜拿在手里就绝世独立，乏人问津了。

生命因为有负担，才变得有重量。

1

  没有哪本讨论两性关系的书籍里会写道，婚礼是婚姻美满的先决条件。但是，有一本叫《新娘》的杂志，会不厌其烦地告诉它的读者，每一个女人都值得拥有一场属于自己的完美婚礼。而今天我也总算见识到了，像杂志插图一样精致的婚礼会场。

  宫卉的户外婚礼以白色为基调，海洋为主题，处处装点浪漫，营造梦幻。连伴手礼都是一盒做成各式贝类形状的白巧克力，和一小玻璃瓶的白沙，据说这是一对新人亲自从爱琴海边带回来，以向各位观礼宾客传递幸福。

  我和林媚两个充满好奇心的俗人，一直试图找出这瓶爱琴海白沙，和东区公园人造沙滩里的沙子，到底有何区别。

  新娘宫卉朝我们走过来的时候，林媚正好将一撮白沙喂进嘴里，说要尝尝幸福究竟是什么味道。

  "安佳佳，林媚，好久不见。"

  "好久不见。"

  宫卉身着一袭修身鱼尾婚纱，像漂亮的美人鱼，全身上下散发着耀眼光芒。不幸被"幸福"噎住的林媚掐着脖子扭过一边,只剩下我满脸堆笑和宫卉寒暄。

宫卉牵起我的手,无名指上硕大的钻戒熠熠生辉:"很高兴你们来参加我的婚礼。从小到大,我一直没有属于自己的朋友,身边的人不是父母安排的,就是自己也闹不清关系的亲戚。所以,我真的很高兴,很高兴你们两个作为我的朋友出席。"

她眼睛里透着真挚。我听得惭愧,虚伪地不断点头称是。大学四年,我从没有一刻产生和宫卉做朋友的想法,一点都没有。相信林媚也和我一样,只是她比我懂得见机行事,品尝过幸福的滋味以后,转回身也朝宫卉露出甜甜笑容:"毕竟在一起住了四年,你结婚,我们当然得来啦。祝你新婚快乐,美丽永驻!"

"谢谢!等等,介绍我老公和你们认识。"

宫卉知会一声跟在她身后的伴娘,很快身形略胖的新郎疾步来到我们面前,很自然地挽住宫卉的腰,俯身问她怎么了。

"介绍一下,她们是我的大学同学,也是我的朋友,安佳佳,林媚。"宫卉站在我们中间,特别正式地左右招呼:"他是我老公,高修潼。"

我和林媚忙不迭伸出手,等待新郎接见。新郎突然惊喜道:"原来是你们!"

我和林媚莫名对视,我们是谁们啊?

"小卉,你记得吗?我之前跟你提过,在你们学校外面,遇到一个陌生女孩敬酒祝我新婚幸福来着。她说了好多醉话,还请我们帮忙鼓励她失意的闺蜜,就是你这两位朋友。你看,也太巧了吧。"

新郎眉飞色舞,一番话把宫卉给逗乐了,笑呵呵地连声附和:"好巧,好巧。"

我们这边却好静好静，用力强颜欢笑。我耳朵里只听见"醉话"两个字，林媚的关注点也落在了"失意"上，双双郁结于新郎的无心之言。

宫卉似乎意识到自己老公说错话，撒着软绵绵的娇，攮他去招呼客人。然后端起香槟分别递给我和林媚。

"不好意思，我老公这个人没什么心眼，想到什么说什么。你们别往心里去，我替他向你们赔礼……"

"欸，别别别。"林媚忙打断她，端起酒杯，"是你多心了。来，再次祝你新婚快乐，永远幸福！"

我也高高举杯："永结同心，百年好合！"

"谢谢你们！"

顶级香槟回味甘醇，三个人放下酒杯，也许都从彼此的眼睛里捕捉到一丝微妙变化。不见得一定是虚情假意，逢场作戏，只是某一瞬间在对方眼中看见自己，陌生而空洞。

随后，好热闹的林媚跟着宫卉去认识新朋友，我实在兴趣不大，留下来进攻美食。

有人说，甜点是失恋女人最好的心理慰藉，能刺激分泌出类似恋爱感觉的多巴胺。所以我旁若无人地连吃掉五块芝士蛋糕，争取在腻死之前找到快乐。正伸手去拿仅剩的第六块，一只修长的手同时出现，也向它伸去。

我眼疾手快先一步抢进自己盘子里，头也不抬随口道："不好意思。"

"失恋女。"

后背一震，我猛抬起头："毒舌男！"

如果不是一句失恋女，我恐怕无法在第一时间辨认出，此刻眼前这位西装革履、俊逸非凡的高大男士,就是那晚毒舌我的陌生人。

他似乎还没习惯我颁给他的头衔,愣住几秒。我立刻抓紧时机报仇反击,将芝士蛋糕在他鼻尖前晃过一圈,好心提醒:"嘴巴恶毒,不是靠吃两块蛋糕就能改变的。你还是放弃治疗吧。"

他没说话,淡淡笑着又拿起两块黑森林,一并放进我盘子里。

我不解,信口乱猜:"该不会你认识到自己太毒舌,想赔礼道歉吧?"

"吃吧,多吃点,发胖之后,你就会暂时忘记失恋的事儿了。"

看来我低估了他的能耐,深呼吸顺下恶气,我也面带微笑:"失恋不犯法吧?我失恋也没报复社会碍着谁吧?这世界上不是所有人都有初恋定终身的好运气吧?"抬手指向不远处的宫卉:"说不定今天的新娘子也曾经有过一段刻骨铭心的初恋。今天之前,没准还想起初恋情人,感怀伤神了一阵儿。对,我是失恋,也如你所说被人一脚踹了,谢谢你不断提醒我这个事实,让我倍感欣慰的是,原来不是自己点背,是因为劣质男人太多,遇见的概率太高而已。哦,对了,先生贵姓?以后我会记住绕道远行的。"

我以为他不会接话,嘴上痛快完,想翩然转身离去。只见他眸色倏忽一暗,我稍迟疑片刻,他已低沉开口:

"宫磊。"

宫磊……目前为止,我只认识一个姓宫的人。不会那么巧吧,我颤巍巍地再次抬起手:"你该不会是宫卉的……"

"哥哥。"

如此亲切的称呼,我第一次听出毛骨悚然的感觉。心惊胆战地赔了个假笑,刚挪开半步,他一脚迈在面前挡住我去路,唇边缓缓晕开笑容。

"你和宫卉什么关系？朋友吗？怎么从没听她提起过。"

我往右："泛泛之交，泛泛之交。"

他往左："你叫什么名字？"

我又往左："泛泛之辈，泛泛之辈。"

他顿足淡睨我一眼，不再追问，利落侧身离开。我抚着胸口安神压惊，才一回身，只见他大步流星正走向宫卉，心跳又骤然加快，急匆匆追上他。

"安佳佳！"

我迫不及待报上大名，他却好像突然失忆一样，疑惑地蹙起浓眉。弄得周围的人纷纷侧目过来，都以为看到的是一场拙劣又失败的搭讪戏码。

反正没有熟人，误会也无所谓。我只稍微将声音压低，对宫磊说："咱们私人恩怨，没必要牵扯宫卉。我道歉，不应该不分场合不分时间地随口胡诌，拿你妹妹乱举例。"

"安小姐，"他双手环胸，一种居高临下的倨傲姿态，唇边勾着淡淡笑意道："我和你完全不熟，不过第二次见面，所谓私人恩怨倒像是你一厢情愿。其次，我不管你今天是抱着怎样的心情，来参加宫卉的婚礼。但我有必要提醒你，智商决定思维方式，情商决定表达方式。我不和你计较，不是因为别的，单纯因为我富有同情心，同情你的智商和情商而已。"

说完，宫磊扬长而去。我哑口无言呆立原地，半天缓不过神儿。毒舌界里我也算小有成就，谁知天外有天人外有人，两次我都败在他一张毒到无药可解的嘴下，好不甘心！

2

一场婚礼，除了收获宫卉这个相识多年的朋友，我和林媚均各有所得。林媚结识到不少新朋友，而我则领悟到"没有最毒，只有更毒"的真理。

这个领悟太痛，以至于那天回家的路上，林媚不断追问我是不是被性骚扰了，怎么一副吃闷亏的憋屈样。我越说没事，她越笃定自己的猜测，就差没拉我去派出所报案。我只能跟她开玩笑，就我现在这个状态，性骚扰基本等同于艳遇。她笑了，说非得给我新生活，创造一个丰富多彩的人生。

她这一创造，就给我创造出一次"美食达人群"的试吃聚会。我临时翘班，穿着一身极其神似从事殡葬业的黑色制服，手持黄瓜一根，站在某家新开张的私房菜馆前，等一群素未谋面的吃货。

既然是不相识的吃货见面，必须要彰显吃货精神，也不知道是谁提议每人准备一样自己最爱的蔬菜作为接头信物。林媚通知我的时候，我还嗤之以鼻，调侃谁要带根儿黄瓜去，我就跟谁交换手机号。谁知我工作一忙，忘了这茬，等想起来再赶往集合地点时，只在路上找到个卖黄瓜的流动小贩。

结果，我等来的三男三女，女的全拿小番茄，男的一水儿手捧西蓝花。

小番茄又名圣女果，虽出身蔬菜世家，却因其玲珑身材成功跻身水果行列。就好比我眼前的三位女性，少女的穿衣打扮，熟女的做事风格，不然也不会拿小番茄当信物。三个男的吧，大概是受某张网络红图的影响，觉得万一看上哪个女的，西蓝花送出去也不乏浪漫气息。

如此一来，我这根娇艳欲滴的小黄瓜拿在手里就绝世独立，乏人问津了。最后，又姗姗来迟一位，拎着串大红辣椒，我顿时对他好感大增，相邻而坐。再一问，这位辣椒男也是忘记有约，刚巧经过家川菜馆子，厚着脸皮要了一串人家挂在门口的红辣椒。

辣椒男问我做什么工作，我告诉他置业顾问。他不懂，兴致勃勃地继续追问，我一说我是卖二手房的，他立刻像辣椒吃太多，龇着嘴扭头找小番茄去了。

表面听起来越高深难测的职业，越不能仔细过问，因为虚荣的美丽外衣，人人都爱。好比有人说自己是网络工程师，也许只是个网吧网管；有人以购物专家自居，只不过是购物台的推销员；还比如林媚常自称商旅专员，其实就是卖飞机票的。

这种变向相亲性质的聚会，讨论话题很快便转入刨根问底式的相互了解，我吃到一半已索然无味。要不是最后买单AA制，谁都不能先走，我早撤了，只能半饿着肚子，坐在外面啃我的黄瓜。

啃到半截，三四个中年人如同接驾般簇拥着一个年轻人走进来。我冷哼着偏过身子，真是冤家路窄，吃顿饭也能碰见宫磊。当初和周志齐谈恋爱，也没这么好的运气不期而遇。还好他被人包围没看见我。我正郁闷着走还是不走，林媚打来查勤电话："怎么样，有没有人拿黄瓜啊？"

我低头看看自己手里的半根黄瓜，说："那个人不巧就是我自己。林媚，以后你能别擅自帮我安排这种不靠谱的活动吗？既浪费时间又耽误我上班。"

"你不是爱吃嘛，大家有共同话题，才聊得开。"

"我跟你直说，有个男的聊得太开，都恨不得把他对面那女的两条大腿给直接聊分开。我还不至于头脑发热，饥渴到这种程度。谢谢你对我无微不至的关照，我有点消受不起了。再有下次，记得先征求我的意见，毁我三观这种事，尽量少做，不利于我身心健康。"

那边林媚喋喋不休还想说什么，我干脆挂断收好手机。有人不打招呼，自顾在我身旁坐下。一种不详的预感油然而生，我抬头，预感当即成真。

穿暗纹衬衫的宫磊扯松领带，拉开领口，懒懒地靠坐着，冲我笑得风和日丽，好像老友巧遇一般。

"想干吗？"我不自觉地举起仅有的半根黄瓜，全身戒严，防备地道："又同情心泛滥，想慰问我的智商情商？不好意思，我今天刚巧没带出门。"

宫磊懒散目光掠过黄瓜，笑意更深："你紧张什么？能不能别把自己搞得像随时准备上战场搏命的女壮士？"

我实在想不通他到底是何方妖孽，随便一句话也能命中我心窝深处最敏感的区域。周志齐临别前自以为最诚恳的那句忠告，又赫然跳出，张牙舞爪地耻笑我。怒啃一口黄瓜，我理直气壮地回他：

"那是因为坏人太多，女壮士明显不够用了。"

"我长得很像坏人？"

明知故问，我说："反正暂时没瞧出来好人的特质。"

"请问好人有什么特质？"他像突然兴致大增，摆出副侧耳倾听的专注模样。

我笑了："本人全身上下都是好人的特质，你可以好好学学。"

他目不转睛地盯着我沉默了会儿，也笑了："不错不错，过度自恋的确是拯救失意者最有效的方法。"

"我怎么失意了？"

"哦，刚才不小心听见有个男的指着你这边，对人说，你因为没能赢得他的青睐，所以难过地一个人坐到这里。还说，"宫磊似笑非笑地扫了眼我的黄瓜,"他不喜欢你这种企图心太强,又不懂得含蓄的豪放女。"

呵呵,有你的,辣椒男,极品中的奇葩!

气归气,我还是多长了个心眼,要是当宫磊面发作,他不定又会拿什么恶毒的话刺激我。于是故作云淡风轻地嫣然一笑,我问:"你出来,不会就只是好心告诉我这个?"

"当然不是。"他从头到尾打量我一遍:"你这身打扮挺像我助理。麻烦你进去跟那帮人说一声,我不胜酒力,先走一步。"

我仰天大笑三声:"你可真好玩,我凭什么要帮你?"

"因为……"

"安小姐。"

闻声扭头,众男女在辣椒男的带领下走到我面前,每个人都吃得脸蛋通红,容光焕发。辣椒男将一张单据递过来,笑容可掬地对我说:

"谢谢你的热情款待,让你破费了。下次再聚,常联系,常联系啊。"

我像挨了一闷棍有点发蒙,等反应过来账单已经捏在自己手里。再擦亮眼睛看清消费金额,一群人都说说笑笑走出去老远,背影潇洒。

两千八!这帮人短短两个小时不到,吃掉两千八!居然还点了不当季的大闸蟹!怪不得一排背影看起来那么横呢!

莫名其妙变成冤大头,陷害我的人依旧安坐身旁,不仅不觉愧疚,还抽走被我攥得发颤的账单,像是一张王牌夹在两指间。

"你帮我个小忙,我帮你解决个大问题,双赢。"

我仍有些不敢相信眼前一幕,探头望着远处消失成黑点的人影,痛心疾首地问:"他们傻吗?怎么就觉得我看起来像能付得起这两千八呢?"

"你当然不像,但是我像。"

宫磊带着答疑解惑的语气,用眼神示意,要我认识到我和他之间的个体差异。不得不承认,付得起两千八的气质和只付得起两百八的气质还是有区别的。

区别在于谁更能屈能伸。我几乎在第一时间选择妥协,高效优质地完成宫磊的要求之后,还没有忘记向柜台讨要发票,为连中五块钱的运气也没有而感到沮丧。

坐上回公司的公交车,直到身旁的人开口说话,我才惊觉,无所事事的宫磊一直悠闲地跟着我。没有听清他对我说了什么,将顺手带出来的西装还给他,我没好气地道:"你是闲得无聊,想跟着我体验体验小老百姓的日常生活吗?"

宫磊推开车窗,迎着拂面凉风惬意地闭上眼:"提议不错,我喝了两杯,正好吹吹风解酒。"

总有人批评我们不善于发现平凡的美,不善于体验简单的快乐,整天只会嚷嚷负担重,压力大,活着真累。错了,不是我们不善于发现体验,是因为我们慢不下来,无时无刻不在追着生活节奏快跑。因为前方始终有像宫磊这样的人,我们羡慕着,憧憬着,追逐着他慢悠悠的脚步,自由自在的状态。于是,笃信这个悖论的我们越来越快,套用句广告词——根本停不下来。

我没有闲心坐在公交车里体验文艺小悠然,看向舒服得快要睡着的宫磊:"花两千八请我帮个小忙,你觉得值吗?"

他没睁眼,抬起食指摇了摇:"我可没说钱是我出的。"

哦,我想到了为他马首是瞻的那几个中年人,不禁唏嘘:"人和人果然不一样!我尽认识些爱贪小便宜的人。你呢,身边估计都是些心甘情愿为你吃亏的人。"

·029·

"安佳佳。"他猛地睁开眼,目光清明向我投来,面无表情地说:"你难道不明白,他们自愿吃亏的最终目的,只不过是想从我这里占去更大的便宜吗?"

我被他一眨不眨灼灼盯着,心里有些发毛,转而又心胸开阔,正色道:"这样的世界才公平嘛。我担心的是房租一天比一天高,你关心的可能是道琼斯指数,但我不在乎世界经济形势好坏。我愁着过年的那张火车票,你想的是瑞士山头积雪够不够厚,但我照样可以用眼睛周游世界。我做梦都希望拥有一辆QQ,你早已经在三亚湾停着几艘豪华游艇,交着巨额的管理费,可其实大部分时间,你的游艇是供我这样的人欣赏参观的。所以啊,宫磊先生,老人们常说吃亏是福,你把他们当猴耍,他们对你别有所图,各取所需。就像你说的,双赢!"

宫磊一直神色淡然地听着,等我尽兴发挥完毕,他又沉默数秒,含笑慢慢开口:"安佳佳,我突然觉得你还是有可取之处的。"

这话怎么听着像骂人。感情"突然"之前,我在他眼里只是个一无是处的人。我撇撇嘴:"你觉得我足够乐观?"

"我觉得你足够可乐,逗人发笑诚意十足,是个说相声的好苗子。"

就知道他嘴里不会有好话,我豁达一笑:"谢谢你啊,我偶像郭德纲。赶明儿红了,送你签名照。"

3

回到公司,宫磊往门前摆放的房屋租售信息牌前一站,所有的女同事眼睛发亮,蜂拥而出。跑得最慢的一个拉我走到角落通知我,因为我在刘大嘴的帮助下,集齐了上班时间无故失踪、低售房源折损公司利益、强抢同事客户等一系列罪名,成功召唤出片区经理,现在正坐在办公室里等我。

刘大嘴背后放这一枪可真够狠,片区经理批得我是体无完肤。无故旷工扣工资,我无话可讲。说我故意抢客源,我也勉强承认。但要我把已经订给黄太后的房子,再千方百计强要回来,我就不接受了。

"我跟了黄阿姨半年,她难得痛快相中套房子,只差签合同办过户手续,我怎么去要回来?做人不能这么不讲信用吧。"

片区经理一拍桌子站起来:"小刘明明能高卖出六七万的房子,被你搅黄了。你跟我讲信用,没问题啊!你要能把上面压给我的销售量和营业额按时完成,信用多少钱一斤,咱们买点慢慢聊。"

"黄阿姨儿子马上回国了,这房子她多半不可能松手。就算我让公司少赚了六七万,我不也没让公司赔钱嘛。万一真去把房子强收回来,黄阿姨那边有什么过激举动,怎么办?"

"怎么办?安佳佳你是在威胁我吗?她儿子回国关我们什么事,你想做人儿媳妇啊。我不管你用什么方法,两周内房子给我收回来,否则你下个月别来上班了!"

片区经理眼睛都杀红了,像我跟他有不共戴天的血海深仇。我灰溜溜地从办公室退出来,有同事听见动静来安慰我,我笑着摇头说没事。那点憋屈难受的小眼泪,早在初入职场的时候都流干净了,现在挨多少批评,一转身还是皮糙肉厚的好汉一条。

我知道,职场如战场,从不相信眼泪。

站在公司对面的大马路边,紧握手机,我无论如何也鼓不起勇气给黄太后去这通电话。那天她终于下定决心的一刻,眼中盈满喜悦,仿佛她的晚年幸福和她儿子的美满生活，都寄托在了那套房子里。

现在，一通电话无疑是要将她的希望扼杀在我的手上。如果成全了她，我也必将葬送自己的前程，丢男友、丢工作，变成名副其实的人生输家。

舍己为人，还是损人利己，这是个问题……

"听说你遇到麻烦了？"

幸灾乐祸的口气，谁这么欠啊。我烦躁地挑起眼皮，一愣："你怎么还没走？"

"既然是体验生活，当然你的麻烦我也想体验体验。"

宫磊端端正正站在我面前，笑容灿烂如光，晃得我眼睛疼，心里膈应。顿生出种感觉，他的快乐是建筑在我的痛苦之上。

"我失恋了，你想体验吗？我刚被领导批评，你想体验吗？别拿体验生活这种话蒙我，你们的体验生活，和明星所谓的深入群众体验生活一样，端起你们的优越感发两句不痛不痒的感慨而已。"挥手转身，我迈开大步，又顿住回过头，嬉笑道："你想体验我的生活，我还想体验你的生活呢，有可能吗？"

"安佳佳。"

"干吗？"我不耐烦地又转回头。

他收敛笑容，一步步地走近我："你知道我为什么觉得你可乐吗？因为你一直在理直气壮又肆无忌惮地臆想我的生活，把它想象成你完全遥不可及的样子。然后自以为已经看透一切，用假装不在乎来开释自己，这样你就能心安理得地安于现状。你要知道，这不叫坚强，也不叫乐观，叫卑微的自尊心作祟，简称自卑。"

宫磊站定在我面前，锐利目光看进我眼底，犀利凶猛的剖析又探抵我心底，像光天化日之下，丝毫不留情面地剥去我一件件遮羞的外衣，直至我衣不蔽体,赤裸示人。

习惯性地掩盖恐惧,我奋力挣扎:"你,你说我什么?"

他一字一句:"我说你,安佳佳,是一只自卑到浑身长刺的刺猬。"我气得想大叫,却说不出话,咬牙切齿地抓住他的手,他一声轻笑:"怎么,又变成满嘴獠牙的恶犬了?"

"跟!我!走!"

我永远也想不到,有一天自己会像疯子一样,拉着个男人在喧闹的街头狂奔,目无旁人,脚步飞快。甚至跑到最后都不知道自己是因为年轻而冲动,必须要据理力争表达点什么,还是因为就算是平淡无奇的人生,也不想被人任意误读。

奔跑的终点是一栋街边的显眼小楼,装修气派,楼前植满鲜花,还有身着挺拔制服的保安站岗。

用最短时间调整好凌乱的呼吸,我抬手指向敞开的玻璃大门,对宫磊说:"这是个楼盘的售楼部,也是我和前男友约会的老地方。我每次赶很久的车来这里和他约会,唯一的愿望就是,有一天他能对我说,走,我们一起进去看看房子。可惜没有,一次都没有。

"你这么能分析人,一定会觉得奇怪,以我的性格,直接拉他进去看就好了,为什么还要等他先开口。因为我最好的朋友告诉我,安佳佳你这场恋爱谈得太主动了,你主动表白,主动追他,主动随他的意愿调整自己,主动做每一件事。如果你先提出看房,就等于主动向他求婚,到头来他会觉得这个女人到手得太容易,没必要珍惜。那好,我忍,以为总能忍到他带我进去的那一天吧,忍到一期开盘售罄,接着忍二期,结果忍到我们的结局只能用'呵呵'两个字收场。"

再次想到周志齐的分手理由,我真呵呵笑了。既然要自戳伤疤,再疼也得扛着，不允许自己自怨自艾，更不需要别人施舍怜悯。

宫磊很静默，没有流露出我最害怕的同情之色。我压了又压波动的情绪，照本宣科般继续说道：

"宫锐瑰宝琥珀是宫锐瑰宝系列的一号作品，位于交通便利、美丽宜居的城东四环内。地处城市副中心，集青年主题园林、瑰宝坊潮流街区于一身。以超高性价比成为青年置业首选。项目占地约8万平方米，总建筑面积约50万平方米，项目整体布局合理、均衡，以百亩大盘的恢弘气势，为近4000户家庭打造舒居环境。绿化率高于20%，小区车位比例一比一，公共区域免费无线WiFi覆盖……

"这个楼盘我自己来看过无数回，很讽刺吧。每个接待我的售哥售姐都敷衍了事，但是我仍然乐此不疲，因为我曾经把这里当作我的梦想，我和他在这座城市坚持下去的理由。再激情澎湃的爱情总有归为平静的一天，当鲜花月光甜言蜜语变成柴米油盐的时候，面对残酷的现实，他选择了放弃。

"那我呢，他早醒了，我还要来这里继续孤孤单单地做同一个梦吗？我不知道，我连自己日复一日过的分分秒秒到底是为了什么，都不知道了。你知道吗？"

白痴一样地发问，我不能奢求宫磊给我答案，更不奢求他能理解我说的每句话。气早消了，只当是发泄，流不出眼泪，也需要一个出口释放，谁让他刚好点燃那根我不敢触碰的导线。

宫磊一言不发凝视着我，眼眸里没有任何情绪，我们沉默相对。远处天边传来轰轰雷鸣声，我突然觉得有些累，垂下头避开他的视线，说：

"走吧。"

擦身间，他兀自又拉起我的手，自作主张地带我往售楼部快步前行。我不解，跟得跟跟跄跄，不停焦急地问他想干吗。他仍旧默然不语，只加重手里力道，固执地牵我走进售楼部。

也许我们的出现很容易让人产生误会，有热情的售姐第一时间走过来，带着职业化的笑容，要把我们领到楼盘模型前做讲解。宫磊淡淡地说句不用了，请她直接带我们到样板间。我摸不着头脑，想不通宫磊到底要干什么，他礼貌地请走售姐，只留下我和他站在客厅里。又说打个电话，命令我坐下，自己走出样板间。

我坐在皮质沙发里，局促地茫然四顾。精明的开发商们不惜成本打造出的样板间，每一个角落，每一处细节都足够吸引眼球，激发潜在的购买欲。可太漂亮太精致，又难免令人无所适从。

宫磊的这通电话打了很久，我探头朝门口望了望，不见他的身影，索性起身独自参观房间。地中海装修风格，亮眼但不实用，如果我是它的主人……

我会将几个自制的抱枕随意丢在沙发上，软软的，暖暖的；餐厅有原木玻璃柜，里面摆满各式餐盘，让人食欲大增；卧室飘窗上铺一层厚厚的绒毯，一张矮脚小方桌，一套碎花提梁茶具；阳台上种满小花，迎风而开，香气扑鼻……

思绪飞得不着边际，心情却豁然开朗。握着手机的宫磊一进来，我就对他笑了。这好像也是我第一次对他露出没有他意的简单笑容。

"谢谢你带我来看样板间。不得不说你这招太管用，我好像一下子什么都想通了，有种佛祖摸摸头，恍然醒悟的感觉。"

"想通什么？说来听听。"他搬张椅子坐到我对面，双手交握置于膝盖，身子微微前倾，微笑发问。

豁然开朗之后，似乎面前这位在我看来也顺眼多了，连笑容都柔和得像此刻电视墙投下的晕黄灯光。他耐性甚好，也愿意交给我一段冗长的时间。

理了理思绪,我慢慢说道:"你看,爱情没有了,不代表我不可以拥有梦想啊!我刚才在这里转了一圈突然想明白,其实我也可以努力存钱买套小户型,哪怕一个人,照样也能过得有滋有味。有句话怎么说的来着,生命因为有负担,才变得有重量。从现在起,就让'努力工作,攒钱买房'变成我生命中最甜蜜的负担!"

激动雀跃处,我大展双臂,做了个拥抱朝阳的动作。宫磊毫无响应,点着头长哦一声,摩挲起下巴。

"安佳佳,我听着你像在做单身宣言,打算加入独身主义阵营。"

"是吗?"我收回手,将刚才说的话仔细想过一遍,无所谓地道:"单身也没什么不好吧。多元化的社会包容多元化的感情观。再说,爱情能增加我生命的重量吗?爱情只会让我轻飘飘地两脚不沾地,满脑子都是些不切实际的幻想。"

宫磊端正坐姿:"那好,我请问你,安佳佳小姐。你有没有做过理财规划?每个月的准确收入是多少?有没有额外收入,额外收入是多少?每月你能用于置业的钱又有多少?这个楼盘的均价是多少?你能接受的房价范围是多少?现在的贷款利率是多少?如果购房,你能支付的首付是多少?计划按揭年限是多少?每月还贷金额占去你月收入的比例是多少⋯⋯哎,你怎么倒下去了?"

"生命太重,我承受不起了。"从沙发里无力地支起脑袋,我悻悻地望向用无数个"多少"粉碎我人生目标的男人:"宫磊,难道你想建议我继续安于现状,得过且过?"

"我又不是你的人生导师,没法给你未来的生活提出任何建议。不过,我倒是建议你先解决工作上的麻烦。"

我眼睛一亮:"你打算出手相助?"

他摇头:"你放心,我也不会是你命中注定的贵人。"

"我不想失信于客户,也不想丢掉工作,或者你帮我想个办法,我升你做妃子。"

"不必了。"

"太子?"

"老子还差不多。"

"干爹!"

"我去!"

我被宫磊一脸厌恶,浑身不自在的模样逗得哈哈大笑,感染到他,宫磊也跟着笑起来,满室欢乐。原来剑拔弩张的针锋相对之后,我和他也能和睦相处,开开无伤大雅的玩笑。

开心乐呵的气氛中,我突然觉得有些不对劲,举目四望奇怪地问:"我们来半天了吧,怎么连个看房子的人也没有?"

"可能因为……"宫磊站起来望向阳台:"下雨了吧。"

我紧跟着他走进阳台,滂沱雨幕中,外面的大厦像一个个庞然的怪兽,冷感的青灰色皮肤,布满空洞的眼睛,毫无美感可言。

这座城市,如同这样的怪兽随处可见,咆哮侵占着越来越稀缺的土地。也像是一群噬梦者,蚕食着我们的梦想,而我们依然心甘情愿,飞蛾扑火。

至少,我是这样,视它为诱惑,无力抗拒。

我看向宫磊,认真地问:"你到底为什么非要带我进来?"

他看向灰蒙蒙的天空,陷入沉思般的安静,而后漫然一笑:"因为我们都没带伞,总得有个地方躲雨吧。"

Chapter 3
机会掌握在"脸皮厚"者手中

天上掉馅饼,肯定都光顾着捡了,谁会在乎馅饼是哪个神仙扔下来的。

有人说,这是个物质过剩的年代,也是个信仰缺失的年代。

信仰是什么?也许仅是迷茫时、沮丧时、惶恐时,寻找的一种心灵慰藉。

1

有些时候，巧合就像老天爷事先定好的两个闹钟，时间一到同时嗡嗡作响，闹得人措手不及。

几天前，宫磊带我在琥珀城的样板间里躲过一场大雨，隔日我便收到宫锐地产的人事电话，说看过简历，通知我下周三上午十点整，参加置业顾问的面试。

和周志齐分手之前，我是蠢蠢欲动想换工作，漫无目的地在招聘网站上投过几份简历，等了数日石沉大海，也没再往心里去。到底投没投过宫锐地产，更是毫无印象。后来因为分手突然，一直过得昏昏沉沉，换工作这事压根顾不上，自然不了了之。

是机会莫错过，我虽然稀里糊涂，答应得却奇快。挂断电话，我又怔愣很久，不禁担忧，也许是宫锐人事搞错了摆乌龙，我当真去面试被轰出来，多难堪。想打电话再问清楚，万一人家又觉得我求职态度不诚恳，不尊重用人单位，到手的面试机会又被立刻收回，岂不是损失更大。

就这样带着这份犹豫不决，我赴了和林媚、宫卉毕业后的第一次三人之约。

新婚燕尔的宫卉把我们约在一家火锅店。刚从西藏度蜜月回来的她，手腕上戴了一串青金石佛珠，如蓝天的颜色，烁烁夺目。她还分别送我和林媚一颗小小天珠，我俩受宠若惊，差点冲出门买保险箱。

像突然收到价值不菲的礼物一样，宫卉这份急剧升温的友谊，也来得着实令我和林媚有些云里雾里，不知如何相处，显得拘束又谨慎。两个往常还算能说会道的人，居然一时找不到和宫卉可聊的话题。

不过，热气腾腾的火锅一吃，小酒几杯下肚，气氛开始回暖，聊天内容也从肤浅的女性话题，转入较为深入的两性话题。聊得畅快，一张桌子上，我们看谁都带着三分蒙眬醉意，三分心事辗转，三分欲说还休。

小脸飞红的林媚托腮趁兴提议玩游戏，要求我们每人讲一件人生中最痛快的事，一件最悲剧的事，和一件最郁闷的事。

我先捧场，想也没想拍着巴掌说好，身旁的宫卉已经偏头凝神，陷入思考之中。

"来来来，我先说。"林媚摆着手招呼我和宫卉，等吊足我们胃口，才露出满意笑容，津津有味地道："我目前人生中最痛快的一件事是大摇大摆地走进名牌店买名牌包。最悲剧的事是隔天得意地背着包上班，同事都说'哟，仿得真像'。最郁闷的事是离婚第三十天，大姨妈依然没有如期到访。"

我和宫卉边听边笑，又同时愣住在最后一件事上，不约而同的对视中无不眼含担忧。我忙问："不会吧，日子记错没？"

林媚满不在乎地摇头："没事儿，我日子向来不准。到你了，赶紧说，让姐高兴高兴，最好直接笑来了大姨妈。"

"啊，压力好大，让我想想。最痛快的就是连续一年业绩全公司第一，片区经理主动让位。结果只不过是我做的一场美梦，太悲剧了！最郁闷嘛，一年一度的双11大促销，发现自己依然什么也买不起，这绝对够我郁闷到下一个双11！"

旁边宫卉都笑趴下了，对面的林媚脸色反而更难看，几乎是痛心疾首地对我说："安佳佳，你能不能不要时刻都把你的草根气息散发出来？我看你已经把自己给宅坏了，无药可救。"

不知从何时起，林媚瞧我的眼神里时不时会闪出母性的光辉，经常对我有种"恨铁不成钢"的愤懑。也许因为我是飘零在外的孩子，她作为这座城市小小的主人，便对我多了一份责任感。而我当然是心存感激，却无福消受。

我将新涮出锅的菜讨好地夹进林媚碗里，只博得她一记冷眼，连宫卉也好心地帮我说话："我觉得佳佳只是随便说说，想逗你开心。"

"她不气我，我就谢天谢地了。"林媚像个老妈似的仰天长叹，转头向宫卉笑着说："到你啦，别学她，有什么说什么。"

宫卉点头，轻嗯一声半垂下眼眸，像在盯着火锅炉子发呆，很久才慢慢抬起头，神情略显黯淡："我不像你们，可以活得那么随心所欲。我走的路全是父母家人早早替我铺好的。我明白他们都是为我好，所以从小到大，没有太多自己的想法，一直很乖，过得中规中矩，也没经历过什么大风大浪。我这么说，你们一定会认为我太矫情，站着说话不腰疼。可说实在的，我真的挺羡慕你们，你们的生活经历像一本丰富精彩的小说，可我的，也许只是一本枯燥乏味的教科书。"

她很努力地对我们微笑，笑中透着自嘲，眼睛里流露出的羡慕之情，又真真切切地叩响了我和林媚的心门。我们都收敛笑容放下碗筷，不再以游戏心态面对宫卉。

她忽而使劲摆手，仿佛想打破严肃的气氛："哎呀，你们别这样盯着我好吗？我只是有感而发，没别的意思。现在回归正题，我想我人生中只有一件事是最痛快、最悲剧，也最郁闷的，"她顿了顿，深吸一口气，"答应嫁给高修潼。"

林媚嘴巴快，立刻追问为什么。被我在桌子底下踹了一脚，她猛地刹住车，转口张罗吃菜喝酒，另起新鲜话题。

宫卉的情绪变化，我们都有所察觉，婚姻这件事太私人，我们也不便多问。宫卉迅速调整好自己，比之前更加活泼多言，三个人很快又恢复到了有说有笑的轻松状态。

晚饭后，开车的宫卉先送林媚回家，目送林媚上楼，她突然说想再聊会儿，礼貌征求我的同意。感觉她似乎有话对我说，我应声说好，她开车带我来到河滨公园。

夜朗风清，我们沿着河岸慢悠悠地散起步。宫卉挽着我的手，一直没有主动说话，我随口聊上几句，她也要慢上数秒才附和一声。她心不在焉一定是酝酿着什么，一种适合的状态还是一句起始的话，我不得而知，唯有静心等待。

"佳佳，我能请你帮个忙吗？"

她终于开口，停下脚步满怀期待地看向我。我没有急着点头，问："你先说说是什么忙吧。"

"我之前说我很乖，并不全对。其实我曾经瞒着家人谈过一场恋爱。他是我高中同学，大学毕业就分手了，因为他觉得我们家境悬殊，他有压力，怕以后给不了我现有的富足生活，也不愿我陪他吃苦。后来他出国留学，我和高修潼在一起，我们再也没有联系。一个月前他突然给我打电话，说快回来了，想见见我，我下意识就拒绝了。可昨天，他又来电话，很诚恳地请求我，希望见一见，当面说句恭喜也好。"

看出她的犹豫，我问："你答应了吗？"

她咬唇重重点头，如同自己此刻也才确定这个答案："佳佳，他是我的初恋,坦白讲这三年我一直没有忘记他。我不知道现在是不是还爱他,因为我也爱高修潼,心甘情愿嫁给他,也知道他能给我真正的幸福。可是,之前我始终没答应他的求婚,心里总觉得有个坎过不去,直到接到前男友的电话,我好像是赌气一样就答应嫁给高修潼了。"

"我没有对高修潼坦白过这一段感情,这对他不公平,我有愧于他。可是又实在理不清自己的感情,你觉得女人有没有可能同时爱两个男人?"

"我不知道。"

我坦白回答。男人有心头朱砂痣,也有窗前白月光,女人是不是也能如此,我从来都没有想过。宫卉明显失落地眸色一暗,我拉了拉她的手,猜测道:

"你是不是想让我陪你一起去见他?"

她随即如释重负地舒口气,展露笑颜:"嗯,我就知道你能猜到,而且我也知道你会愿意陪我去。"

"我猜你请我和林媚吃饭,主要目的就是物色个陪你见前男友的对象吧。虽然你理不清自己的感情,但是你很理智啊!"

"是的,分不清爱谁,可我很清楚自己现在是高修潼的妻子。去见他一面,可能我的心结也就解开了,况且我也不想让他产生不必要的误会。"

不得不承认,宫卉是个聪明的女人,至少面对前男友见面的要求,她的准备是万全而理性的。有人陪她去,既避免尴尬,又委婉地表明立场。万一倒霉遇见熟人,也有理由可找,不至于太狼狈。她说过她身边的朋友大多与家人有牵扯,这场见面又必须保密,我和林媚自然变成最好的人选。

也许宫卉并不像我们所想的那样,是个生活安逸、人生平顺的娇娇女,她仅仅是不需要活得太聪明世故而已。尤其是和她哥哥宫磊交锋之后,我更是感叹遗传基因的强大。

想得多,我看她的眼神也复杂起来。宫卉敏锐察觉,小心翼翼地问:"佳佳,你愿意陪我吗?"

我也谨慎:"除了陪你,我还需要做别的事吗?"

"不不不,你只需要坐在另一桌,我会告诉他还约了你吃饭,请他有话快说。保证不给你添任何麻烦,让你觉得困扰。可以吗?"

她说得迫切,紧紧捧起我的手。想一想,这样的安排确实我只需要充当一块人肉背景板,似乎很简单,我没再多斟酌,点了点头。

"替我保密,好吗?"

"好。"

河对岸的大都会灯火辉煌,宫卉连声道谢后,抬眸幽幽望向那一片如虚如幻的繁华似锦。我听见她喃喃低语了什么,并不真切,像是感叹物是人非,也像是为自己无奈的不得已而为之,赎一声罪。

2

我们时常希望自己活得十足洒脱,懂得知足,可又难免同旁人作比较。可能是身边的同事,最好的朋友,隔壁的邻居,也可能是擦肩而过的陌生人。比上不足,比下之后,或多或少得到一些安慰,不更悲伤、不更泄气、不更自怜。

同样是初恋的失败者,比起宫卉即使困惑依然能从容以对,若干年后,我是不是也会不再言语讽刺,不再心怀记恨,而是云淡风轻地说声你好,道句再见,做到真正的相忘于江湖?我不知道,但至少现在我无法释怀。我只祈祷,人在江湖飘,谁能不挨刀,早晚周志齐也会尝到被人抛弃的滋味。

可总念叨人不好是不对的。我一大早精神抖擞地出门,准备去参加宫锐的面试,眼看着只差两站地就到了,居然接到市医院的电话。护士张口就道,你妈高血压犯了,快点过来。

我一紧张,到站车门打开,立刻跳下来,站在马路边眼泪就失控地冒了出来。再一想,不对啊,我妈没高血压不说,她人还在老家,怎么可能住进市医院。揪着心一细问,那边护士老大不高兴,数落我半天,才问我,你妈是不是叫黄淑惠。

悬在嗓子眼的心肝瞬间落下,我刚想告诉她打错电话,猛地反应过来,黄太后好像就是叫这名字。我犹豫片刻,那边说了句不孝女带好钱赶快过去,挂断电话。

为什么与黄太后有关的事情,总是像一道道德审判题,让我一手握良心,一手握私利,艰难困惑地不知该如何做出选择?

身体事大,工作可以再找,我一咬牙打车直奔市医院。到了医院,我可算深切体会到什么叫好人难做。

护士嫌我来得晚,板着脸催我交齐这费那费,生怕我跑了似的,拿到缴费单据,才不紧不慢地告诉我黄太后的病房号。急急忙忙赶到病房,黄太后也是一脸酱色,不拿正眼瞧人,阴阳怪气地埋怨我。说我房子不愿卖就算了,何必找人打电话去气她,现在又上杆子来探望她,不安好心。亏她还把我当亲闺女,连手机里存姓名也是"安闺女"。

我算明白了,护士为通知家属,一定是翻看黄太后手机后,才会误会我是她女儿。

跑得满头大汗,攥紧了手心里几千元的发票,想想黄太后老伴儿死得早,儿子又不在身边,我还是忍住委屈,满脸堆笑地坐到她病床边。

"黄阿姨这事儿怨我,房子卖不卖我说了算。你放心,不会再有人打电话,您安心养身体吧。"

她有气无力地挑挑眼皮,算是赏我一正脸:"买房子又不是小事,我几十年的积蓄都投进去了,还不准我多考虑考虑吗。你那同事还逼我这个老太太,说磨磨唧唧再不决定,就趁早放手,多的是人等着买。吓唬我呢,说的是人话吗?"

"是是是,我这就回去找他们,让他们给您赔礼道歉。您别往心里去,好好养病,您儿子也快回来了,别让他担心。"

好说歹说把黄太后的满腔怒火给平息了,我下楼买了不少营养品送上去,又火急火燎地赶回公司,直冲进片区经理办公室。他也知道我来者不善,一副阵前迎敌的样子,不等我开口,先来个下马威,说只剩三天期限,别没事找事。

忍字头上一把刀,我觉得自己像在自残,耐下性子把发票一张张摊到他面前:"经理,就因为公司的一通电话,黄阿姨高血压晕倒住院了。我认了,这钱我出。只请你通融通融,不要再为几万块钱把房子收回来。"

"哟,跟我面前炫耀你学雷锋做好事呢?看来你还没认识到自己的错误,现在不是房子收不收回来的问题,是你从一开始就没有把公司的利益摆在第一位,我只是要你知错能改,弥补过失。自己犯的错自己承担,没得商量。要么,你觉悟那么高,不如发扬发扬风格,自己把这几万块垫上,这房子一定稳稳妥妥卖给她。"

我从没说过自己风格高尚,只是经理的话已经远远超出我的容忍底线。翻出钱包里的银行卡,我狠狠地甩在他脸上。

"行,卡里有八万多,够了吧?这工作太恶心,我也不干了,可谁要是再去骚扰黄阿姨，拿房子说事，我安佳佳跟谁没完！"

经理脸色唰地全黑，眼珠子都快掉出来了。我头也不回，从容不迫地走出办公室，这一刻真是觉得巨爽无比。如果林媚再问我人生之中最痛快的一件事是什么？非当下莫属。

可事实上，靠打肿脸充胖子换来的痛快，来得疾，去得也快。

我坐在"爱琴海西餐厅"里，面对眼前的西班牙海鲜烩饭，想到有这顿没下顿，想到病床上的黄太后，想到下个月的房租水电，我已然胃口全无，欲哭无泪。

要是死乞白赖地再去要回银行卡，对经理低声下气道个歉，是不是还有机会挽回？

风骨气节算毛线，自尊心顶个屁用。那都是吃饱喝足之后，闲来无事写写诗，作作词倒腾出来骗人的东西。信它们，自己就输了，一败涂地。

选择妥协，黄太后那边又怎么办？当她面一番信誓旦旦的说辞，就化作一阵青烟，荡然无存了吗？

算了，我和她非亲非故，几千块医药费全部自掏腰包，也算仁至义尽。可是，妥协这一回，是不是以后还有很多回等着我，一次一次放弃自己的良心和自尊？

思想激烈交战中，我的脑子也乱了，糊里糊涂接到宫磊的电话。听他口气很不好地问我人在哪儿，我条件反射，脱口报出地址。挂断电话之后，失忆一样什么也不记得，继续和自己内心做焦点访谈。

宫磊到的时候，因为自我交流太深入，我直勾勾地盯着他由远及近，坐到对面，和跟来的服务生说什么也不要，又一脸不悦地严肃地看着我，我却半天都没缓过劲儿。

"安佳佳，你为什么不去参加宫锐的面试？"

"啊！？"我瞠目结舌，脑子再次死机罢工。

他又道："今天上午十点的置业顾问面试，人事告诉我，你没有去。"

我想我这回听懂他在说什么了，只是理解上有困难，结结巴巴地表达："我、我是没去，你怎么会知道？也通、通知你参加面试？不对啊，你去参加？也不可能，不可能知道也通知我了呀？为什么……"

宫磊一抬手，干脆打断我，严肃反问："接到宫锐的面试通知，你不意外吗？"

我点点头："意外啊！"

"我带你去看过样板房之后，你就得到面试的机会，你不觉得巧合吗？"

"巧合啊！"

"你觉得世界上有如此意外巧合的事情吗？"

"不觉得啊！"

"既然这样，得这个机会的原因，你为什么不多想想？"

我被他接二连三的问题唬住了，好久才找回辩解的能力："天上掉馅饼，肯定都光顾着捡了，谁会在乎馅饼是哪个神仙扔下来的。"见他眉目间渐渐浮出怒意，我虽莫名其妙，还是使劲动了动脑子，好像明白了什么："我记得宫锐地产的董事长姓宫，和你一个姓，该不会你是他的……"

"儿子。"

我好像又回到不久前宫卉的婚礼听到宫磊说出"哥哥"两个字时，毛骨悚然的感觉再次出现。不过半秒之后，又是排山倒海的狂喜袭来，我难掩激动地说：

"请你再给我次机会吧，我真的是因为有很急很重要的事，才没去成。"

"不行。"他果断拒绝。

我十分纳闷:"为什么?"

"看来你的确什么都不知道。"宫磊面色稍霁,我心头一松,转瞬他却更加严厉地说,"宫锐是一家上市公司,有股东员工,要运作盈利,不是我的玩具,我想怎么样就能怎么样。安佳佳,我愿意给你一次机会,是因为看到你的企图心,也知道你有能力胜任那个职位。你主动选择放弃,现在我再找不到说服自己给你第二次机会的理由。"

"我刚失业,需要一份工作谋生,能不能说服你?"

"不能。"

"我帮过你一次,还是你妹妹的同学朋友,能不能说服你?"

"不能。"

我竭尽所能挽回颓势,可他态度坚决而苛刻,本来刚对他产生的感激之情,也顷刻荡然无存了。如此不留情面,完全像在谈一场事关各自利益的买卖。我索性推开餐盘水杯,重整仪态,郑重其事地看向宫磊。

"我能用一个秘密交换一次机会吗?"

他笑笑:"我对你的秘密没什么兴趣。"

"不是我的秘密,是你妹妹宫卉的秘密。"

什么思想斗争,纯粹是因为没被逼到份上。我终究还是要向现实让步,不能做个养不活自己的精神英雄。如果可以逆转现状,我甚至愿意做个货真价实的小人。

宫磊没有说话,凝神紧盯着我,似乎在思索我这句话的可信度,考量我这个人的品性。我也不急着他给出答复,接着又说:

"周六下午五点,长宁街星巴克。你去了之后,再做决定也不迟。"

买单走人，愿者上钩的悬念我也会做。不仅如此，我还多耍了个心机。比我和宫卉约定的时间晚一个小时，灵活机动的时间差，足够我到时根据情况，度势进退。

3

有人说，这是个物质过剩的年代，也是个信仰缺失的年代。

信仰是什么？也许仅是迷茫时、沮丧时、惶恐时，寻找的一种心灵慰藉。

随着周六的临近，我的良心也开始变得不安。没准友情也是信仰的一种，所以我急需向林媚告解。

抱着林媚引以为傲却屡次被我错认成充气娃娃的巨大长颈鹿抱枕，我坐在床头，巴巴望向网游中的林媚，踌躇不决地艰难启齿："亲爱的'网瘾少妇'，如果……我说如果哈……我因为某些不得已的苦衷，做了一些辜负你信任，伤害了我们之间感情的事情，你会恨我吗？"

"恨！恨到必须上升成世仇！"林媚转过来一张敷着面膜的脸，硬邦邦地说，"就是那种，我们儿女长大相爱也只可能演绎出'罗密欧与朱丽叶'悲剧的世仇。"

我大骇，紧紧掐住长颈鹿脖子："这么严重？！可我的确也有苦衷啊！"

"你想想，我信任你，对你掏心掏肺，背过身你就对我狼心狗肺，当然很严重。"林媚俩露在面膜纸外面的大眼珠滴溜一转，凶狠地盯住我，"老实交代，你是不是想做什么对不起我的事？"

"真没有!"举双手投降,未免林媚怀疑,我迅速不着痕迹地岔开话题,"虽然失业三天,我还没有到走投无路,杀人放火的地步。"

"活该!"

林媚对于我义愤填膺甩经理银行卡的壮举,非但没有与我产生共鸣,还狠狠削我一顿。说我自作自受,人是痛快了,现在沦为无产阶级穷光蛋,赶紧找地儿哭去吧。

抹两把干泪,我说:"塞翁失马焉知非福。反正那工作我也早不想干了。"

林媚啪地关掉电脑,轻拍着脸蛋面对我:"你想干什么?"

"房地产公司售姐怎么样?"

"好啊,虽然都是卖房子,可卖二手房和卖期房,差别多大啊。什么东西摊上二手俩字,档次那是蹭蹭往下降。二手房,二手车,二手包,最可恨的二手烟,还有二手的我和你。"林媚跳上床紧挨我坐好,从我手里抱过长颈鹿,兴致勃勃地又说,"来,跟你商量个事儿。我想搬回我的小二居,你也一起搬过去吧?"

林媚的小二居是婚前吴迪全款买的婚房,写的是他们两人的名字。和平离婚,也没出现撕破脸的状况。吴迪家境不过稍优于林媚,能把房子留给林媚,他其实也不失为一个好男人。

我从不敢追问林媚离婚的真正原因。因为我怕问了,林媚自己也寻思不出个中缘由。

只能说让两个毫不相干的人以婚姻道德为约束,以一辈子为期限,生活在一起,太难。大概要花去三四十年的时间去彼此了解适应,才可能造就相濡以沫的共白首。

没能熬过去三个月的林媚和吴迪,我除替他们感到惋惜,也感到对婚姻的惶恐。

"不好吧……"我说。

"怎么不好。我都被我爸妈唠叨烦了，算计我跟算计牌搭子似的。我不想一个人搬回去，你一时半会儿也不能找到工作，房租还得照交吧，不如搬去和我一起住，有个伴还省房租。这么大的便宜，不占白不占啊！"

林媚操起长颈鹿抱枕就往我脑袋上敲，我嚷着好几百的面膜要掉了，她才住手。我想了想："行，不过水电得我付，找到工作前一日三餐，家务活也归我。不然我会有种被你包养的感觉。"

她一下乐了，又赶紧扯平笑皱的面膜，绷着脸说："我虽然离婚，也没到对异性彻底绝望的地步。和我住，你安全得很。你要真想替我做点什么，下周抽个空，帮忙把我的东西拿回去，再顺便跟我爸妈交代一声。"

我挑起眉梢，阴寒地问："林媚，你早在这儿等着我呢吧？"

"没办法，我爸妈不准我一人搬回去，嘴上没说，估计心里是怕他们宝贝女儿自杀。前段日子，我失婚女的戏演得稍微过了点，他们二老有点神经过敏了。"

"作吧你，你爸妈上辈子得欠你多大一笔债啊！"

她忽然之间又惆怅起来，将头埋进抱枕里，只露出一双哀怨的大眼睛："你不觉得人这一生就是欠债还债，再欠再还的一辈子吗？"

我也沉默了，因为林媚难得的悲观主义论调。我也真被她开解了，告诉自己，明天将会欠下宫卉的，其实是用来偿还上辈子宫磊欠我的债。

去星巴克做陪客之前，我先去了趟医院探望黄太后。房子的事尘埃落定，儿子也学成归国，双喜临门，黄太后整个人像年轻了好几岁，容光焕发，时时笑得合不拢嘴。我削个苹果递上去，她一把握住我的手，温柔轻抚，目光慈祥。

"闺女啊，我知道医药费是你垫的，等我儿子回来还给你。这半年阿姨没少让你费心，可不能再让你破费。"

假装财大气粗，白掏的几万元房款，我吞尽苦水也无论如何说不出口。说出来算怎么回事？赢得黄太后的感激不尽，然后带着我回公司讨说法，鸣不平。或者她再拿出几万块还给我，再说一句，闺女，可不能让你破费。

以我对黄太后的了解，结果肯定是前者。我经不起那个折腾，只好吃下哑巴亏，对黄太后乖巧地说了句没关系。

黄太后拉我坐得更近一些，顺势抚上我的头发："佳佳，你今年多大了？有男朋友了吗？我记得你好像是外地人，父母是做什么工作的呀？退休了吗？有退休工资吗？我儿子叫……"

她越问越起劲，我越听越不对，忙笑眯眯地插进话："黄阿姨，你这步伐可够快的。房子刚定下来，又开始张罗给儿子介绍对象。他刚回国，你不得给他点时间适应适应国情。"

"国家政策五十年不变，国情能有什么变化。哪怕国情变了，老百姓还不是照样要娶媳妇。"黄太后将我的手攥得更紧，眼神更和蔼，和蔼中又暗藏"杀机"，继续刚才没讲完的话："我儿子叫池以衡，今年25，一米八几的大个儿，长相随我，帅气。"

"阿姨，我约了朋友吃饭……"

"我儿子可有上进心，从小成绩就好，拿着全奖出国留学。也孝顺，那边老师留了他好几次，非要回来照顾我。"

"阿姨，时间来不及了，我朋友还等着我……"

"要不是他今天和老同学聚会，你们还能见个面。明天，明天有空吗？让我儿子单独请你吃个饭，道个谢，你们也好多了解了解，光听我一人说也不行。"

"阿姨,我真的该走了……"

黄太后自说自话的功力太强,我招架不住,从病房落荒而逃。

赶到星巴克,宫卉已经先到了。见我一副惊魂未定的狼狈样,以为我这是紧张她和前男友的见面,忙心怀歉意地不停向我道歉,我说没事,她又改口向我道谢。想到接下来会发生的事情,她这个"谢"字,我只觉忐忑,诚惶诚恐。

四点差一刻,宫卉的前男友正式登场。清瘦白皙,着装简单得体,像古代的翩翩儒雅公子。单就外表而言,比起敦厚微胖的高修潼,他和温婉的宫卉更加般配。

他们坐在离我不近不远的斜对桌。除了刚入座,宫卉朝我这里一指,我和他短暂地点头微笑后,便始终背对他们,兢兢业业地喝咖啡玩手机,偶尔抬头看看风景。不知道宫磊来不来,我略感焦虑。

这是家安静的咖啡厅,客不算多。他们说话的声音也极小,加上我刻意回避,什么也没听见。我盘算好了,如果他们聊得够久,五点前我就出去一趟,若宫磊来了,看到了自然便懂了;如果提前结束,我就趁道别之际,想方设法挽留住前男友。总之,不能让四个人同时出现在一个画面里,我做贼心虚,必须掩耳盗铃。

可不过短短十分钟,宫卉已坐到我对面,再一回头,前男友早没影踪。计划赶不上变化,关键人物的不告而别弄得我有点措手不及。

转眼间,宫卉双眸盈泪,伤心地无声哭泣起来。来不及想应付宫磊的对策,我忙坐到宫卉身边,抽出纸巾递给她,犹豫了会儿,什么也没有说。她哽咽地道声谢谢,却没有用纸巾拭泪,怕哭花妆容,一直深埋着头,任由泪珠滴滴没入地面。

是的,瞧得出宫卉今天是精心打扮前来赴约的。女为悦己者容,不

·055·

管那人是曾经的恋人,还是现在的陌路人。

"佳佳,他真的只是想对我说一声恭喜,送我一份结婚礼物。"

宫卉缓缓摊开掌心,一对小巧的珍珠耳钉静静地发出柔和光彩。因为握得太紧,耳钉在她掌心留下深深印痕,或许也印在她此刻流泪的心里,难以磨灭。

"他们都以为我傻,什么也不知道。其实我是觉得自己无能为力,又不想伤害他们,才装作什么也不知道。"

她仍旧低着头,像在喃喃自语。我听不懂她的话,也不敢多问。须臾,她重新握紧耳钉,猛地抬起头,牢牢盯着我,仿佛又透过我,用力看向我身后许许多多个"他们"。

"我和他分手的真正原因,是因为他选择了前程,放弃了我。他是单亲家庭,没有申请到全奖。他不想错过留学机会,家里又实在无力负担高额学费。你应该猜得到,接下来就是很俗套的棒打鸳鸯的故事。我只是没想到,我家出面的人会是最疼我的哥哥。他向来不管家里的事,一直独自在国外生活,很少回来,居然为了拆散我们偷偷回国。那天,他们就坐在刚才的位置,我坐在这里,交谈也结束得像我们刚才一样快。他甚至都没有为我和他做一点点争取,便很欣然地接受了我哥的安排,还答应我哥以后也不会再和我见面。他太干脆了,我当时心也碎了,什么勇气都没有。当他提出分手的时候,我说好,一个字也没有追问,就这样结束了。"

原来,宫磊在妹妹这段初恋里,扮演过如此重要的角色。一旦他知道宫卉前男友背弃承诺和她见面,会不会相信这仅仅只是一场普通的见面?兄妹感情会不会在宫卉竭力粉饰太平之后,被我卑鄙地一手破坏了?

我……不敢想。

"佳佳,说真的我不怪他,看得见的前程和看不到的未来,他选择前者我不意外。我只是希望他能坦诚地告诉我，因为我一直以为他和别人不一样，他是最了解最能懂我的那个人。结果，他还是和其他人没有区别，认为我只是温室里的一朵花，经不起风雨，也承受不了磨难，更无法设身处地地为他人着想，去理解他们。我今天决定见面，和三年前一样，仍旧希望他能对我坦诚一切。"

宫卉努力向我诉说着，像是在为自己辩白。可她却回避了一个很重要的问题——三年来她仍在乎他、想着他、念着他，到底是为什么？

作为一个旁观者，或者说一个即将出卖她换取工作机会的小人，我没有资格追问。可对上宫卉一双扑簌簌的泪眼，我知道，她在等着我说点什么。

"或许因为看见你有了好的归宿，他觉得没有必要旧事重提。宫卉，这样的结果，不是很好吗？"我试着引导她，"他主动约你见面，送上祝福，证明他放下了。因为他看得出你现在过得很幸福。"

"嗯，幸福……"宫卉不自觉地摩挲起手腕上的青金石佛串，"嗯，幸福。修潼对我很好，我是幸福的。"她喃喃自语，像极了自我暗示，又或许只是自欺欺人。

在星巴克门口与宫卉道别，我目送她坐进出租车，心事重重的样子，我难免有些担忧。旧情人重逢这种事，没感情在自然最好，相逢一笑。就怕有感情在，想深了容易钻牛角尖，变成"情人还是老的好"。比起宫卉对感情的执着，我宁愿相信她是个聪明人，不会把自己的脑袋往南墙上撞。

替人担忧不过三秒，转头重回星巴克坐定，想到即将面对更聪明的宫磊，我就有种"自己挖的坑，含着泪也要自己填"的无力感。到底要不要照计划出卖宫卉，成为此刻最艰难的抉择。本来以为只是个无伤大雅的泄密，实际上却很可能造成兄妹失和，天下大乱。

我点了大杯拿铁,掏空钱包却发现只够买小杯,服务生透过收银机看我的眼神,让我很受伤。尽管他保持着职业化的微笑,可我仍旧仿佛捕捉到了他嘴角弧度细微的变化。

穷人的神经质,可悲的敏锐感。

宫磊比约定时间早到了十分钟,相当绅士的举动。我没钱请他喝咖啡,好在他也只要了一杯白开水。

死到临头,我紧张得手心攒汗,坐立不安。宫磊估计也看出来了,居然装视而不见,悠哉地玩起手机,就由着我这么干紧张。他似乎认定我说不出什么有关宫卉的秘密,索性也不闻不问。

态度如此轻慢,我又找回了女斗士不服输的气势:"我今天约你见面,是真的有……"不知怎的,宫卉手捧珍珠耳钉的画面兀然跃至眼前,我迟疑了:"真的有……"

他挑眉:"有什么?"

"有,有,有……"或许因为心里发虚,与宫磊对视,我第一次留意到他有双深邃的眼睛,仿佛能直透人心。我赶紧用喝咖啡来掩饰自己的慌张。

"有我妹妹的秘密嘛,用来交换一个工作机会。"

他状似好心的提醒,我差点没被一口咖啡噎死,背过身狼狈地直咳嗽,正巧接收到不远处某个女孩朝我投来的鼓励眼神和一个口型——"加油"。

等等,她好像会错意了……

那干脆将错就错吧。

"的确没有什么有关宫卉的秘密,我只是想找个借口约你见面。"人一旦壮起胆子,面子都可以不要,我一字一顿地道,"宫磊,我喜欢你。"

Chapter 4
情人还是得不到的好

　　人往往最渴望得到他们不曾拥有的东西，而人与人最大区别恰恰在于，我轻而易举拥有的，也许是你遥不可及的。
　　生活艰难，大智慧的人有幽默感，而我这样的凡夫俗子，也需要配备娱乐精神。

1

"然后呢?"

听故事听到高潮,林媚再无心思收拾乱糟糟的房间,拉着我一屁股坐在地板上。

原本没打算把陪宫卉见前男友的事告诉她,鉴于事态发展到我已无法独自应对的地步,只好求助智囊团。自称阅人无数的林媚,应该很有发言权。

"愣着干吗?快说啊!"她催促着拨开我手里正收拾的衣物。

"然后他笑了,说'安佳佳,亏你想得出来'。我当时头脑发热,就觉得他这是赤裸裸的嘲笑,嘲笑我智商感人,撒谎都不够用。我肯定不服气呀,编出各种我喜欢上他的理由圆谎。夸他长得帅,合我眼缘;双商超群,带我走出失恋困境;人好,给我工作机会……可是,鬼扯完我就后悔了,尼了,想赶快开溜。临走,还特高姿态地撂下句,'喜欢是单向的,恋爱是双向的,你不要有心理负担'。"

事件还原到这儿,我简直钦佩当天犯失心疯的自己。吞服多少脑残片,也不可能再干出一样的蠢事。同样地,林媚也被我的脑残举动征服了，给我一个拥抱。

"安佳佳，认识到现在，你终于做了件牛×的事。"

胸器伤人，我闷声闷气地问："请问我们对'牛×'的定义一样吗？我甩经理一脸银行卡才叫牛×吧。"

林媚一把推开我："我再重申一遍，你那不叫牛×，叫傻×！你后来遭遇的一切，都是为你先前的傻×行径埋单。"

"你说得对。"我承认，不傻×，怎会沦落到如今的田地，便忍不住仰天长叹，"刚刚和宫磊建立起的友谊小船打翻了，新工作也打水漂了！"

"说你傻，你还真傻啊！"林媚直戳我脑门，"你不会假戏真做，追求他吗？反正你也有女追男的经验。人有型有款，有钱有品，哪点不比周志齐强。"

想也没想，我一个劲儿摇头："算了吧。周志齐我都搞不定，宫磊这种集天地之灵气的人间精华，我更消化不下去。"

林媚又拿"怒其不争"的眼神瞪我，张嘴刚要数落什么，我的手机恰到好处地响了。黄太后来电。朝林媚比个噤声的手势，我接通电话，她也凑近耳朵。那边响起一个陌生的男声。

"安佳佳你好，我是池以衡。我妈住院这段时间，有劳你照顾了。听我妈说，你垫付了医药费。请问你什么时候有时间，我还给你，向你当面道谢。"

我顺嘴想说算了，遭到林媚巨大白眼，随即改口："不急。你刚回国应该也很忙，等你有空再说吧。"

"嗯，好。对了，我妈明天出院，出于礼貌，应该和你说一声。"

"明天什么时候？我也去接阿姨出院。"和黄太后联系大半年，多多少少有些感情。

"不用麻烦了,明天周一,不耽误你上班。"

"不耽误,我辞职了。几点?"

和池以衡约好时间挂机,扭脸就对上林媚刷刷放光的大眼睛。

"声音挺好听。黄太后既然有意撮合,你不如试试。"看我不太上心,她挪到我正对面,大眼对小眼,"安佳佳,听我这个过来人一句话——良好的婆媳关系是良好夫妻关系的保障。黄太后喜欢你,你要真和她儿子谈上,事半功倍。"

不得不说林媚过来人的言论很有说服力。婆媳关系这种世界性的难题,对她而言易如反掌。能和吴迪妈妈相处融洽,比亲母女还亲,是林媚的本事。她也说过,和吴迪离婚,最对不起的人是吴迪妈妈。深受林媚父母喜爱的吴迪,大概也有相似的歉意吧。

可两个家庭相处再好,也抵不过两人世界的崩塌。几年的感情三个月就散了,快得让所有人措手不及。

惋惜中沉默来袭,我和林媚不约而同望向床头,那张还没取下来的婚纱照。郎才女貌,好不登对。拍照那天,我去当拎包小妹,用眼睛全程记录下了他们的每一个甜蜜瞬间。此刻想来,仍鲜活如新。

"你说,我是把它烧掉一了百了呢?还是压大衣柜底下,留条后路?"林媚忽而开口,语气有些缥缈。

"留后路?"我不解地看向她,"省得复婚以后再拍一套吗?"

"滚!好马不吃回头草。"

她下定决心,一脚踹开地上无辜的长颈鹿公仔,走过去取照片,试了几次没成功,又揉着胳膊端详起来,漂亮的脸庞上渐渐笼罩层说不清道不明的情绪。

沮丧、失落、不甘、不舍、眷恋……

适时地假装看不见,胜于嘘寒问暖式的关怀。我背过身,默默继续收拾东西。

"和周志齐分手的事,你家里知道吗?"

我动作一顿:"没说。当初不顾家里反对,坚持留下,信誓旦旦地说要和周志齐共同奋斗,靠我们自己在这座城市扎根立足。现在呢,分手了,工作也没了,哪有脸让他们知道。再说知道了也没用,除了劝我回老家,没别的。"

林媚短暂静默,低声道:"佳佳,回到父母身边也没什么不好。"

"只有足够大的城市,才能容得下足够大的梦想。"我笑着说,"如果轻易放弃,我当年何必费劲力气考出来,守着家里的一亩三分地好啦。你没听过吗,小城市的一套房不如大城市的一张床。谢谢你借我一张床,不至于流落街头。"

林媚汗颜:"惨成这样,宫磊都不肯网开一面,再给你一次面试的机会。他也太不懂得怜香惜玉了吧。"

"你说对了。在他眼里我不是香玉,无所谓怜惜不怜惜。这样是不是显得我的表白更白痴?"

我这个白痴,突然间想起什么:"宫磊该不会早就知道宫卉和前男友见面吧。"他那么精明,不是没可能。

"你找机会试探试探呗。"经过一番不懈努力,婚纱照终于被林媚取了下来直接塞进床底。她拍拍手,满意地往床上一坐,仿佛将阴霾晦气一并压在屁股底下,心情大为好转:"顺便试探试探他对你有没有意思。"

"肯定没有。"我果断否定,"我猜,他现在躲我还来不及呢。我也不指望他能赏我个工作了,靠自己吧。还好明天可以找房东把租房押金退回来,不然,我真要喝西北风了。"

林媚倒头躺下,抱着软枕长吁短叹:"唉,你说我们最近是不是也

· 063 ·

太倒霉了点，一定招惹了哪路神仙。人各有命啊！瞧人宫卉，爹妈好，哥哥疼，连初恋男友都懂事儿，不去搅和她的一池春水。"

"也许……"我思索着宫卉昨天的话："不见得。"

"哇，有下文！"林媚腾地坐起来，一脸太极八卦相，"她该不会旧情未了，想再续前缘吧。"

"希望不要。"虽事不关己，可同为女人，我能感觉到，宫卉心中已燃起星星之火，恐有燎原之势，"宫卉问过我，一个女人有没有可能同时爱着两个男人，我说我不知道。林媚，你说呢？"

"当然。"她脱口而出，好像这个问题简单到不需要任何思考，"现代人的爱情就是一种投资。我们都有'鸡蛋不能放在同一个篮子里'的常识，爱情当然也可以按需分配啦。"

我听得发蒙："爱情怎么会变成投资了？"

"怎么不会。"林媚闲散地勾着发丝反问，"投资是什么？是投入资金获取利益的经济行为。爱情不也一样，何止投入资金，还有时间精力体力，为了什么？难道是为了自我的精神满足？当然不是！为了获利，获取对方的一切。既然爱情是投资，为了减小风险，我们自然要有选择性的多方投入。觉得利润高呢，就多投一点，利润少就少投一点。"

"那婚姻是什么？"我很好奇。

林媚目不转睛地望着我，正颜厉色："婚姻是对资本市场运作的强制干预，逼着我们把鸡蛋往一个篮子里放。你是不是还想问离婚是什么？离婚是强制干预后的维稳政策，以免鸡飞蛋打。"

眼前愤愤不满的林媚，眉目强硬，简直像换了一个人。

我反驳道："不会吧。我不相信你把和吴迪的恋爱当投资，是被迫和他结婚。"

"你说对了,正是因为当初我没领悟到,才会心甘情愿嫁给他。"她激动地站起来,环顾左右,"你看看,结一场婚我得到了什么?一套小破房子和户口本上'离异'两个字。这回我算活明白了,爱情不能当饭吃,用爱情创造出的利益才能当饭吃。"

婚姻真的太可怕了,彻底重塑林媚的三观以及爱情观。

我不敢评断这样的爱情观是否太功利,太极端,太利己主义,但忽然明白了我和周志齐分手的根本原因。当男女感情要为现实生活让路时,周志齐已经迅速调整好方向,紧跟上脚步,而我却仍旧抱持着天真朴素,甚至崇高的爱情观,笃信有情饮水饱。

"所以,你已经不相信爱情了。"我仰望着她,幽幽叹道。

"安佳佳,爱情没有好结果,你自己不就是最好的例子吗。还有我,和吴迪爱得死去活来那些年,算相信爱情吧,现在不是照样离了。老娘要脸蛋有脸蛋,要身材有身材,跟他又结又离这么折腾亏不亏,你说。"

"我说,你不应该因为一次失败的婚姻或者恋情就否定爱情。我承认,爱情有的时候会让我变得过于理想化,认不全现实。可我不认同你把爱情当成牟利的工具。获利不是爱情的唯一目的。"

林媚不屑:"获利当然不是爱情的唯一目的,而是它的潜在价值,你可以选择不去挖掘。安佳佳,说你宅吧,你的思想也老旧,不懂得与时俱进。"她俯下身,笑得别有深意:"如果我是你,厚着脸皮也要追求宫磊,闪闪发亮的金篮子哟。我啊,真懒得理你这种死脑筋,洗澡澡去咯。"

婀娜背影消失门后的瞬间,我有些恍惚,不确定她还是不是我所熟悉的林媚。我们曾经见证过彼此的爱情,分享过最私密的心事,可现在,我好像不再认识她了。

2

我的如意小算盘打得再好，总有人比我打得更好。

本指望靠租房押金熬过失业困难期。没想到房东以提前退租违反租房协议为由，拒绝退我剩余的房租不说，还扣下一半的押金。他口气强硬地限我合同到期前找到新的租客。找中介也好，网站发信息也好，期间产生的一切费用我自行承担，否则押金慨不退还。

钱在谁手里谁是大爷。

我软言软语协商未果，只能装孙子忍气吞声答应下来，出门就想直接找棵树自我了断。屋漏偏逢连夜雨，林媚说得对，一定是惹到哪路神仙，倒霉到家了。何止倒霉，运气也差。磨半天嘴皮子换来一肚子闷气，我又差点忘记要去接黄太后出院。约定时间在即，平时不招手空车都往面前开的路段，这会儿一辆我也没打到。

该死的墨菲定律！

无可奈何，只好给黄太后打电话道句抱歉。手机一挂，一辆空车稳稳当当地停在我眼皮子底下。赶早不如赶巧，也许还能来得及去医院，我想着开门上车。

和司机师傅闲聊，得知附近有新楼盘开盘做活动派送豪礼，众人疯抢才造成交通堵塞。司机师傅纳闷，舍得送豪礼证明房子不好卖，为什么房价还那么高，房地产商们心太黑。想到宫磊的不近人情，心情恶劣的我，也同仇敌忾地和他一起大开嗔戒。骂得痛快，热血沸腾，师傅爽快地把车费抹了零，还说了句特别令人感动的临别赠言——听口音，姑娘外地人吧，不容易啊！

车水马龙的路边，我眼眶湿润傻傻站着，有点想哭。家人朋友的百倍关爱,有时候竟抵不过来自陌生人的一句问候,那么轻易地就刺破自以为坚硬不摧的武装。

已跌入谷底的心情,再蒙上一层因脆弱而突生的沮丧,我担心自己做不到强颜欢笑迎接黄太后出院。还好,病房里已人去床空。到护士台询问是否黄太后已经出院,答话的恰巧又是骂我不孝女的那位。一听我说话,脸拉得老长,不耐烦地甩一句,人早走了,等你来黄花菜都凉了。

你不乐意,我还正郁闷呢,立刻迎唇反击:"可不,一来就看到你这张黄花菜一样的脸。"

习惯于我的低声下气,这回一反常态,护士难以置信地看向我,用撑平鱼尾纹的力量瞪大了双眼,倒说不出话来。我不是没素质的医闹,也不想和她发生无谓争吵,嘴上解完气,一转身,看见宫磊。

上次在私房菜馆碰面,尚且可以称之为偶遇,毕竟大家还彼此生疏。可经过头两天我脑残式的表白,刚又和司机师傅对口相声式地发泄对他的不满,这回碰面应该叫做……冤家路窄吧。

四目相对间,转念再一想,宫磊根本没有做错什么,何来怨,何来愁,我又觉得自己格局太小。宫磊的高颜值一定有魔性,居然把我从怨天尤人扭转到深刻的自我批评与反省。

不仅如此,我还莫名其妙地想到某位作家的一句话——每一次照面,都芰荷映水,都是最珍贵而美丽的人间情分。

就冲这份人间情分,我也应该对他微笑。

"你来看宫卉?"

我嘴角上扬到一半,整个人云山雾罩地愣住。听他的意思,宫卉住院了。几天不见而已,怎么人就毫无征兆地病了呢。不自觉地联想到可能和旧日恋人有关,莫非一面之后,宫卉心结更深,郁结成疾。

最初只是块人肉背景板的我,再无法置身事外。没等我回答,黄花菜脸护士已手拿病历簿,笑成朵向日葵,热络殷勤地对宫磊道:"宫先生,你妹妹的全身检查结果已经出来了,一切正常,非常健康。"

此处我本该做出皆大欢喜的表情以迎合她的话,可我笑不出来,因为我更加确定,宫卉得了心病,还需心药医。我没有出卖她,却产生了负罪感。尽管帮不上任何忙,也要去看看她,至少不能辜负她对我的信任。

"对,我是来看她的。"

宫磊没有理我,接过病历簿对护士道谢,转身之际:"跟我来。"

VIP病房,像五星级酒店的房间一样豪华。高修潼也在,坐在床边正拿手机给宫卉看。也许是搞笑视频,两人肩挨肩头并头,笑得开心极了,活脱脱一对恩爱小夫妻。

可能察觉到有人来,宫卉先起抬头,看见我明显很意外,愣了几秒。随即她便像有心灵感应似的,笑着对我说:"哎呀,佳佳,不让你来,你怎么来了。"又催促高修潼和宫磊出去买我最爱吃的樱桃,意图更为明显,她想和我单独说话。

人都支走了,我坐到床边。如护士所言,宫卉气色还不错,没有病态的憔悴,只是显得有些寡淡。在我这半个知情人看来,更像是心事重重。我们默默相视微笑,似乎谁也不知道该说什么,等对方先开口。

"你……"

"你……"

同一时间开口,同一时间噤声等对方先说,倒先等来我手机的微信提示音。宫卉体贴地让我先看,我摸出手机,是林媚发来的一条语音,林媚一副天生的甜嗓子,用轻快明朗的语调,抱歉地通知我晚上不回家吃饭,佳人有约。看不见人,我也能想象出她神采飞扬地拿起纪梵希小羊皮，翘唇补妆的模样。

林媚的一条语音，似乎打破了略显沉抑的病房氛围。宫卉带着几分羡慕地说："你和林媚住在一起吗？真好。"

"嗯，我刚搬进她的新家，她一离婚反而便宜了我。"我也不想气氛太沉闷，调侃道，忽然意识有可能说错话："不好意思，她离婚了，你可能还不知道吧。"

"知道。约你们吃饭的时候她告诉我了。真羡慕她，过得洒脱自在。而且她人很有趣，和她住在一起一定很开心。"宫卉说着曲起双腿，将下巴抵在膝盖上，好像困倦了似的，说话也慢悠悠的，"当年读大学的时候，家里反对我住校，说宿舍还没有我的衣帽间大，肯定住不习惯。还说六个人住一起，我肯定适应不了集体生活。我其实很想试试，我从没过过集体生活，充满新鲜感，可是我不知道怎么向家人表达自己的意愿，因为他们说的都对，我也觉得自己会不习惯，适应不了。我还真是个容易妥协的人呢。"

宫卉盯着雪白的床被，似自嘲般微微发笑，而后侧首看我："佳佳，你是不是很好奇，我怎么会住院。我想要孩子，来做孕前检查。修潼总是劳师动众，非让我住院，做个全面的身体检查。"她又笑了，不知是受老公宠爱的幸福笑容，还是再一次妥协的无奈笑容。她牵起我的手："佳佳，你没什么想问我的吗？"

有。但我选择闭口不问，摇了摇头。我只是出于对朋友的关心来看望她，同时我也不愿卷入太深。和宫磊牵扯些瓜葛，势必决定我必须在宫卉面前有所保留。尤其是宫磊太精明，虽然我选择维护宫卉，可她的事我了解的越多，需要隐瞒的就越多，越难面对宫磊。

"我想快点有个孩子。"宫卉也不管我想不想听，自顾开口，"有了孩子也许就能彻底忘了他，好好爱孩子，好好和修潼生活。"

只听说过用孩子留住婚姻，还没听过靠孩子忘掉初恋。如果女人靠孩子才能挽留或终止一段感情，那孩子岂不是成了工具。当妈妈对我来说还太遥远，实在无法想象未来的某一天，宫卉的肚子里孕育的不是个小生命，而是工具。

"你休息吧，我先走了。"

"等等。"宫卉一下抓紧我，急切地道，"对不起，我骗了你。那天见完面，我跟踪他来到医院。我故意以孕前检查的名义也住进来，想可能会见到他。刚刚看见你来我很意外，以为你也跟踪了我，知道我的目的。我怕你会告诉修潼和我哥哥，所以支开他们，编谎话骗你。佳佳，对不起。我没有别的朋友了，不想你也疏远我。"

人往往最渴望得到他们不曾拥有的东西，而人与人最大区别恰恰在于，我轻而易举拥有的，也许是你遥不可及的。我永远走不进属于宫卉的世界，太高高在上，太触不可及。此刻她却低声下气地恳求我的友情，恳求一份失业失恋后几乎一无所有的人的友情。

被人重视的感觉，其实不错。

我又坐回床边，反握住宫卉的手："宫卉，我那天没有跟踪你，今天来医院探望以前的一个客户，碰巧遇到你哥哥。你骗不骗我都不要紧，别骗你自己就行。"

"佳佳，我怕我会……"她咬唇，犹豫停顿后艰难启齿，声音几乎轻不可闻，"我怕我会出轨。"

我苦笑着说："出轨又不是出柜，首先要有个人让你出啊。那天的情形我也看到了，他的态度明确，你别胡思乱想。你说过自己很幸福，你也不想轻易摧毁自己的幸福，对吗？"

"什么幸福？"

高修潼和宫磊一同出现在门口，浑厚的声音吓得我一惊。感觉到宫卉也不可抑制地抖了下，我忙朝高修潼扬起笑脸，根本就不敢看宫磊，怕他一双火眼金睛，瞧出我在佯装镇定。

"我说羡慕宫卉这么幸福。同样年纪，她都快孕育一零后了，我还是只单身狗。"

将宫卉宠上天的高修潼很受用，边笑得合不拢嘴，边旁若无人地大秀恩爱，把宫卉从头到脚关怀个遍，满溢宠爱之情。宫卉唇角漾着淡淡的笑，不厌其烦地回应他：不热，不渴，不累。

前一秒还在担心会对老公不忠，后一秒已经能坦然接受老公的关爱，我不知道宫卉是如何迅速做好自我调适的。我能感受到她对高修潼的爱，并不是逢场作戏，却也能感觉到她对初恋的眷恋。或许真如林媚所说，女人也可以同时爱着两个男人。

亲眼看着我不认同的言论在宫卉身上得到印证，我忍不住思考，宫卉到底想从两个完全不同的男人那里获取什么。高修潼能给她稳定的生活，旧日初恋呢？最单纯美好的时光早已远去，留下的点点回忆究竟是于心底珍藏缅怀，还是如充满诱惑的潘多拉魔盒，一旦开启，万劫不复……

3

"有很多人可能终其一生也不知道自己要的是什么。"

一瞬间，我震惊于身旁宫磊的洞察力。我像个透明人，任何所思所想都能被他一眼洞穿，精准到令人害怕。我不安地看向他，他目光平平，又或者他早已知晓一切，才会如此一针见血。

"比起不知道自己要什么，知道自己不要什么更重要吧。"我仔细观察着他的神情，小心试探。

"你知道吗？自己要什么，不要什么？"他勾唇一笑，把问题又抛回给我。

"我想尽快找到一份工作，不要再失业下去。"我张口即答。

"嗯。"他点点头，难得一次表示认同："我也不喜欢没有职业追求的女人。"

"我才不稀罕你喜不喜欢。"听出语带讽刺，我习惯性地还击。

宫磊笑容更深："哟，我以为你很稀罕。"

这回好了，一场瞎胡闹的表白，变成宫磊消费我的最佳素材。他何止不拿我当香玉，简直就把我当成个笑柄，变着花样调侃。

此地不宜久留，再次和宫卉道别。她执意让宫磊送我回去，不顾我再三拒绝。客气来客气去到最后，宫磊主动点头同意。我想，宫磊内心也是拒绝的，出于礼貌不得不表现出风度，或者他根本受不了两个女人为点小事不断谦让，浪费时间。

问清楚地址，宫磊开车平稳上路。为避免再次沦为笑柄，我低头默默玩起手机，刷刷朋友圈。无意中刷出周志齐的一条，抱怨刚回家工作，就被三姑六婆们惦记上了，介绍各种女友，安排各式相亲。

我们是大学同学，在一起四年，有很多共同的朋友。分手这种事无需公布，一夜之间便能传遍大江南北。朋友们的评论中，大家很有默契地选择回避敏感词汇，说了些不痛不痒的场面话。唯独林媚例外。她留下血淋淋的六个字——"爱炫耀，死得快"。

周志齐没有回复，我也选择保持沉默。从失恋阴影里走出来，我开始学着心平气和地看待已经死亡的爱情。只要周志齐不晒结婚证，我都可以做到一切不过过眼云烟，甚至还可以把上回的"小黄瓜"事件发到朋友圈里自嘲一把。

生活艰难,大智慧的人有幽默感,而我这样凡夫俗子,也需要配备娱乐精神。

再度刷新朋友圈,吴迪竟然回复了林媚的评论,三个字——"何必呢"。下一秒钟,林媚来电。

"欸,吴迪是不是吃饱了撑着没事干,我替闺蜜出头,关他屁事。我是他谁,他有什么资格批评我?哼,真应了那句话,女人如衣服,兄弟如手足。"

林媚声音之大,引得宫磊侧目而来。我顾不上他的感受,首要任务安抚林媚:"周志齐是他兄弟,你已经不是他的女人了。你替我出头,当然他也要替兄弟出头。没什么好气的,我谢谢你姐妹情深,义薄云天。"

"得得得,少给我戴高帽子。安佳佳,我告诉你,不管用什么方式,你也要让周志齐知道,你安佳佳紧俏得很!左手一个高富帅,右手一个海归精英,任姐挑选。"

林媚一定气昏头了,这都哪儿跟哪儿啊!如果她知道我和宫磊在一起,指不定会出什么幺蛾子。

正想着,那头她就说开了:"怎么不说话啊,不方便?嘿嘿,我想起来了,和海归精英在一起呢吧。你呀,就是典型的'嘴上说不要,身体很需要'。行啦,不耽误你钓海龟,最好再约个晚饭看场电影,反正我也不会很早回去。"

她说痛快了潇洒自如一挂机,我还得掩饰窘迫,继续和宫磊同乘一车。偷瞄宫磊,他面色如常,我不由暗暗庆幸,手机质量不错,林媚后面的"精彩"言论,他应该没听到。

"你最后是怎么把工作丢了?"宫磊目视前方,仿佛不经意地问。

没什么大不了，我一五一十如实相告，讲到最后何其惆怅："装英雄好汉，林媚骂我有病。我能有什么办法，万一黄太后再气得一病不起，公司把所有责任往我身上一推，撇得一干二净，我能怎样。比起担人命责任，我宁愿舍财免灾。"

宫磊想了想，沉吟道："你有没有考虑过，也许有办法既把房子卖给你的客户，你又不至于失业。"

想过，但没想出来，我老实摇头。

"整件事的起因是你抢同事客户，他不满上报高层，才导致后来一系列连锁反应。"他放慢车速，颇有耐心地帮我层层分析，"解决问题要从源头出发。既然知道你同事是个溜须拍马的人，你应该能推断出他会背后捅刀，参你一本。如果当天你私下找他，主动提出把那套房子的销售提成分他一半，可能就不会发生后面的事。"

好像有点道理，我又问："万一他嫌少，狮子大开口呢？"

"再大开口，也不会超过你补上的八万多房价差。当然，我这是基于已知结果做的比较，你当时肯定想不到最后会自掏腰包，但是公司让你收回房子的决定并不难想到。与其等到公司强制要求，毫无转圜余地，向你同事示好，收买他，是不是更容易？"

太有道理，我忍不住点头如捣蒜："可是……可是他非得告我状，用钱也收买不到呢？我分他一半提成，不如他自己卖掉拿全部提成。"

宫磊又拿鄙视的眼神睨我："安佳佳，我果然没有低估你的智商。他告你的原因，与其说是因为害他拿不到提成，不如说是因为受不了你做了他最擅长的事——抢客户。那套房子已经不可能卖给那对新婚夫妇，不见得还能遇到愿意出高价的客户，他告你无非是想看你吃瘪，自己消气。你先主动示好，说几句中听的话，又肯分他提成，何乐而不为。"停车等红灯，宫磊转过头："共事几年，你难道不明白，你们只是存在竞争关系的同事,而不是有利益冲突的对手,或者深仇大恨的敌人。他在公司人缘不佳,你的几句好话,也许比分提成更管用。"

对啊,三年我都没琢磨过的同事关系,宫磊两句话就说清楚了。

我记得刘大嘴以前每次拿销售冠军都会请同事吃饭,饭桌上最爱听夸赞之词。渐渐地,同事们看出他的品性,找各种理由推辞,他又转去专门请新来的同事吃饭。说明刘大嘴其实很在乎别人的目光,喜欢听恭维的话。

我要是早抓住他的弱点主动出击,今天也不用像个学生一样,听宫磊循循善诱,顺带又被问候一次智商。

"好吧,我承认,做事太冲动,处理不当。"维护诚信的八万块变成冤枉钱,想想,我的肉又隐隐作痛,"吸取经验教训的代价太昂贵了……奇怪,当初我找你帮忙想办法,你不是不肯吗,今天怎么又大发慈悲点化我?难不成你真想当我干爹?"

他也不看我,讥讽道:"凭你的长相和身材,离给人当干女儿还有很长一段路要走。"

就知道某人毒舌本性难移,念他难得发慈悲,我也顺着他老人家一次:"没有错。林媚刚结婚的时候,她老公不愿她每天起早贪黑上班,让她辞职在家做个安安静静的美娇娘。她那时高兴坏了,说离贵妇只有一步之遥。我就说,她离贵妇只差一条狗,我还差一条狗带。你平时上网吗?知道狗带什么意思吗?"

宫磊摇头。

终于发现无所不知的宫磊也有知识盲区,我虚咳两声,当起科普小能手:"狗带,英语go die。意思是,我想当贵妇,只能等死了下辈子投个好胎。宫磊,没事上上网,随时更新升级你的毒舌词汇库,才能跟得上时代潮流。"

"你那么想当贵妇,我是不是可以理解为你对我的表白,动机不纯。"

的确动机不纯,但我的"不纯"和宫磊说的有本质区别。我是为情谊,不是为金钱,可我偏偏没办法把我的高尚动机解释给他听:"你要对自己有信心,在你闪闪发亮的人格魅力面前,你的土豪背景完全不值一提。"

宫磊不屑一顾地挑挑眉:"我记得你说过,我看起来不像个好人。"

"有吗,我说过吗?"装失忆显得更笨,我想也不想,道,"现在和以前不一样,情人眼里出西施嘛。"

得,踏上"恋慕宫磊"这条路,我是离洗白越来越远了……

"你追男人追上瘾了吧,不怕重蹈覆辙,太主动反而不被珍惜?"好像与己无关,宫磊以局外人的姿态,提醒道。

"你一定爱慕者众多,也不差我一个。放心,我不会采取任何实际行动,会做个低调的仰慕者,努力站在离你最近的地方,默默地关注你就很知足了。"中学没白偷看言情小说,矫情肉麻的话张口即来。

可能我样子太诚恳,也可能正中宫磊下怀,他没再开口,专心开车。涉险过关,我心有余悸地侧头假装看窗外风景,暗暗长舒口气。

Chapter 5
人有多美，就有多作

阿姨，您儿子喜欢什么类型，说不定我比您还清楚啊！

宫磊说"有的人终其一生也不知道自己想要什么"，也许在要什么之前，我们应该先低下头看看自己手里已经有了什么。

1

仓央嘉措问：一个人究竟需要隐藏多少秘密，才能巧妙地度过一生。

安佳佳答：不用很多，保守两个秘密就已经如履薄冰。

宫卉打电话嘱咐我，替那天医院里她说的话保密。林媚也威逼利诱，不准我把她跟人约会的事，透露一星半点给吴迪。我说她这是双重标准，一边让我向周志齐炫耀莫须有的"市场紧俏"，一边却要全面封锁自己的消息。林媚嘴里说着怕吴迪想不开来烦她，手上翻着微信，又对吴迪的每一条朋友圈评头论足。嫌弃地叨叨着，啧啧，撸个串也要发，以前也没见他这么爱刷存在感。

女人的第六感，尤其是美女的第六感，准到可怕。

QQ上和吴迪闲聊，无意中透露我现在失业和林媚合住。从此，几乎每晚吴迪都会准时上线，主动找我聊天，三句话不离林媚，好像我成了他安插在前妻身边的眼线。还好吴迪从没提出过视频，我可以靠忽悠客户的功力，把林媚塑造成一下班就乖乖回家的宅女，让他安心。

就像我不敢问林媚选择离婚的根本原因，我也不敢直接问吴迪，是否仍抱有复婚的希望。清官难断家务事，我宁愿糊涂。

轻车熟路地发条"林美人正在敷面膜"过去，我以追剧为由QQ隐身，这时房门开了，满面春风的林媚踏着舞蹈家一样轻盈的步伐，将某名牌蛋糕盒递给我，像小姐打赏丫环。

"冰激凌蛋糕，巧克力榛子口味。我不吃，减肥。"

为几百元一磅的蛋糕长肉，我甘之如饴。啧啧感叹着精美的包装，我不客气地开动，顺口问："怕胖你还买？"

"别人送的。"林媚踢掉高跟鞋倒进沙发，抻着脖子望向天花板，"唉，我犹豫好几个月才舍得买的蛋糕，人家说买就买，眼睛都不带眨一下。"

吃起来好像也不过如此，可能因为我平凡的味蕾体会不出顶级美食的奥妙。瞥见屏幕右下方不停闪动的熟悉头像，我放下蛋糕，不禁问："人家是谁，你真的谈恋爱了？"

林媚猛地坐直，如同一只嗅到危险气味的刺猬，从眼神到姿态都竖起戒备的利刺："吴迪让你问我的吧？别以为我不知道，你背着我和他没少联系。"等不及我辩解，她动作飞快，拉近笔记本电脑一看，怒意横生，"果然被我说中了，安佳佳，你敢出卖我！"

"定我罪前，麻烦你先看清楚聊天记录，我可从没说过一句出卖你的话。"

懒得理疑神疑鬼的林媚。等我从厨房倒杯水出来，她弯腰弓背，整张脸杵在屏幕前一动不动，不知发了多久的呆。

吴迪和高修潼有点像，对爱人的呵护几乎达到无微不至的地步。但林媚和宫卉却相去千里，宫卉是个驯良温和的小女人，而林媚则更像个喜怒无常的女王。高兴时能把吴迪夸上天，不高兴时吴迪呼吸口空气也是错。两个人恋爱那几年，有时如胶似漆，有时吵吵闹闹，分分合合，合合分分,有如天下局势般波澜起伏。分手理由各有不同,唯一不变的是,次次都由林媚提分手,吴迪求原谅。

情感专家不厌其烦地提醒恋爱中的男女,千万不要在争吵得面红耳赤时,轻易说"分手"。可你我皆为寻常男女,真正实践起来,永远那么难。

递去水杯,林媚回神啪地合上电脑,接过一饮而尽,像刚徒步走出沙漠的苦旅之人:"对,我是恋爱了。金融行业,年薪百万,有车有房。你就这么告诉吴迪,让他死了复婚的心。"

如同身临记者发布会现场,林媚语速极快,一字一句不掺杂任何个人情绪。既疏离又冷漠,拿我当缺德的记者,好像我明儿就会发篇与事实不符的报道,黑她无极限:"要说你自己说,我没兴趣当你们的传声筒。林媚,我是关心你才过问。能找到真心实意对你好,你也满意的男人,我替你高兴。不希望你只是幼稚地为了向吴迪证明什么,急着到处约会。"

"哟,生气了?"林媚脸色一变,切块蛋糕送到我嘴边,笑得比蛋糕还甜,"我当然知道你关心我。我这不刚和他开始接触,了解也不深嘛。"

"你喜欢他吗?"我没有接,直截了当地问。

她歪着脑袋想了会儿:"喜欢吧,管他呢,跟着感觉走。"

"木心说,麻木的人都爱说跟着感觉走。"

"少给我扯名人名言。"林媚沉下脸,将蛋糕重重放回茶几,"谈恋爱不跟着感觉走,难道跟着名人名言走吗。我看你是在校文学社待那几年,把脑子待坏了。看几本讴歌爱情的文学著作,就真把谈恋爱想得至高无上了。你还不吸取教训,现实点好吗,我们都是普通人。"

她应该清楚我所指的并不仅仅是爱情。我看着她的眼睛,认真地说："林媚，怎么都好，千万别让自己受伤。"

"明白明白。"她似乎忘记了自己在减肥，津津有味地吃起蛋糕，"说说你吧。第一次见面送那么大一箱樱桃，相当有诚意嘛。看来不光黄太后喜欢你，她儿子对你也有那么点意思。"

帮宫卉保守秘密的代价之一，就是林媚激情脑补出我和池以衡见面的画面后，他送了我一箱樱桃，我却不能把这个美丽的误会解释清楚。那箱樱桃是宫磊在宫卉的授意下送的。他打开后备箱的时候，问了我一个问题，现在想来，我仍觉后怕。他似乎知道些什么，探究似的问我，和宫卉的关系怎么会突然变得密切。

天下的事何其巧合，全市数十家医院，谁能想到大家都住同一家。

女人间的友谊通常始于一个秘密。我们可能都记得，当小学同桌对你说，我告诉你一个秘密，不要告诉别人时，你们之间便达成了以保守秘密为基础的友谊。照惯例，你也应该交换一个秘密，以表达对这段友谊的忠诚。于是一个又一个秘密在朋友们间交换分享传递，可世界上又仿佛没有真正意义上的秘密存在，所以女人间的友谊既牢固又脆弱。

防火防盗防闺蜜这句话能广泛流传，或许因为一个知道你太多秘密的闺蜜，恰恰也是最容易伤害你的人，且让你毫无防备。

我不能泄密，只好给了宫磊一个笼统敷衍的回答——聊得来。

他究竟相不相信呢？

见我走神，林媚捅了捅我的胳膊，眉目飞花："想什么呢，初次见面回味无穷？这两天有联系吗，什么时候再约？"

这倒真的有，我点点头："明天和黄太后母子俩一起吃饭。"

"那你还对着电脑猛吸辐射，怕自己长得不够像贤惠的黄脸婆吗？"林媚拉着我往她房间走，"快快快，给你敷张'前男友'面膜急救一下。明天我轮休，再陪你逛街买两身适合见未来婆婆的衣裳。"

我极不情愿地跟着:"天气预报说明天有雨不适合逛街,再说明天有场建筑地产人才专场招聘,我打算在人才市场蹲守一天。"

"不懂了吧,拜见未来婆婆等于面试,对着装要求一样,整洁端庄。"林媚把我按在她堆满护肤品彩妆的梳妆台前,问,"人间精华那边真没戏了?"

想到那天我一个人把整箱樱桃扛上楼,宫磊不但没帮忙,而且一副"我看好你哦"的样子,我就知道,他对我靠自己的能力找到工作,也很看好。

有什么难的,我一个有工作经历的老油条,大不了原地踏步再找份房产中介的工作。人生理想啊,诗和远方啊,都很美好,但我也得先苟且活着吧。

林媚端详着镜子里我一张生无可恋的脸:"我家安佳佳长得也不赖啊,眼睛是眼睛,鼻子是鼻子。人间精华不可能一点反应也没有吧,你们这几天没联络?记住我的'鸡蛋篮子'理论,池以衡虽然不错,人间精华可不是谁都能有幸遇到的。瞧瞧你现在多可怜,让你心中崇高的爱情先靠边站吧。"

我也看着镜子里忙着挑选面膜的林媚:"你让我敷面膜穿新衣服去见池以衡,又让我最好选人间精华,是不是有点矛盾?"

"一点也不矛盾。"从满是各种面膜的抽屉里抬起头,林媚说,"打扮得漂漂亮亮去约会是礼貌,不妨碍你二选一呀。安佳佳,合着你和周志齐谈四年都白谈了。少啰嗦,听我的准没错。"

白谈了吗?

按林媚的理论,我投入感情,投入精力,投入青春,到头换来一首《分手快乐》。周志齐说,祝我们各自找到更好的那个人。呵呵,真当谈恋爱是广告词——没有最好,只有更好。这四年他把我当成什么,勇攀高峰中的歇脚地或者漫漫长路的经停站，总之只是过客而已。够狠，还不如一句"不爱了"来得干脆。

也许至高无上的爱情真的只存在于浪漫文学中，供我们崇拜，却不值得借鉴。

2

全国人口稠密度最高的地方，一个是黄金周的旅游景点，一个是雨天的人才交流中心。

我一面小心避让着人们手里滴水的雨具，以免弄湿斥巨资购置的面试装，一面仰颈张望高高悬挂的招聘函，寻找适合自己的职位。腥湿味混杂着汗臭味，一张张焦虑又迷茫的脸。人人都像密封罐里的咸鱼，争先恐后地围着各家公司招聘位，拼了命地表现自己——我不是咸鱼，是金子。

仿佛全市的失业人员，都在这靡靡雨日，聚集到了一起。

见这阵势，林媚在门口瞄了一眼打了退堂鼓，转移到对面的街边小饭馆等我好消息。两小时后，我带给她一个坏消息，一个好消息。坏消息是革命尚未成功，同志仍需努力。好消息是，大排长队只面试了三家公司，下午还有机会。

说不着急是假的，可找工作有时候就像相亲，不是嫌弃对方，就是被对方嫌弃。彼此看对眼需要运气，偏生我最近运气不佳。林媚给我加油打气，又帮我点了一份加卤蛋的牛肉面补充体力。

吃到一半，她放下筷子，好像做了很久的心理斗争似的，鼓足勇气开口:"昨天翻你和吴迪的聊天记录,他不是说他们公司正好缺一个行政助理嘛,我知道你是因为我才拒绝。我想了想,反正我和他同事也没多少接触,你去吧,不用顾虑我的感受。"

"你想太多了,我不去主要是因为他们公司太远,上下班不方便。而且工业园区附近也不好租房子。"林媚越发内疚,我笑着说,"真觉得过意不去,你朋友多,帮我问问最近有没有谁想租房,我之前租的一居室一直空着呢。"

当初为了和周志齐能拥有属于自己的私人空间,狠下心租的一居室,现在成了烫手山芋丢不掉。曾留下甜蜜回忆的地方,一夕间变得面目可憎,我想来心里不是滋味,有点食不下咽。

雨又下大了,伴随着梅雨季节的来临,整个城市好像也开始发霉了。

林媚的手机响了,铃声是万年不变的《冬季不下雪》——刘德华的一首冷门老歌。林媚不是刘劳模的粉丝,只因为歌词里有长颈鹿才喜欢的。最初我们都以为它只是一首情歌,后来认真读过歌词,才知道这是一首充满童趣的环保歌曲。

吴迪向林媚求婚那天晚上,在酒吧里,五音不全的他居然走上台,当众唱了这首歌,还给了林媚一段深情告白。我一边感动得热泪盈眶,一边警告周志齐,别和吴迪一样也当众向我求婚,太隆重反而会令我尴尬。周志齐当时说好,还说了些什么,我不记得了。仔细算一算,那时候他已经在备考公务员了,酝酿着和我分手,各奔东西。外面的大雨仿佛哗啦啦一下落进心里,趁林媚侧身小声打电话,我偷抹眼角,继续埋头大口吃面。

几分钟后,林媚冒着风雨打车走了,赶着回家换衣服赴约。可能看出我情绪低落,她走得拖泥带水,不停安慰我,不着急,工作可以慢慢找，只要有她林媚一口吃的，绝不会饿着我。

有了林媚的支持，我重整旗鼓，再度踏进生死场般的人才交流中心。下午我运气好转，接连面试四家公司，自我感觉表现良好，有两家都向我抛出橄榄枝，说等下一步面试通知。虽然公司规模不大，面试职位也偏低，也是个机会，可以一试。

总算有所收获没白来，离开人才交流中心，我坐车去往黄太后家。黄太后早说过她厨艺超群，所以要亲自下厨招待我一顿。她家位于市区，几十年的单位房，隐于周边林立高楼之中。虽然楼房老旧，小区也没有专业的物业管理，但一走进去就如同回到我自己的家一样，倍感熟悉。

雨停了，有老人闲坐树下，呼吸雨后的清新空气，晃着摇椅半睡不睡；有淘气的小孩追逐着跑过身边；有大妈提着小菜，抱怨又涨价了；还有炒菜声送来的阵阵香味，叫人食指大动……我不自觉地加快脚步，直上三楼，敲响黄太后家的门。

房门应声而开，开门的男人想必是黄太后的独子池以衡。果然长得帅，白皙干净，透着文雅的书卷气。前一秒钟我觉得他有点面熟，后一秒钟我想起来，他就是宫卉的前男友嘛！

世界上哪有无缘无故的巧合。黄太后住院，宫卉为能偶遇她儿子，自然会选择同一家医院做产检。转来转去，宫卉念念不忘的前男友和我面前的池以衡，根本是一个人！

我震惊之余，踌躇着要不要和他相认。可他似乎没有认出我，礼貌微笑说声你好。也对，不过点点头的一面之缘，他当时肯定眼里只有多年未见的初恋情人，不记得我这个人肉背景板。

不记得最好，吃完这顿饭我早点撤，绝对不给黄太后任何撮合我和她儿子的机会。我才不要在宫卉理不清情丝的时候，把自己往感情旋涡里送，惹出什么莫须有的误会。

假装初次见面，我回以微笑："你好，我是安佳佳。"

"佳佳来了，快进屋。"黄太后从厨房探出头，手举菜刀，笑容满面，"别拘着，你先和我儿子聊会儿，马上吃饭。"

感觉那把闪着寒光的菜刀架在脖子上一般，我心里越忐忑，越像见到帅哥害羞束手束脚。在沙发里正襟危坐，别说聊天，我都不敢直视池以衡的眼睛，怕他顿悟认出我来。他也察觉出我的局促，打开电视，主动把遥控器递给我，说进厨房帮忙。我刚缓口气，他又出来了，无奈地说被黄太后轰出来了。

我一颗小心脏，忽上忽下，战战兢兢，紧张到可以直接吃速效救心丸。

黄太后端着菜热情招呼我上桌。我从包里取出上午林媚帮我选的真丝围巾送给黄太后，老人家高兴得不得了，朝池以衡夸道还是姑娘家买礼物合心意。我跟着黄太后进厨房拿碗筷。她将我拉到角落，像传递情报似的，小声提醒我别害羞，她有信心，自己儿子喜欢我这类型。

阿姨，您儿子喜欢什么类型，说不定我比您还清楚啊！

黄太后张罗了一大桌子菜，以家常菜为主，虽普通，但味道的确很棒。黄太后说她年纪大了晚上不能多吃，于是空出一张嘴就没停过。对我讲完她儿子小时候多么懂事听话，长大了多么努力上进；又对池以衡讲我半年来如何热心周到地帮她找房子，跑前跑后辛苦了。

这样也好，专心吃饭，偶尔附和黄太后两句，我也不必和池以衡直接对话，暴露身份。池以衡吃得比我更专心，必要时以微笑带过，基本不开口说话。

我以为这顿饭会在有惊无险中平安结束，逐渐放松警惕。黄太后趁池以衡进厨房帮我盛汤，忽然靠过来："我知道你们现在的小姑娘，反而不喜欢找没恋爱过的小伙子。阿姨不瞒你，我儿子大学的时候谈过一个。说实话人特别漂亮，可是啊……和以衡不合适。两家悬殊太大。"说着池以衡端着汤走出来，黄太后提高音量："找对象结婚还是门当户对的好。"

她的话显然是故意说给池以衡听的。我从他手里接过汤碗，飞快地扫了他一眼，没有任何表情变化。有时候表面上看起来温顺平和的人，其实可能骨子里固执得要命。黄太后不可能无缘无故这么说，莫非池以衡和宫卉一样，余情未了，只是掩饰得比宫卉更深。

情况愈加复杂混乱，我还是赶紧吃完溜吧。

只是，我吃饱喝足又不好意思立刻拍屁股走人，便提出我来洗碗。黄太后好像正等我这句话，爽快同意，然后说她每天饭后要散步消食，递给池以衡一个鼓励的眼神，高高兴兴出门去了。

我傻傻看着黄太后离我而去，苦不堪言，欲哭无泪。

厨房里只剩我和池以衡，我们背对背各忙各的，一直没有交谈。

"真巧。"

倏尔背后响起池以衡的声音，一只碟子险些碎在我手里。看来他早已心知肚明，害我紧张半天。回头朝他笑笑，我说："是啊，来之前，我真不知道黄阿姨的儿子就是……世界太小了。"

"不要告诉宫卉，好吗？"

"好。"我也是这么想的。

达成共识，我们互相笑了笑，都有些卸下包袱后的轻松感。

池以衡拿毛巾擦擦手，从裤子口袋里摸出个信封递给我。明白这是他还的医药费，我没有推辞，接过来发现厚度不对，金额明显大大超过我垫付的钱。手停在半空中，我不解地看向他。

"前几天我去帮我妈办过户手续，发现总金额不对，所以问了你以前的同事。无论如何,这钱不能让你来补。拿着吧,也别告诉我妈。"

池以衡明事理,做事又妥帖,如果没有他和宫卉那层敏感的关系在,我想,我们是可以成为朋友的。

"谢谢你。"

"该说谢谢的人,是我。"

说话间,摆在料理台上的手机震动起来。池以衡看了眼,眉头微蹙,抓起手机说声抱歉,走出厨房。约莫两三分钟后,他站在厨房门口,手里拿着伞,对我说有事出去一会儿,请我务必等他回来,他再送我回家。

3

池以衡走得匆忙,我忙完在客厅无所事事地坐了片刻,决定先行离开。到家再给池以衡短信,不打扰他处理急事。

雨夜幽凉,时紧时疏的雨声,好像将往日里的世俗喧嚣浇灭,换来难得的安宁。昏黄路灯照着细细的雨,我撑着伞,放慢脚步,享受夜雨带给我的内心平静。走到小区门口,忽然发现一对熟悉的身影。

一把伞下,宫卉和池以衡面对面站着,说着什么。

我条件反射地慌忙躲到一处路灯照不到的暗处,小心张望他们。天生的窥视欲让人莫名紧张又兴奋。不自禁地想听清楚他们的对话,又担心看到什么不该看到的情景。理智告诉我,非礼勿视,应该赶快走掉。出小区只有一条路,或许把伞压得低一点,走得疾一点,我不会被他们发现。

正准备冒险一试,一个电话进来扰乱我的计划。看清手机屏上"宫磊"两个字,我的心忍不住抖三抖,竟然觉得自己像被抓现行的贼。

"宫卉和你在一起吗?"手机接通后,宫磊立即问。

"没有。"我下意识地矢口否认。

那头他的声音顿了顿:"她有没有和你联络?你知不知道她去哪里了?"

望着不远处的宫卉,我编瞎话道:"不知道,她没和我联系过,我一天都在人才市场参加招聘会。"

"好的,明白了。如果她和你联系,请你通知我。"

"哦,好……我靠!"

原本宫卉和池以衡同框画面还算太平和谐,突然间,黄太后不知道从哪里冒了出来,硬生生插到他们中间。她对向宫卉的脸极为难看,简直像对着一个"媚乱江山"的妖精,分分钟上演"宫斗"大戏的节奏,我的心也跟着揪紧。

护子心切,黄太后开始冲着宫卉喋喋不休起来,池以衡拦也拦不住。即便听不见,我也能猜到肯定不好听。宫卉也不反驳,逆来顺受地低着头。任谁看在眼里,都会偏向柔弱的宫卉,想替挨骂的她出头。到最后,池以衡也爆发了,把伞硬塞给宫卉,阴沉着脸强行带走黄太后。

宫卉一个人留在原地,身影单薄,仿佛仍未从黄太后的责备中解脱出来。良久,她缓缓抬起头,目光望向池以衡早已离去的方向,凄楚痛苦的神情清清楚楚写在脸上,走掉的人看不见,却全映进我这个不该看到的人眼里。

就这样失魂一般,宫卉又站了很久,举着伞的手无力地垂落下来,任细雨打湿身体。不顾路人的侧目,不顾夜凉伤身,仿佛全世界只剩下孤孤单单的她,和好像永远下不停的雨。

我也很矛盾,做不到若无其事地从旁经过,更不可能直接冲过去叫醒痴迷的她,那样会解释不清我出现的原因。直到有陌生的好心人上前询问,宫卉感受到外界刺激,才恍然恢复意识,狠狠地摇摇头,逃跑似的转身离去。

大晚上,我真害怕魂不守舍的宫卉出事,没多想紧随其后,保持着不远不近的距离,视线时刻不离她左右。她漫无目的地游荡着,依然淋着雨,不知道什么时候能走到尽头。人像已经失去知觉,不知疲惫。

一直走下去不是办法,我冲上前轻拍她肩膀,故意不确定地喊:"宫卉?"她木然回头,我立刻惊喜道:"真的是你,怎么有伞也不打?我以前在这附近上班,刚和前同事吃完饭,看见你一个在路上走,我还以为认错人了呢。你脸色不太好,有什么事吗?"

她微微抬头看一眼我罩在她头顶的伞,又低头看一眼自己手里的伞,咬唇挤出笑容,摇摇头:"佳佳,我没事。"

虚弱无力的口气,我伸手扶住她:"要不要我送你回家?"

她望着对面临街的咖啡店:"你如果有空,陪我进去坐坐吧。"

"好,我给林媚发短信说一声。"

短信实际上是发给池以衡报平安的,我又把手机调成静音模式,确保万无一失。

安安静静的咖啡店里,只有两三位客人。得知宫卉还没吃饭,我帮她点了一份意面简餐和一杯安神的热牛奶。我自己必须精神高度集中以免露馅,所以点了一杯黑咖啡。

"这个时候喝咖啡,你不怕晚上睡不着觉吗?"宫卉问。

"不要紧,睡不着就追剧,反正不用上班。"

"佳佳,我真傻。"她心思不在我的身上,好像根本没听见,动也不动意面,捧着牛奶杯喃喃道,"我刚才去找他了,遇见他妈妈。他妈妈从以前就不喜欢我,说我是养不起的千金小姐。我不知道什么时候家庭条件好也成了错,这又不是我能决定的。她还说,他已经有了谈婚论嫁的女朋友,正在他家里,让我不要再继续纠缠。"

……谈婚论嫁,黄太后信口开河的本事真高。

我有口难辨,听得后背冒汗,忙岔开话题:"宫卉,吃点东西吧。不早了,吃完我送你回家。"

她还是一动不动,朝我露出歉意的笑容:"佳佳,总对你讲我和他的事,你是不是也听烦了?"

"不不不。"我忙摇头,"我只是觉得你淋了雨,又不吃饭,很容易生病。"说完,我忽然发现她脸颊泛着红晕,眼神也有点迷离不清,"不会发烧了吧。"我忙走到她身旁,摸她额头。触觉冰凉,却因为离得近,我闻到从她身上散发出的淡淡酒气。

"你喝酒了?"

她没有点头也没摇头,晃动着身体说:"喝了酒才有勇气去找他呀。"

轻飘飘的声音,不受控的肢体,证明宫卉已经酒意发作。在她彻底醉倒前,我提高音量吸引她注意:"把你老公电话给我,我让他来接你。"

"我……老公……"宫卉失忆般迷茫重复,忽的一定,眼角眉梢低垂,嘤嘤地哭起来,"他出差了……我一个人在家,好孤单……"

夜漫漫,雨漫漫,寂寞难耐,唯有与酒为伴。然后美酒迷了心窍,便来找初恋情人诉衷肠——典型的"不作就不会死"。

"作"是美女的特权,因为看她酒醉哀伤的模样,再冷漠的人,也会同情心泛滥。

放下一百个不情愿,我拨通宫磊电话,干脆告诉他,别问我为什么和宫卉在一起，赶快来接人。等他来的时间，得店员帮忙，把宫卉扶到角落沙发里躺下，为免着凉，我又借来一张薄毯给她盖好。安顿好一切，宫卉已经醉得不省人事，沉沉睡去。

蹲在旁边，久久凝视宫卉一张清瘦的小脸，我好像明白了她为什么如此执着一段感情。可能这段初恋，是从小到大宫卉唯一一次的自作主张。习惯于软弱妥协，习惯于顺从家人安排，她不愿让仅有的一次"叛逆"以失败告终。与其说宫卉爱得执着，不如说是"爱"激发她体内压抑已久的反抗精神，渴望冲出家人为她搭建的安乐城堡。

所以宫卉羡慕林媚，羡慕她活得够自我。而林媚也羡慕宫卉，羡慕她应有尽有。宫磊说"有的人终其一生也不知道自己想要什么"，也许在要什么之前，我们应该先低下头看看自己手里已经有了什么。

十几分钟后宫磊赶到。我们没有多说话，他抱宫卉上车，我打伞，出奇默契。看见宫卉被雨淋湿的裙子，宫磊请我一同送她回家，有些事他不方便做。我会意，没有拒绝。

车内没开空调，宫卉盖着宫磊的西装外套，哼唧两声，又靠着我的肩头睡过去。我将视线投去车窗外，考虑要不要用同一个理由骗宫磊。可他没问我为什么和宫卉在一起，我先急着解释，会不会显得我此地无银三百两。

"宫卉平时几乎滴酒不沾，因为她酒量很差。"

宫磊开口说的第一句话完全出乎我的意料。脑补一遍他的言下之意，好像他给我打电话追问宫卉去向的时候，我正陪她喝酒，故意撒了谎。而且他还有点责怪我的意思，不该纵容宫卉灌醉自己。

最可怕的是，我居然觉得他这个与事实不符的推测，比我自己编造的理由合情合理多了。

可如果他问我，为什么宫卉找我喝酒，我该如何回答。

宫磊明明是在套我话，太阴险，还好我多长了个心眼。轻车熟路地重复一遍和宫卉偶遇的谎言，我没忘撇清干系："我们进咖啡店没多久，她就醉得睡着了。"

也不知宫磊信是不信，他轻轻嗯了一声，问："今天的招聘会怎么样？"

转话题应该表示他信了吧，我轻松地道："还行，在等面试通知。"

"什么职位？"

"一个是建筑公司的前台，一个是地产公司的文案。"

"公司规模如何？"

"都不大，其中一家刚起步。"

详细询问完，我以为宫磊会对我缺少追求的职业定位照例挖苦一番，然而他却沉默了。毒舌不是他与生俱来的天赋吗，还用花时间攒词儿？是时候轮到我先下手为强了。

"到目前为止，我失业一个星期零三天，要不是林媚接济，穷得连饭也快吃不起了。所以我现在急需的不是一份事业，而是一份能养活我自己的工作。公司规模小，职位低不要紧，我……"

"安佳佳。"宫磊打断我，"后天上午十点到宫锐来。"

"嗯？去干什么？"

"面试。"

"真的吗？"我们在车里一前一后，我根本看不到宫磊的表情，谁知道他是不是逗我玩，可口气不像说笑。冷静冷静，没准又是圈套，我谨慎追问："为什么你又愿意再给我一次机会？"

"你因为客户住院错过面试，情有可原。"

老天开眼，太好啦！

要不是怕吵醒宫卉，我一定激动得跳起来，两行老泪都快纵横而出："我就说我是好人，好人值得被原谅。你放心，我一定不辜负你的期望，努力工作，献身宫锐。"

"别高兴得太早。能不能通过面试还不一定，只能靠你自己。"宫磊说道。

"啊，我不能直接报你的名字吗？"你不能把机会摆在门后面，然后告诉我这门锁了打不开吧。

"你可以试试。"宫磊微微侧头，笑了笑，"但我不保证，你不会被保安丢出去。"

"为什么？"我傻傻地问。

"因为这是每一个直接报我名字的人的下场。"

不管宫磊是否夸大其词，我已经听出他的意思，不可以公开我和他认识的这层关系，凭自己努力把握机会。

好！安佳佳，拼了！

Chapter 6
你要的周到而温暖，这个社会给不了

一个当年文学社里的女愤青，写杂文针砭时弊，抨击那些谄媚者、虚伪者、苟且偷安者、任意妄为者……可终有一天，我们也会成为自己当初讨厌的人。

缺钱使人进步，"缺德"使人更进一步。

1

宫卉的家,我第一次来,高档社区的顶层套房,靠山临湖,贵就贵在风景绝佳。头顶同一片偶尔蓝的天,共呼吸PM2.5的空气,有人蜗居在逼仄空间,有人的入户花园大得能建假山水榭,也许这就是"公平中的不公平"。

宫卉出门走得急,家里还亮着灯。桌上倒着红酒瓶,她醉酒的原因不言而喻。宫磊直接将宫卉抱进卧房,轻放在床上。一路睡得香的宫卉一沾床反而醒了,倏地坐起来,瞪大眼睛看向宫磊。

她的动作太突然,我和宫磊均是一愣,不知该作何反应。所有一切像被按下暂停键,诡异地静止不动了,我也不自觉地屏住呼吸。

"我讨厌你们!讨厌你们替我做决定!讨厌你们说都是为我好!我已经不是小孩子了,有权利决定该爱谁,该和谁在一起!我恨你!出去!出去!"

几秒钟后,宫卉整个人竟崩溃了一般,歇斯底里地大叫,眼泪在控诉声中决堤泛滥。她跳下床,疯了一样使劲捶打,推搡着宫磊,嘴里不断重复着怨恨的话语。

始料未及的一幕突然在眼前发生，我彻底看傻了，手足无措。连自己亲哥哥都像不认识一样，又打又骂，我一个外人冲过去能不能阻止她还不一定，万一帮倒忙，岂不是火上浇油更添乱。

好在男女力量悬殊，宫磊很快抱住情绪失控的宫卉，牢牢牵制住她的手脚。已经被愤怒摧毁理智的宫卉呼喊着挣脱不开，发狠似的一口咬上宫磊的胳膊。她狰狞的表情，紧绷的嘴唇，我能看出她非常用力，不由为宫磊捏把汗。他一定很痛，却没有动，连眼睛都没眨一下，任由着宫卉发泄怒意。

忽然间宫卉打了个寒颤，猛地定住，有刺目的血迹从她的牙齿间渗出，泅红了宫磊的衬衫。一定是唇齿间的血腥味唤醒了宫卉，她褪去一时疯狂，泪流满面，软软地倒进宫磊怀里，一遍又一遍无力地说着对不起。

宫磊不言不语，温柔地再次将她放回床上，盖好被子。或许因为咬伤哥哥内疚，宫卉迅速翻身背对他，又拉起被子将自己全部罩住。

自我封闭的举动，也是一种逃避，逃避接受哥哥的关怀。对爱自己的人有太多的不满，却没办法对他们产生恨意，这样的感受更痛苦。所以宁可逃避掉所有的爱，也不愿被这种感觉折磨。

我能体会得到，何况宫磊。离开前，他轻声恳请我帮宫卉换衣服，虽面有郁色，仍不失礼貌地对我微笑。我多了解些内情，不禁揣测他此刻的心情。如果早知道亲手扼杀宫卉的初恋，会令她结下如此深的心结，耿耿于怀至今，当初宫磊会不会做出相反的决定，现在又会不会后悔呢。又或者，聪明如他早有所料，只是为了妹妹一生的"幸福"，他在所不惜。

可什么才是幸福？谁又能给一个准确的答案。

闹过一场，宫卉变得极其安静，接着我递过去的睡衣，毫不避讳地当着我的面换了起来。我转过身，不安于她的大起大落，觉得该说点什么。可平时自认伶俐的一张嘴，这会儿也不好使了，思来想去，寻不到一个破冰的话题。

"佳佳，不好意思，我刚才的样子是不是很可怕？"

窸窸窣窣的换衣服声仍在继续，我没有回头："不可怕。你是美女，怎么做造型都好看。"

背后响起她的轻笑："你别逗我了。我也不知道怎么回事，睁开眼看见我哥，就想到三年前他说服以衡离开我的场景，一下子好恨他。他明明人在国外，竟然瞒着我专程回国，只为拆散我们。他是从小到大最疼我的哥哥啊！"

"他很疼你呀。"听出宫卉情绪又有波动，我急着再度唤醒她对哥哥的内疚感，"你那么用劲咬他，他都一直忍着，忍到流血。可见他也明白你心里不好受，需要发泄。"

"他怎么会明白？佳佳，该不会他已经知道我见过以衡了吧？"

我说了什么……

"不会不会。"千万不可自乱阵脚。我坐到床边，边帮宫卉把睡衣下的长发，慢慢理出来，边开动脑筋圆自己话："我们看到了桌上喝空的红酒瓶。你想啊，你一个人在家喝那么多酒，就算不明白你为了什么，肯定也能猜到你心情不好。喝醉了难免会控制不住自己，发发酒疯也正常，你别瞎琢磨。"

"嗯，我多心了。那天见面，我没看到我哥。你也在场，也没看到对吧？"宫卉看着我，眼神里充满了不确信。

没有任何迟疑，我坚决摇头："我视力很好，你哥绝对没有出现过。"

听到这一句话，宫卉终于安下心，乖乖入睡。等确定她睡着，呼吸平稳,我才蹑手蹑脚地退出房间。一片漆黑,宫磊可能先走了。经过客厅,眼角余光无意中掠过阳台,捕捉到点点火光和一个高大的背影,我不自觉地调转了方向。

雨过天晴,一轮圆月当空。

月下湖面被微风吹皱,碎开了一层层粼粼的波光。夜深人静处,月在动,树在动,水也在动,像极了大自然的窃窃私语,仿佛只有这一刻是属于除人类外的天地万物。

原来同一个城市的风景也有贵贱之分。林媚小二居阳台外只有鳞次栉比的高楼和车流不息的公路,风景是喧哗的,粗糙的,廉价的。这里却美得让人会误以为置身于度假区,风景是灵动的,通透的,且价值不菲。

一样的钢筋混凝土结构,一样的功用,贵总有贵的道理。岁月多忧,可哪怕再多烦恼,往这儿一站,也会被暂时抛诸脑后。我现在最大的烦恼是如何尽快摆脱黄太后,最好从此老死不相往来。比起被妹妹怨恨,连打带咬的宫磊,好像不算什么。

和宫磊并排而站,浓浓夜色隐去他太多复杂神情,看在我眼里,他也不过是有些阴郁罢了。

他微扬指间的香烟:"不介意吧。"

我摇头,用下巴努了努他浸血的胳膊:"需要包扎吗?"

"不要紧。"宫磊转身,背对好山好水好风光,还是把烟掐灭了,"谢谢你。"

"不客气。宫卉睡着了,我先走啦。"今天发生的事太多,我也有点累。

"你知道有种花叫'泰坦魔芋'吗?"

我只知道有种吃的东西叫魔芋,可现在也不是展示个人知识储备的时候。跟不上宫磊跳跃性的思维，不明白他鬼扯什么，我没回答也没力气多想。唯一的听众心不在焉，似乎并不影响某人莫名其妙激增的表达欲。

"泰坦魔芋原产于苏门答腊的热带丛林，是世界上最大的花，花径可达一米五。在它几十年的漫长生命周期里，只开两到三次花。每次只开一朵，而且开花时间没有规律可循。我为了能拍到一朵开花的野生泰坦魔芋，在印尼待了两年多，其中近一半的时间是在热带丛林里度过的。"

我没去过热带丛林，但看过探索频道，知道那里是冒险者的天堂，专产各类毒草毒虫。在那种危机重重的地方待一年，只为拍一朵世界上最大的花……我只能说，有钱人真会玩。

尽管心底表示无语，我的配合度还是很高："你拍到了吗？"

"嗯，拍到了。"他点头，却没有与之相符的兴奋自豪，反倒显得过于平静，"我又多待了一年才拍到，而那一年是我用做说客换来的。我向家人承诺用两年时间拍到泰坦魔芋花，然后回国工作。在两年期限即将到达的时候，我接到家里电话。如果我能说服池以衡和宫卉分手，他们就再多给我一年时间。我当时几乎没有任何犹豫就答应了。"

也就是说，宫磊为了拍一朵破花，不惜当一个斩断宫卉初恋的刽子手。虽然听说过有摄影爱好者为拍到自己想拍的东西，不惜代价，我依旧觉得宫磊脑子有毛病。一朵花的照片而已，不能吃不能用，顶多卖给《国家地理》赚几个稿费钱，可宫磊最不差的就是钱啊！

宫卉那一口没白咬。要让她知道，在亲哥哥眼里自己还不如一朵花重要，那一口估计会咬在颈动脉上。

我彻底无语，也不想思考宫磊为什么告诉我。总不可能是想让我夸他清新脱俗，不沉溺于低级趣味，等我求看珍贵魔芋花吧。更不可能是想让我就他如此不负责任的行为,大骂他一顿,我也不敢啊。

"那个……我是个俗人,理解不了你当年的选择。不过你最好不要让宫卉知道。不早了,再见。"

刚认识宫磊的时候,我确实不该肆无忌惮地臆想他的生活。因为他的生活根本无法用常人的脑子臆想出来。智商平平的人怎么可能编造得出高智商人群的怪诞爱好。

2

昨晚因为宫磊的一段话,我做了一个噩梦。梦见自己迷失在热带雨林,被巨大的泰坦魔芋花吃得一干二净。梦境里,泰坦魔芋花长得像一张血盆大口,把我活生生吞噬之后,还吧唧嘴,从牙缝里吐出我沾血带肉的趾骨,锁骨,头盖骨……

于是我早起睡醒第一件事,开电脑百度泰坦魔芋花,又让我毛骨悚然了一把。

"泰坦魔芋,又称'尸花''尸臭魔芋',开花时会散发一股类似尸臭的味道,故被称作'世界最臭的花'……"不知什么时候出现在我身后的林媚,逐字念完屏幕上的词条,夸张地抖抖肩:"咦——好恶心,安佳佳,你大清早起来不刷牙洗脸,看这个干吗?"

我故作神秘地道:"这是一种神奇的大花,可以让看见它的人泯灭人性,做出伤天害理的事。"

"滚,装什么神婆!"林媚举起手里24K黄金美容棒磕我脑袋,"你昨晚上干什么去了,比我回来得还晚。我教过你别太主动,就算你很好追,也要营造出你很难接近,追求你很有挑战性的假象。"她又改戳我胸口:"男人只会把他们付诸过心血,甚至惨痛代价的女人记在心里,懂吗?"

"懂啦懂啦。"本来胸就不大,再戳该凹进去了,我拉林媚坐下,"我再告诉你一件比这朵花更神奇的事。"

正用美容棒按摩脸颊的林媚手一顿,眼睛放光:"什么事?"

"黄太后的儿子池以衡就是宫卉的初恋男友。"

省略所有与宫磊有关的细节,我把昨天发生的事由头到尾告诉了林媚。她听得太投入,不仅忘了瘦脸大计,听完后还表情严肃地沉默好一阵子,骤然拍响脑门。

"哎呀,我想起来了。好像是大三的时候,我遇到过宫卉和她男朋友。当时没细看,就觉得人挺帅,俩人特般配。佳佳,依我看,你算了吧。凭你那点可怜的恋爱经历,玩不转多角恋。"

"嗯,和我想的一样。"学习上次宫磊分析事件的方法——从源头解决问题,我说,"以我对黄太后的了解,除非我有男朋友,否则她不可能轻易放过我。你手里货源多,帮我找个靠谱点的。下次我回请他们吃饭,把人往面前一领,黄太后肯定死心,我的危险也解除了。行吗?"

林媚若有所思地点点头:"行是行。你的危险解除了,宫卉呢?婚内出轨可不是闹着玩的。咱们不知道就算了,既然知道,你不得劝劝?"

"没法劝。不要以为当局者迷,我觉得她心里比谁都明白。"

宫卉昨夜醉酒失态是个意外,只要她能保持清醒,我甚至认为,她有能力同时平衡好老公和前男友的关系。至于她是否会触碰到道德底线,好像也不是我一两句悬崖勒马的话,就能让她退避三舍。话说回来，林媚的反应反倒不太正常。

"你什么时候突然关心起宫卉来了？"我假装难过地撇嘴，幽怨道，"我以为你最爱的人，是我。"

林媚白我一眼："当初要不是参加她的婚礼，我怎么有机会认识金融男。物以类聚人以群分，真正有钱人的圈子，咱们这样的小老百姓挤破头也钻不进去。她愿意和咱们做朋友，你还不珍惜？"

相当直白又现实的说法。我们愿意结识不同阶层的朋友，不代表他们同样乐于伸出友谊的手。那日宫卉恳求我别疏远她的样子浮现眼前，我不禁问林媚，该怎么劝。

"离啊！敢于对包办婚姻说不，勇往直前追求今生所爱！"

她倒利落干脆，轮到我大翻白眼："谁说是包办婚姻，这都什么年代了。"

"你忘了，宫卉说过，答应嫁给高先生是她一生做过最悲剧，最郁闷的决定。"林媚有模有样高度还原一遍当时宫卉说的话，得出结论："为什么最悲剧？因为她不爱高先生。为什么最郁闷？因为不爱也得嫁给他。现在既然爱的人回来了，感情也还在，为什么不……哎呦，肚子疼，没准大姨妈来了……"

"她也说过是最痛快的……"林媚捂着小腹跑出房间，我话到一半忙改口："你大姨妈还没来？"

林媚没有理我，跑得急。我追到卫生间门口："你不会怀孕了吧？"

话音刚落，卫生间门开，林媚倚着门框黑脸瞪我："别咒我！姐姐天天好吃好睡，怀什么孕。真那么容易怀孕，满大街不孕不育医院早饿死关门了。"她回房间化妆准备上班，我又跟到门口。见我没走，林媚透过梳妆镜，奇怪地瞥我一眼："中邪了，你跟着我干吗？"

· 103 ·

"林媚，我陪你去趟医院吧，做个B超。"我忧心忡忡地说。

"啊呸！"她毫不领情，反嫌我的话晦气，转身面对我，郑重其事地道："我的身体我自己知道，不反胃不干呕，不可能怀孕。再说我最近减肥，大姨妈才会不正常。你少瞎操心，回屋找工作去。"

"我明天去宫锐面试。"

"真的？"她转怒为喜："人间精华良心发现啦？"

"嗯，他说我错过面试的原因值得原谅。"

林媚不置可否地轻哼了一声，继续化妆："建议你赶紧和宫卉勾兑好关系，抱紧她大腿。"

"劝她离婚是吧。没等抱紧她大腿，我可能先被宫磊打断两条腿。"当起侍奉丫环，我帮林媚递化妆刷，看美女化妆也是种享受，"刚才的话还没说完。宫卉也说过嫁给高修潼是最痛快的决定。她再软弱，也不至于答应嫁给一个完全不爱的男人。"

林媚停下手里动作，想了想："还是别劝她离了。让你和她搞好关系，无非是为了讨好人间精华。他以后可就是你的衣食父母，你最好和他保持统一战线。"

学两声小狗汪汪叫，我笑着道："唯他马首是瞻，当他狗腿子吗？"

"没错！"林媚可不拿这事当玩笑，"你追不追求人间精华，我管不着。别忘了我的话，他们这种人肯和咱们做朋友，是你我的荣幸，你装也装得像一个合格的狗腿子。"

我盯着镜子里美丽的她："林媚，你好像变了。"

"哪里变了？我可没整容，纯天然绿色美女。"

"世故，现实。"

林媚满不在乎地呵呵笑了笑，没有说话，接着描眉画眼。她的话和出发点都是为我好，没有错，我无法反驳，但又确实不像以前的林媚能说出口的话。当年，见识到宫卉慷慨相赠钻石戒指给同学，不否认我们很羡慕。可林媚私下里曾对我说，虽然宫卉性格不错，但和我们不是一路人，做不了朋友。

从以前的敬而远之到现在的好好珍惜，宫卉还是那个宫卉，变的是什么？只有我们自己。我说林媚世故现实，又何尝不是在说我自己。

一个当年文学社里的女愤青，写杂文针砭时弊，抨击那些谄媚者、虚伪者、苟且偷安者、任意妄为者……可终有一天，我们也会成为自己当初讨厌的人。

离开林媚房间前，她叫住我："佳佳，这就是一个现实世故的社会，它不是为我一个人而存在的，没有道理要求这个社会处处为我显现出周到和温暖。"

"嗯，明白。"我早已改变，只是承认得太晚。

3

宫锐地产初级销售顾问的面试安排在六层营销管理部。我提前半个小时到达，长沙发上已经坐了七八位面试者。男的西装笔挺，女的妆容精致，个个相貌端方。他们好像互相认识，促膝低声聊天，看见我，不约而同地投来略显惊讶的目光，而后是揣测般的上下打量。

我脑门上又没写"宫磊"两个字，为什么他们都像知道我"来路不明"一样。尴尬地笑笑，我缩到角落装高冷。不一会儿，一个圆脸女孩脱离大部队，笑眯眯地径自坐到我身旁。抒发一番如何紧张，准备如何不充分,她话锋一转,压低嗓子问我,能不能透露点待会儿面试的内容。

我以为她口误,纠正道:"应该是预测吧。不好意思,我也是第一次面试地产销售,没什么经验。"

她迷惑地愣了片刻,而后了然一笑:"别装了,我们都知道你是关系户。反正你肯定能面上,捎带手帮帮我们呗。"

"我……我也不知道面试内容。"

她明显不信,狐疑的眼波驻足在我的脸上,仔细搜寻着"你说谎"的证据。我为难又抱歉地摇头。她仍不甘心:"别摇头嘛。你肯定不知道我们这些人是怎么走到这一层来的。初试,口试,笔试,一百多人一轮轮往下刷,刷到最后剩我们十二个。今天最后一轮面试,只招聘六个,二分之一的概率。你一来,二分之一也没有了。"

说到最后,她的语气里充满难以掩饰的不满和抱怨。我也曾遭受过不公正的对待,完全能理解她的心情。但今天,我成了那个将不公正加之于人的角色,全无优越感可言,反而心虚地不敢坦荡面对其他十二位面试者。

"我是通过一些关系得到这次面试,但真的不知道面试内容。"无能为力的我,只好选择诚实。

"哼,不说算了。"

她忿忿甩头,重新归队。很快大部队的闲聊里,有意无意地会有那么三五句话,不高不低正好能传进我的耳朵:靠关系有什么了不起,装无辜装得真像,不就举手之劳的事嘛,缺德呗……

尚未共事,先被孤立。八字还没一撇,我已经提前为以后的同事关系感到担忧了。

今天的遭遇,说不定宫磊早有预料,没准这也是他对我的一种考验。受到非议和排挤之后，看我能不能顶住压力，顺利完成面试。如果我临阵脱逃，非被他鄙视到死不可。

缺钱使人进步，"缺德"使人更进一步。

为得到工作机会，我绝对不会知难而退。能来到那扇面试办公室的门外，我承认自己走了捷径。但一旦跨过那扇门，十三个人都是站在同一条起跑线上，公平竞争。没有前面数轮面试的积累，我甚至需要花百分之二百的努力，才能得到面试官的认可。

一剂鸡血打给自己，我又找回了女斗士的精气神，心无旁骛地静静等待面试开始。

十点整。

三位面试官两男一女，分别来自营销管理部、人力资源部和经理部。做完简短介绍，面试官要求我们自由组合成两队，用三十分钟时间完成一个二十万平高档小区物业管理策划方案。然后用口头阐述的方式，每个人三分钟分别从不同方面，介绍该队设计的方案。

表面上装得和大家一样从容自若，我心里其实大冒虚汗。既没有物业工作经验，这两天又完全没有做相关问题的准备，简直毫无头绪。眼看着其他面试者已完成组队，展开讨论，剩我一个人被孤立在外。有那么一瞬间，我真想放弃，落荒而逃。

可输也要输到最后一分钟。下意识地选择了没有圆脸女孩的一队，我硬起头皮主动来到他们身边。意料之中，被彻底忽视。不让我参与其中，我也没时间讨好队友，厚着脸皮旁听总可以吧。

几分钟听下来，我心里渐渐有了底。原来大家都是缺少相关工作经历的新手，对面试官另辟蹊径的考题也都没有准备。没有人能给出一个方案主线，只能靠大家集思广益，按常识和生活经验，一条条给出建议。我因为没有发言权，所以听得特别仔细，笔下如飞。自己能想到的方案内容，比如小区安全、小区保洁、车辆管理……大家也都能想到。除非我抢在前面阐述，或者祈祷他们的阐述有所遗漏，否则轮到我，很可能一个字也说不出来。

焦头烂额中，三十分钟过得飞快。队友们协商好阐述顺序和内容，一个个胸有成竹地坐回原位。我还抱着鬼画符的笔记本一筹莫展，感觉自己坐回去就是上刑场，伸头缩头一刀的功夫，会当众死得很难看。无论如何，哪怕当复读机，我也必须说点什么。先听听大家的阐述，希望能启发我迟迟不来的灵感。

圆脸女孩所在的队伍先发言。她首当其冲第一个进行阐述，思路清晰，有条有理，开了个好头。剩下的五位均表现得中规中矩。他们整体的方案内容，和我们队大同小异，胜在占了先机。

为赢得面试官青睐，我们队必须给出更胜一筹的方案。一有压力，难免紧张，队友们一个个的表现都不尽如人意。从头到尾被无视的我，就更紧张了。心里虽然很清楚，他们表现不好，其实对我来说是个机会，把握住我就能脱颖而出。但直到第五位开始阐述，我脑子仍一片空白，手心里出的汗已经洇透了笔记本。

就在以为自己死到临头的时刻，我突然想到犯高血压住院的黄太后，曾跟我抱怨，说她一个独住的老人，生了病也没人知道。灵光一闪，我有了思路。趁最后的两三分钟组织好语言，我唯一要克服的只有紧张。

三位面试官一个全程面带微笑，一个全程面无表情，一个写写记记。各有不同，但全部气场强大，权威感十足，无形中给人的压迫力巨大。可想到他们再了不起，也是宫磊的下属。我连宫磊都不怕，还敢瞎表白，他们也就不过尔尔了。

紧张感一消失，信心自然倍增。等轮到我阐述，竟产生出跃跃欲试的表现冲动。告诉自己,注意控制语速和仪态,我不慌不忙地站起来。

"三位面试官,你们好。六位队友阐述过后,我只有比较具体的一点要做补充。我认为物业方案的核心是'服务',而现代人最关注的是'健康',可以把两者进行有机结合——健康服务。前不久,我看到一则新闻。国内顶尖的医疗科研机构正在研发一款名为'社区健康站'的设备。简单来说,它是一种智能化的、自助式的身体检查仪器。涵盖血压血脂、心肺功能等常规检查。并能把检查数据进行记录分析跟踪,以及远距离传输。这样的设备价格昂贵,且占地较大,不是一般家庭能够承受的。所以我建议,可以尝试以物业名义引进到小区,为小区居民提供更便利、更快捷的健康服务。谢谢。"

一气呵成完成阐述,我如释重负。临时起意萌发的想法,究竟能不能得到面试官认可,我没有丝毫把握。只能尽人事听天命。

三位面试官没有对任何一个人的表现作出评价,只告知接下来要开会讨论。要求我们务必三点准时回公司,他们会单独约见每一位面试者,告知最终结果。

距离领取"终审判决",还有漫长的三个小时,等待犹如煎熬。

另十二位组团去吃烤肉,有说有笑地进了电梯。我故意慢他们一步,没有胃口吃饭,随便找了家7-11打发时间。给林媚打电话,手机关机。为转移注意力,我开始联络老同事帮忙出租一居室,又登录上各大门户网站,狂发租房信息。

准时回到宫锐总部六层,我被带进一间小会议室,接见我的是三位面试官之一——笑容可掬的女HR。简单寒暄后,话入正题。她首先肯定了我的口头表达能力和观点的创新性,而后用一个"但是"转折,点明我在分队讨论中,缺少参与意识和团队合作精神。虽然看得出我被孤立,但她认为我至少应该主动尝试融入团队。我当时的"不作为",恰恰说明我这个人不善于人际协调和沟通。优缺权衡比较，我的表现达不到对初级销售顾问的职位要求。

　　HR温柔道声抱歉，尽管极度失落，我仍保持笑容离开办公室。

　　电梯前，遇到圆脸女孩。脸上挂着成功喜悦的她，一眼看出我兵败麦城，又惊讶又暗爽，就差振臂高呼"正义永远属于我们！"我想问她，这回你该相信我没骗你了吧。话到嘴边又忍回肚里，毫无意义的剖白追问，只会像失败者垂死挣扎的哀歌。

　　回望气派高耸的宫锐集团大厦，沮丧之情排山倒海而来。如果没有面试机会的失而复得，我想我不会如此珍惜，尽管有很多次失败的经历，也比不上这一次印象深刻。这个时候，就该找林媚大吃大喝，大骂面试官没眼光，不识千里马。正想着，她发来一条微信——

　　"我在妇幼保健院，速来。"

　　顿时，我心中升起一股不祥预感……

Chapter 7
你欠矜贵，但坚强争气

不管有多少人创业一败涂地，用血肉身躯做了金字塔的筑基，人们却只关注那些金字塔顶端，被宣扬、被称颂、被树立成神话的成功人士。

一人功成名就，足以万众迷信。

1

医院大厅，我从面色惨白的林媚手里接过一张B超检查单。略过一串看不懂的医学术语，我的视线砸在四个黑体字上——"妊娠九周"。

"林媚，你怀孕了？！"

"嚷嚷什么。"她夺回报告单，负气般揉成一团，却怎么也扔不出手，烦躁地塞进包里："扶我一把，腿软。"

我忙不迭搀她站起来："你告诉吴迪了吗？"

林媚真的被吓得不轻，勉强提着力气走路。一听到前夫的名字，仅有的力气全用来横眉发火了："告诉他干吗？婚都离了，和他有什么关系。"

"离了他也是孩子的爸爸呀！"消息突然，我也有点着急，"你打算怎么办？做单亲妈妈吗？"

"找个时间做引产。"她不假思索地道。

我停下脚步，难以置信地看着她："太草率了吧。说不要就不要，你把孩子当什么。怀孕不是你一个人的事，怎么能你一个人做决定。"

"我警告你，安佳佳。这件事不准告诉我爸妈，更不准告诉吴迪。"林媚语气强硬，甩开我的手，费劲地挺直腰背，大步朝前。

我也来了犟脾气，追上她："我不说，你自己告诉他们。林媚，你现在人不冷静，不要随便做决定。等回去，把叔叔阿姨和吴迪叫来，大家一起商量。"

林媚一声冷笑："叫他们来看我笑话吗？结婚刚三个月就离婚，离婚两个多月又怀孕。哇，比连续剧还精彩，不给点掌声，说不过去呀。"

凉薄的话最寒心，我忍不住扬声道："他们是你家人，关心你都来不及，怎么可能当笑话看！"

"打住！吴迪可不是我家人，我也不想和他再有任何关系，所以这孩子我流定了。"

"不行，我不同意。孩子不能由你一个人决定。"我拦住她的去路，绝不示弱妥协，拿出手机："暂时隐瞒叔叔阿姨可以，但绝不能隐瞒吴迪，他有权利知道自己有了孩子。"

"我也有权利不告诉他。"林媚伸手抢去手机，勃然大怒："安佳佳，你故意的吧。大庭广众找我吵架，生怕别人不知道我一离婚女怀了前夫的孩子。你非得让我丢人现眼，你就高兴了，是不是？"

"不是……"

啪！

林媚重重一挥手，我的手机摔得四分五裂。等我捡回散落四处的部件，林媚已经消失不见。手握着布满裂痕的屏幕，我仿佛也看见我和林媚多年的友情，滋生出一条不可逾越的裂缝。

我扪心自问，劝她慎重行事，错了吗？

生命值得被尊重，尽管它尚未成形，尽管它在一个"错误"的时间到来。我不觉得自己有错，不愿回林媚的小二居，担心自己一激动，又和她发生争执。我们都需要给对方空间,让彼此冷静下来。何况她现在是个孕妇。

满世界游游荡荡,不知不觉间,我又来到熟悉的爱琴海西餐厅。最难忘的是想遗忘的事,最难改的是久而久之的习惯,连点的餐也还是西班牙海鲜烩饭和长岛冰茶。

尽管中午没吃饭,此刻我依然没胃口,抱着脑袋望风景。

不知何时,天空下起稀疏小雨,伴着傍晚的风,追赶着行人的匆匆脚步。下班时间,结束了一天忙碌劳累又了然无趣的工作,人人归心似箭,神色比脚步更加匆忙。我渴望成为他们其中一员,却只能坐在这里把他们当城市风光欣赏。面试失利的挫败感再度袭来,沉沉压迫心脏,仿佛呼吸都透着失败者特有的腐朽味道。

视线里,一个熟悉身影从黑色轿车里走下来。我怀疑自己眼花,瞪大眼睛盯着那个身影冒雨穿过马路,走进餐厅,坐到我的对面。

"手机没电?"宫磊问。

我没说话,掏出手机摆上桌:"壮烈牺牲了。"猜到他出现的原因,不等他问,我先遗憾地说:"我表现不够好,失败。"

宫磊既没有露出"早知如此"的表情,也没有出言奚落,而是严肃地问:"分组讨论考察的就是团队合作意识,你为什么不参与?"

将面试前发生的事,一字不漏复述一遍,我自己也有了新的体悟:"如果我当时耍个心眼,随便说点什么糊弄她,也许面试的时候,就不会被排挤得那么惨。"

"我不认为你实话实话有错。你的问题出在,轻重不分。和其他面试者产生隔阂是轻,面试的表现才是重中之重。分组讨论的时候,你应该忘掉被排挤的不愉快,全身心投入讨论。面试官全程在场,你们一举一动都在他们评估范围内。一个你认为微不足道的细节,也有可能成为影响面试结果的关键。"

如果在以前,我会很乐意聆听宫磊的见解,觉得受益匪浅。可现在,我负能量爆表,每一个字钻进耳朵,都如同说教,好像我是个不懂事的小学生。

"我要是能把每件事分析透彻,注意到每个细节,做到足够冷静不受干扰,我今天也不会坐在这里听你上课!宫磊,我知道自己智商情商双低,抢救不了了。你的话只会让我又一次认清,自己就是个彻头彻尾的失败者。"

我不善于人际沟通,丢男友丢工作,输掉难能可贵的一次面试,为林媚好反而和她闹得不欢而散,然后把所有怒气怨气发泄到毫不相干的宫磊身上。留不住爱的人,做不好一件事,说不对一句话,刚二十几岁的人生已经一无是处,活着有什么意义,不如去死。更悲哀的是,我连死的勇气也没有。

抱着头扑倒在桌上,不愿被旁人看去我的丑陋嘴脸,默默流下不争气的眼泪。明知道怨不得谁,也怪不得谁,都是我自作自受的结果,偏就觉得自己那么委屈,那么憋闷,那么想像个孩子一样难过地放声大哭。可我不敢哭出声音,最后一点可怜的自尊心,不允许我自己用哭泣示弱。

宫磊像是没看见我的失态:"说点值得高兴的事吧。"

不奢求宫磊给句安慰,也不必拿如此没技术含量的话敷衍我吧。吸吸鼻子,我埋在双臂里瓮声瓮气地道:"现在哪怕吴彦祖从天而降求我睡他,我也高兴不起来。"

耳畔的头发被人轻轻撩起,我以为宫磊打算强行参观我一张涕泗横流的脸,下意识地躲开,他的手随即收了回去。

"耳钉借我用用。"他说。

不懂宫磊葫芦里卖的什么药,哭得伤心也没精力细想,我顺手摘掉耳钉丢桌上。不是什么值钱的东西,他这种有诡异爱好的人如果想趁火打劫,我也无所谓了。

感觉到桌子随手机震动的频率轻微发振,我犹豫了会儿,胡乱擦掉眼泪抬起头,对面已经空无一人,宫磊不知去了哪里。他的手机在响,我的手机卡槽却是空的。显而易见,他把我的SIM卡换进他的手机里,只为让我接一个电话。

什么电话那么重要?

我不解地望着陌生的号码,片刻踌躇,才迷惑地接起来。

"你好,安佳佳,这里是宫锐人力资源部。是这样,我们计划录用的一位求职者,由于个人原因,不能按公司要求时间入职,公司不予录用。因为你的面试综合评分排名第七位,不知道你是否愿意……"

"愿意,愿意。"等不及她说完,我已经激动得跳了起来,"我才要谢谢你们愿意给我一次机会。谢谢!谢谢!"

"好的。入职时间是下周一,请于上午九点准时来公司报到。祝贺你,再见。"

我握紧手机傻傻站着,久久不能相信,一通电话就让我的命运发生奇迹般改变。眼角失败者的泪还没干,喜悦的眼泪又快夺眶而出。

如果宫磊没出现,我绝对接不到这通电话。所以他一回来,我看他跟看再生父母似的:"你特意来找我的,对不对?这个替补名额,也是你帮我争取到的吧?我该怎么谢谢你,请你吃饭吧,不行不行,你一定觉得我没诚意……"

"安佳佳。"他似乎不领情,示意我喝点东西,安抚过于澎湃的情绪,"我没有帮你做过任何争取,只是无意中听HR说联络不到你,我有交代他们……"他说着,抬腕看眼手表,"如果六点前联络不到你,就不用再联络了。"

瞄了瞄手机,五点五十七分,我暗暗庆幸,好险,没有错过改变命运的机会。

"怕我接不到电话,所以你特意来找我的,对不对?"我锲而不舍地追问。

"对。"

"可你怎么知道我会在这里?"连我自己也没想到。

"猜的。"

"如果我没在呢?"

"下班回家。"

宫磊直言不讳,倒显得我追根刨底像别有所图,非要问出点暧昧不明的原因。他出于好意帮我,我却无理地冲他发脾气,在他面前自诩好人的我,良心备受谴责。

"对不起。我心情再不好,也不该拿你当出气筒,太不成熟了。"

他仿佛没听见一样,重新换回自己的SIM卡,开机,又帮忙把我的手机尽量复原,没流露出任何情绪。直到他将耳钉递还给我,才开口:"手机怎么摔坏的?"

"我和林媚……"

脱口而出的话讲到一半,我又噤声。想想宫磊说过,他不是我的人生导师,没有义务处处帮我出谋划策。我已经得到他不小的恩惠,再拿朋友间的问题烦他,会显得我太得寸进尺,而且一点独立处事的能力也没有。

"不小心掉地上摔坏的。"我转口道。

宫磊没再追问,也没有拒绝我请他吃饭的提议。爱琴海餐厅的确显现不出我的诚意,宫磊不想在交通上浪费时间,简简单单一顿饭吃完,我们各自回家。

我和宫磊不算陌生人，也没有熟到称朋道友。倘若不是清楚地知道，他对我不感兴趣，我真的会怀疑他帮助我的原因。想到最初相识的情景，我并不认为这是他的性格使然。也许因为看到过太多曲意逢迎的谄媚脸孔，身边有太多勾心斗角的阴谋诡计，面对我这样一个半生不熟的人，宫磊反而能展现出他最善意的一面。

可能这也是他最真实的一面，就像那晚的他，对我说了那些不该说的话——只有真实的人，才会犯错，才会为犯的错感到懊悔。

2

现如今，有钱人太多，成功学的书籍太多，教人致富的节目太多，便造成了一种处处有商机、遍地是黄金的假象。好像只要敢想敢拼，谁都有可能成为下一个马云、王健林。不管有多少人创业一败涂地，用血肉身躯做了金字塔的筑基，人们却只关注那些金字塔顶端，被宣扬、被称颂、被树立成神话的成功人士。

一人功成名就，足以万众迷信。

面对新华书店里显著位置上一排排的成功学书籍，我有感而发。庆幸着自己头脑尚算清醒，走到建筑类图书区，挑了几本建筑基础工具书，随便翻两页全是看不懂的专业名词，我短暂清醒的头脑也晕了。只好乖乖交钱，买回去慢慢啃。

为期三周的入职培训，是我能否在初级销售顾问岗位上站稳脚跟的第一步。脱产式的入职培训从企业文化到公司制度，从销售技巧到礼仪仪态,从建筑学基础知识到相关法律法规,无一不学,比我读书的时候还累。

培训期间三天一次小测验,一周一次大测验,所有成绩计入试用期考核。培训负责人第一天就给了我们一个下马威,说我们现在只是暂时安全,不要掉以轻心。入职培训考核不合格,淘汰。试用期考核不合格,淘汰。谁能熬过地狱式的三个月,谁才有资格转正。

上班时间要学习大量专业知识,只能用下班的时间消化吸收,为了把白色试用期员工证换成蓝色的正式员工证,我不得不牺牲掉宝贵的睡眠时间。

趁午休跑趟书店,坐地铁回公司,屁股一沾座我就迷迷糊糊睡过去了。半睡半醒间,鼻尖飘过一缕熟悉的香水味,以为是林媚,我猛地睁开眼,可惜并不是她。

现在天天早出晚归,忙着为工作奋斗,和林媚那场不愉快的争吵也不了了之。本以为这次会像以前我们发生争执的每一次一样,自热而然很快和好,可结果却大大出乎我的意料。我们开始了冷战,都坚守着各自立场不退让,尤其当得知林媚已经预约引产手术,我又气愤地要通知吴迪,不可避免地再次和林媚大吵一架后,我已经彻底放弃了她会转变态度的希望。

我质问她是不是为了抓紧金融男,宁愿放弃亲生骨肉。她毫不犹豫地说,是的。我还能说什么。选择当单亲妈妈,未来生活有多艰难不难想象。保持和金融男稳定的恋爱关系,当然会轻松很多。

谁都愿意选一条容易好走的路。如果代价是放弃一个无辜的小生命,到底值不值得,只有林媚自己知道。她更清楚,不能告诉吴迪的原因,是他必然不会接受这个"自私"的理由。我纠结很久,要不要背着林媚告诉吴迪,最终决定在想出更好的解决办法前,暂时不插手。

为什么我不是宫磊,换做他,一定不会像我一样为难。

郁郁不乐中,我接到老妈的电话,照国际惯例报喜不报忧。身体倍棒,吃饭倍香,工作倍顺利,人生就是大写的四个字——"一帆风顺"。

已经说了再见,老妈那头又喊等一等,小心翼翼地说:"我昨天好像看见周志齐了,晃了一眼,没敢认。他回来出差?"

巴掌大点的地方,早晚会遇见,瞒不住。我满不在乎地开起玩笑:"你闺女深明大义,放他回去建设家乡了。妈,我们分手的事,等我爸哪天钓到三十斤的大鱼,你再告诉他。对了,你们千万别又老生常谈劝我回家。东山上的尼姑庵香火还旺吗?你们要劝我回家,我可上东山出家啦。"

"胡说八道!我还指望你给我生大胖孙子。佳佳……"

听出我妈有长篇大论的苗头,我迅速扯远话题,胡天海地地瞎聊一通。知女莫若母,我妈欲言又止地叹了口气,挂断电话。

再多的烦心事,一上培训课堂,全得抛诸脑后。这里没有真正的学生,却比高三课堂还压抑,没有人刻意营造紧张氛围,只是谁也不想被最先淘汰。下课前,培训讲师公布第一次测验成绩,全部合格,圆脸女孩彭晓瑜拔得头筹。她毕业于重点院校,也是我们之中唯一一个应届毕业生,实力不容小觑。

初战告捷,明天恰逢周末,大家相约吃饭庆祝,也邀请了我。或许因为这几天培训,我没得到任何优待,又看到我整天顶着俩大黑眼圈,一副压力巨大,要死不活的样子,他们相信了我的"关系"仅止于面试。

当所有人都成了拴在一条绳上的蚱蜢,同呼吸共命运,自然会产生认同感。围桌而坐,推杯换盏间,再一起发几句牢骚,抱怨几声大公不好混，又多了几分同袍战友般的亲切感。

彭晓瑜举杯，对我说："那天面试看到全是有工作经验的人，我怕自己没戏，心里一着急，就跑去找你要面试内容。不好意思，我当时冒失了点。来，敬你一杯。"

我只好奉陪到底，也干掉一杯。只求大家酒兴别太高，我还约了林媚朋友的朋友待会儿去一居室看房。尽快把房子租出去，我的心头大事才能了却一桩。

有过这干杯的交情，彭晓瑜靠近我，一手指天，神秘兮兮地问："我们都在猜你上面的关系是谁。应该不会太高吧，部门主管？"

进了宫锐，我才知道宫磊的职位没有想象中那么高。副总头衔，其实主要负责城郊某别墅项目，实际职位和宫锐其他项目经理差不多。可他太子爷的身份，公司上下却无人不知，无人不晓。

他常驻现场，每周回总部开一次会，但凡现身，必然引起骚动。颜值高又没有富家子弟的纨绔劣性。穿着随意，手持图纸，在办公室进进出出的样子，又像个亲民勤劳的实干家。据传，公司单身女性的手机里，或多或少都会有那么几张宫磊的偷拍照，以供意淫。当然，这全是空闲时我听来的八卦，无从考证。入职几天，我压根连宫磊的影子也没见着。

有过和宫磊心照不宣的约定，我半真半假地对彭晓瑜道："好像是吧。他是我大学同学的哥哥，我们也不太熟。"

我的答案似乎满足不了她的好奇心。左右看看，她又凑近我一些，压低声问："培训结束后，你想去哪个项目？我想争取去领秀别墅。虽然按公司规定，别墅项目不用初级销售顾问，但我想试试。别墅开一单顶高层开好几单。而且，宫副总也在那个项目，好想亲眼见一见传说中的完美男人啊……"

一个应届毕业生能从众多有经验的面试者中脱颖而出,彭晓瑜有自信的资本,更有职场新人特有的冲劲和野心,最后一句话又透着年轻女孩的浪漫和可爱。算起来,她也只比我小两三岁,怎么感觉像隔了一代人。她目标明确,而我似乎小农意识严重,只求顺利度过试用期。

我也曾有过的干劲和企图心哪里去了?

带着这个由彭晓瑜引出的疑问,潦草地吃完饭局后半程,我婉言谢绝了他们第二局去KTV的邀请,还被嘲笑了一通老年人似的作息时间。坐车赶到出租房楼下,林媚那位朋友的朋友已经到了。年纪和我相仿,一副形销骨立的干瘪身板。眼镜架在凹陷的腮帮上,好像下一秒就会滑落在地。他自称姓李,换了新工作,就在附近,所以想从家里搬出来。

可能是第一印象不太好,电梯里,我总觉得他时不时地偷瞄我穿西装裙的腿。等我再一定睛看他,他眼珠子又迅速移开,好像无事发生。毕竟是朋友介绍,我没太在意,只和他保持一定距离。

照以前工作惯例,不论客户男女多寡,都不能单独一人带客户看房,必须随同事一起。今天情况特殊,我又实在找不到人陪,只想着赶紧把房子租出去。小小的一居室,客厅里看一看,其他的房间都一目了然。我计划不多做停留,让他拍几张照片,如果合适我们换个地方详谈。

开门见山地告知房租,四眼李没表态。他似乎也不太上心,草草环顾客厅一圈,提出去卧室看看有没有网络接口。我以前真没注意,爽快答应,领着他走进卧室。俯身顺墙边找网口,突然听到关门声,我一抬头,四眼李直直朝我走来。他黏糊糊的眼神像粘我身上了一样,甩都甩不掉……

3

周志齐说我是女斗士,错了,遇到流氓,我可以变身女角斗士。

不知哪来的力气,凭一己之力和一只高跟鞋,我就把四眼李打得满地找牙。他临时起意动了邪念,没料到反被我教训,抱头鼠窜。我又不知哪来的倔强,一定要为民除害,追出门,结果还是被他逃走。

愤怒的热血褪去后,我才后知后觉感到害怕,腿一软跌坐在路边,久久不能控制唇齿间的颤抖。呆呆不知坐了多久,有几位广场舞大妈结伴走过来,或许看到了我追打四眼李的一幕,她们关切地询问,需不需要报警。好在只是受到惊吓没吃亏,我摇摇头。她们又问,需不需要帮忙联络家人。我再摇头,说,有人来接我。

就在刚才最无助最害怕的时候,我第一个想到林媚,顾及到她有孕在身,我又作罢,鬼使神差地打给宫磊。我只说出了点小意外,还没问可不可以麻烦他来一趟,他便干脆道声"等我"。

坚强过后,勇猛过后,我孤零零地一个人坐着,无处可去,心无可依。我不可以惊魂未定地去见林媚,更不可以给遥远的父母打电话哭诉,甚至为了不让内心深处的悲戚一发而不可收拾,连哭泣也不可以。宫磊简简单单的两个字而已,便让我孤助无援的凄惶感消失大半。

陪我等待的好心大妈一人一句说着什么,过耳不过心,我听不进去,掬起感激的笑容。这个时候,笑比哭更难看,可总不能辜负他们的好意。渐渐地,视线里的一切变得飘忽不清,我仿佛失聪般再听不到周遭的声音。意识到自己可能要晕倒的一刹那,手心忽的一暖,我使劲眨了眨眼,看清了蹲在我面前的宫磊。

他的到来,简直有如天神降临,我差一点点就冲动地扑进他怀里。

"还好吗？"他紧握我的手，问。

我勉强笑笑："没事。"

不用我告知原委，大妈们已围上来，七嘴八舌讲了个大概，显然把宫磊当成了我的男朋友。可爱的大妈们个个把我当亲闺女疼，听我说引狼入室，纷纷责怪起宫磊，怎么能什么事都交给女朋友办。工作再忙，也不该冷落女友。多好的姑娘啊，跑了怎么办。

大妈们说得起劲，我哭笑不得，开口想解释，被宫磊制止。他竟也没有否认，像个正牌男友似的，虚心接受教诲，一一向大妈们表示感谢。凡事讲求效率的他，可能觉得没必要花时间，向陌生人澄清我们的关系。

四周聚来不少围观的人，好巧不巧，我听见一个小年轻警告身旁女友，单独出门不要穿裙子。女友点头附和道，她好像喝了酒，明摆着招人欺负。

我一个怒目瞪过去，他们不再吭声。

宫磊也听见了，面无表情地看向他们，严厉地说道："无论她穿什么，在哪里，有没有喝酒，那是她的自由，任何人都没有权利侵犯她的自由。你们愚蠢的偏见，只会让更多人觉得某些无耻行径可以被原谅。"

宫磊只要摆出严肃的面孔，就有惊人的威慑力，尤其又讲出如此义正词严的一段话。我听呆了，情侣也灰溜溜地走了。

一瘸一拐坐进车里，我才反应过来，连夸他帅呆了。宫磊一如既往地对称赞无感，提醒我系安全带，又追问我一遍，要不要紧。

看不到自己的样子是否很狼狈，本着不该再给宫磊添麻烦的原则，我依然回答不要紧。上车时，余光瞥见后座上放着的安全帽，宫磊一定是从忙碌的工地现场赶过来。感激的话到嘴边忽然说不出口，好像一用语言表达，那份沉甸甸的感谢就变轻了，变淡了。

"工作还适应吗？"

宫磊似乎想帮我尽快忘掉不愉快，问得我一愣，但的确有效："挺好的，培训很辛苦，不过可以学到很多东西。"

他睨我一眼，抽出置物盒里的面纸递过来，说："宫锐的入职培训向来严格，有信心转正吗？"

我不明所以迟疑了一下，他直接伸手过来轻拭我的嘴角，然后把沾了血迹的面纸给我看。一定是铆足劲教训四眼李的时候，自己把嘴角咬破的。我忙接过来，边擦边道："说实话，我相信只要努力，一定会有好结果。对了，放着好好的副总不做，你为什么要去管项目，风吹日晒的？"

他笑笑："和你一样，努力学习。"

想起饭桌上彭晓瑜的话，我喃喃道："和你共事，会不会紧张啊？"

"嗯？"宫磊没听清，微微朝我侧了侧头，"谁紧张？"

"我说，你的身份摆在那里，和你做同事应该很紧张，怕做错事被炒鱿鱼。"

"我没那么可怕，更不会滥用职权。"他倏尔转过头盯着我，一本正经地道，"安佳佳，我以为我帮了你这么多次，已经在你心目中树立起了很高大的好人形象。"

"那是那是。"我忙陪上笑脸，"有你这样一位宅心仁厚的副总在，我就是不吃饭不睡觉，也要通过培训考核，早日成为宫锐的一名正式员工，为宫锐服务。"

"宅心仁厚……"他轻声重复着，唇边晕开一抹笑意，"等我七八十岁走不动路了，你再用这个词儿吧。"

气氛轻松,我趁机装作不经意地问:"宫卉最近好吗?"自从那晚后,我们再没联络。出于朋友间的相互关心,过问一句,宫磊应该不会起疑。

"出国玩了几天,昨天才回来。她给你带了礼物,要约你吃饭。我顺便告诉她了,你现在在宫锐工作。她……挺意外。"

"为什么?"

他顿了顿:"最近两三年,我们很少谈论彼此的事。"

"为什么?"覆水难收,问完我才意识到"两三年"这个时间点很敏感。

宫磊沉默了,就在我以为他不会回答的时候,却又缓缓开口:"三年前,和宫卉当时的男友见面,我知道,她也在场。"

"池以衡知道她在场吗?"惊讶之下,我脱口而出。

猛地发现自己说漏嘴,宫磊从未对我提起过宫卉前男友的名字。宫磊何等聪明,我选择坦白从宽,并再三强调,和池以衡见面之前,确实不知道他就是宫卉前男友。

"我还知道,那天晚上,宫卉去找过池以衡。"宫磊既没回答我的问题,也没表示相信我的坦白,继续说道,"我也知道,你和宫卉不是偶遇。"

这也知道,那也知道,我只觉后背一阵发凉:"宫磊,你的眼睛是天网吗,怎么什么都瞒不过你。"

"我去接你们的咖啡店在池以衡家附近,你有可能恰巧出现在那里,但宫卉绝对不可能。如果真如你所说和前同事吃饭,早在我给你打电话的时候,你就应该说了。"轿车汇入闹市的拥堵车流,速度慢如蜗牛,宫磊转头与我对视,"所以我猜,你客户为表感谢请你吃饭。你撞见了池以衡和宫卉在一起,正巧那时候我给你打电话。你看出宫卉情绪不对,把她带进咖啡店,又给我打了电话。对吗?"

我目瞪口呆,合着那晚上我绞尽脑汁使的瞒天过海之计,他全当戏看了,心里指不定嘲笑我的演技多拙劣呢。

"请问你还有什么不知道的吗?"我丧气地问。

宫磊手指轻点着方向盘:"我不知道……你约我去星巴克,想把宫卉和池以衡见面的事告诉我,为什么最后又不说了?"

果然,从一开始他就心知肚明。

"因为,我发现他们分手的原因没那么简单。"有个问题一直想问,我直言不讳道,"宫磊,你后悔吗?"

"不。"他极坚定。

"不可能。不后悔那天晚上你也不会告诉我,你居然为了拍一朵花,愿意出面说服池以衡。"

"我的动机难以令人接受,并不表示我会后悔。"宫磊冷酷地像一台机器,"异地恋产生的距离并不美。宫卉是个耐不住寂寞的人,从小习惯被呵护,被疼爱。她承受不了分隔两地带来的痛苦,即使我不出面,他们迟早也会分手。"

"感情的事谁也说不清,何况是别人的感情。你的思维再清晰,也不可以为他们的感情下结论吧。谈恋爱不是一道逻辑分析题,如果可以靠分析得出结论,谁还会爱错,谁还会失恋?"

一瞬间的怦然心动、转身回眸的小小窃喜、不由自主的思念、微红的脸颊、冒汗的手心……荷尔蒙刺激出的生理反应,就算拥有天下第一理性大脑的人,也不可能抵御得了。

如果这是一场辩论,我属于激情派,宫磊则属于沉稳派。

他不紧不慢地开口:"安佳佳,爱错,失恋,难道是在一觉醒来突然发现的吗?如果不是,证明有迹可循。我了解过池以衡的家庭,父亲早逝，母亲独自抚养他长大。说明什么？首先，他母亲肯定是个吃苦耐劳的女人，其次，她很强势。一旦对儿子的恋爱对象不满意，她的意见很可能会左右池以衡的决定。不谈能否熬过三年的长距离恋爱，宫卉也不适合池以衡，更不适合他的家庭。"

不得不承认，宫磊说的全中，黄太后讲过一样的话。面对事实，我无法反驳，忍不住发出感慨："宫磊，你谈恋爱一定很理智。"

"理智不见得一定对。"接收到我投去不解的眼神，宫磊耐心解释，"你怎么不问我，明明知道宫卉和池以衡又有了联系，为什么不拦着她？因为她咬了我之后，我忽然明白，人只会对自己犯下的过错刻骨铭心。我再和以前一样出面干涉，宫卉可能永远意识不到，她的选择是错的。"

"所以你还是承认，自己当初做错咯？"我认真咀嚼一遍他的话，思索着说，"授人以鱼，不如授人以渔。与其强行拆散他们，不如让宫卉自己在这段恋情里体验失败，学会成长，懂得释怀。没准就不会发生现在一切，对吗？"

"安佳佳，你的智商有进步。"

"谢谢夸奖。"可我还有疑问，"你不觉得这样对宫卉老公不公平吗？"

"刚夸你，你就掉链子。请不要把高修潼想得和你一样笨。被隐瞒，不代表不知道；不说话，不代表纵容。还不明白？好，我给你打个不恰当的比喻。宫卉如果是天上飞的风筝，她和修潼的婚姻，就是修潼手里的线。风大的时候，他拽得越紧，越容易断。懂了吗？"

很形象的比喻，但是，我才不信憨厚的高修潼能想出如此高招："你教他的吧，你不说不给人做心灵导师吗？"

"修潼不一样，他是我兄弟。"

"我也好想做你兄弟啊！"我发自内心地道。

他淡淡瞥我一眼："看上半身，是像兄弟。"

不与英雄论平胸，我怒了："警告你，我可是刚收拾过流氓的人，别惹我，我会随时切换战斗模式。"

"安佳佳，你不要以为你自己没有错。"宫磊一下变得严肃起来，"是你疏于警惕在先，他才有机可乘。亏你以前还是做这行的，再带人看房，记得找人陪同，最好是男性。"

我嘿嘿讪笑："人好找，男人不好找。以我为圆心，方圆十里内，找不到可供陪同的男性。"

"我是什么？"宫磊沉声问。

我瞪大了眼："你愿意陪我？"

"如果有时间，我不拒绝。"说着他像想起什么，眉目染笑，"毕竟这么好个姑娘，跑了怎么办。"见我有点害羞，他当即补充道："跑了，谁为宫锐服务。"

会错意，表错情，恨恨咬紧后槽牙，我将僵硬的不胜凉风的娇羞送去窗外，自己也憋不住笑了……

Chapter 8
人前风光，人后受罪

名牌像一剂春药，令女人着迷。

对于漂亮女人，男人要有足够的耐心和包容心。她们尽情绽放，然而总会有卸尽红妆的空虚，孤枕难眠的寂寞。你如果还在身边，她的心也许就是你的。如果不在，她们会继续放纵摇曳着灵魂，感叹为何自己遇不到好男人。

1

"安佳佳,你可以啊。我找金融男你有意见,你自己可好,背着我和人间精华打得火热。有句名言怎么说的来着,己所不欲勿施于人。"

昨晚失眠,看书学习到后半夜。睡眠严重不足,精神不济,刚才差点把洗面奶当牙膏挤了。林媚阴阳怪气的风凉话倒提神,我噎得咽下去半嘴泡沫,一下醒了,赶紧吐掉剩下的半嘴泡沫。

"你什么意思?"彻底清醒,我问。

她啃着苹果,甩着睡裙后面的长颈鹿尾巴,踱到卫生间门口:"别装了,昨晚上我全看见了。他送你回来,两人在车里说了不少甜言蜜语吧。你和他谈就谈呗,何必瞒着我,怕我说你人前一套,人后一套,双面娇娃吗?"

我上一个近距离接触的孕妇是我妈,那时候年纪太小也没积累经验,现在对着满嘴夹枪带棒的林媚,我告诉自己——忍!

视她如空气,绕道而行。我到厨房煮泡面,她也尾巴似的跟进来,靠在料理台边,故意把苹果咬得咔嚓作响。

"和有钱人谈恋爱不一样吧,比和周志齐谈的那场寒酸恋爱浪漫多了吧。Romantic，念起来多优雅。浪漫是要花钱的，我算明白了，为什么那么多男人说自己是不浪漫的人，因为穷呗。为什么有女人说不需要浪漫，因为她男人给不起。浪漫这个词发明出来……"

"吃了吗？"

"没。"林媚得空回我，继续她的长篇巨论，"浪漫这个词发明出来，就是为了满足女人的虚荣心。试问哪个女人不虚荣，不想找高富帅。我要不离婚，也就守着这小二居苦哈哈过一辈子。现在呢？金融男给了我一个崭新的世界，我才知道生活了二十几年的地方，也可以过得有品质，有格调。"她抬起小胳膊，将一串闪亮的手链，杵到我眼前："漂亮吧，PANDORA，一个串珠六七百，这一串下来五千打不住。金融男送的，庆祝我们恋爱三十天。浪漫吗？"

名牌像一剂春药，令女人着迷。浪不浪漫我不晓得，只知道这东西不能当饭吃。

我想着但没说出口，转身打开冰箱，准备用现有的食材做两道菜。我可以吃泡面对付一顿，林媚不可以。

当初我们各自沉浸在热恋期时，曾许愿生下的孩子互认对方为干妈。人在校园，总不由自主想得很远，精心勾画着未来几十年的幸福生活，觉得一天天绵长而悠远。然而投身社会，它又太快，时光稍纵即逝，要是一不小心，连感情都变得浮光掠影。

也许因为从没见过金融男，我始终无法真正接受林媚和他恋爱的事实。

"你做饭啊？我可不吃，减肥。"林媚扬扬手里的苹果，理所当然地说，"最近西餐吃多了，清肠胃。"

我一个没忍住，重重扣上冰箱门："林媚，你是真不把肚子里的孩子当回事。"

林媚无所谓地哼笑两声:"反正也没打算要。安佳佳,你急什么,又想找我吵架?实话告诉你,我下周三做手术,你拦也拦不住。大家都是成年人,你谈你的恋爱,我的事,你少管。"

"不让我管,你为什么要告诉我?"

"因为我拿你当我最好的朋友,什么事都不瞒你。"她走近我,质问道,"可你拿我当什么?有事瞒着我就算了,我做什么你都有意见,都反对。妈的,只准你和人间精华谈恋爱,凭什么我不可以找个条件好的。嫌我离过婚,瞧不起我,是吧?"

"好,我不瞒你。"我拉林媚出厨房。

两分钟后,她一拍沙发站起来:"呸,流氓!安佳佳,你昨晚上怎么不告诉我?不行,姐必须找人狠狠收拾他一顿,替天行道!"

瞧她给把菜刀就能砍人的架势,我很庆幸昨晚没给她打电话:"算了算了,我已经收拾过了。明白我为什么不告诉你了吧。别气了,我没吃亏。"

"不行,姐咽不下这口气。"她蓦地起身,趿拉着拖鞋风风火火奔进房间,又按着手机气鼓鼓出来,"我要在朋友圈爆他的恶行,号召朋友去骂他个狗血淋头,然后拉黑他,终身黑!"

林媚一边手指如飞一边问我:"话说回来,你怎么会想起找人间精华?他不像你以前说的那么没好心嘛。"

我托着下巴想了想:"没准我爱上他了……"

"真的假的?"几分钟前一口咬定我和宫磊谈恋爱的林媚,这会儿却神色存疑。她放下手机,仔仔细细端详我:"安佳佳,你这个人呀,说你天真吧,其实比谁懂的道理都多。说你聪明吧,有时候又蠢得要命。你要爱上人间精华,昨晚上能舍得他走?不得借机会装柔弱,装怕黑,装需要有人陪。英雄救美,美女以身相许,狗血是狗血,挡不住管用啊！"

绾起头发，我将一张乌青的脸倾情展示给林媚："我，一个被培训折磨得死去活来的人，装什么也不管用。瞧瞧这泼墨派的黑眼圈，演女鬼都不用化妆。"

林媚盯着我看了两眼，眉头一紧，干呕一声，捂着嘴冲进卫生间。

要不要这么夸张，我还没丑到让人反胃的地步吧。再一想不对，我忙追进去，给抱着马桶狂吐的林媚，又是递纸，又是拍背。没吃东西，吐几口酸水，林媚开始不停地干呕，难受得眼泪直流。

看在眼里疼在心上，我无能为力。从厨房倒杯温水回来，林媚瘫坐在冰凉地板上，半靠着马桶，失去血色的唇间溢着若有似无的呻吟。泪水沾湿的脸颊恹恹的，没人知道，有多少是身体不适的泪，又有多少泪是为苦涩而流。

我递去水，她没有接，惨淡一笑："小家伙肯定有预感，这两天老来找存在感。"

蹲下默默把杯子送到林媚嘴边，我握住她冰凉的手，按在尚未凸起的小腹上，仿佛那里面孕育的小生命也会感受到妈妈的辛苦。掌心里，林媚的手微颤了一下，倏地收紧指尖。

林媚一定没有她说的那么干脆舍得，只是在我面前竭力表现她的决绝，狠心的话说多了，她自己也信了。

林媚反握住我的手，赤红的眼瞳里充满不安与惊慌："佳佳，我不敢要这个孩子。想到以后要一个人养活孩子，我就害怕。"

"不管你做出什么决定，我最后还是会支持你。"坐到林媚身旁，揽过她削瘦的肩膀，我说，"如果吴迪是个渣男，你不要孩子，我也许不会像现在这么强烈反对。他是什么样的人，你比我清楚。他为什么随时随地发朋友圈，你心里更清楚。别的话我不说了，说多了，你该怪我胳膊肘往外拐,替他讲话。"

"你说的够多了。"她吸吸鼻子,用汪汪含泪的大眼睛瞪我,"你想说他是个好男人,天天发朋友圈都是为了引起我的注意。他想复婚,我早知道。可是不可能!我以前不知道自己想过什么样的生活,现在知道了,就不会再去过以前的生活。"

宫磊曰,情商决定表达方式。我这车轱辘话说再多,林媚听不进去也无济于事。不急于开解林媚,我先扶她回沙发坐下休息,备好温水,打开电视调到她最爱的综艺节目。自己进厨房手脚麻利地做好饭菜,请她上桌。胃口不佳的林媚一脸寡淡,有一口没一口地吃着,心不在焉。

"我想了下,难道你真打算默默打掉孩子,一个人承受身体和心理上的双重痛苦吗?"吸引到林媚的注意,我故作义愤填膺地说,"吴迪图快活爽了,所有后果你来承担,你也太便宜他了吧,这可不是你处事的风格。他把你弄成这副可怜兮兮的样子,手术费你还得自己掏,术后护理怎么办?卧床静养两三天,我要培训请不到假,你又瞒着叔叔阿姨,谁来照顾你?必须,也只能是他。对不对?"

受委屈、被亏欠,林媚心里苦不堪言。我换到她的角度,理解她、体恤她、替她发声,要比第三者的立场更能打动她。

林媚终于有所触动,木然咬着筷子,泪花又在眼眶里来回打转:"对啊,凭什么。凭什么他不出手术费?凭什么我遭那么大的罪,他一点事儿没有?凭什么我就得自己一个人扛着,不让他知道自己多可恶!"筷子一丢,林媚愤然而起,"我给他打电话!"

"别急,吃完饭,你好好睡一觉。等下午或者明天精神好点,再约他当面讲。"

安抚好林媚,我接着思考要不要提前和吴迪通气,让他先有个心理准备。那天在医院,我一个局外人都吓得阵脚大乱,和林媚吵架。如果林媚带着怨怼之气去见吴迪，她那张尖牙利嘴，保不齐会说出什么伤人伤心的话。还是先给吴迪打个预防针，比较保险。

以买水果为由出门，给吴迪打预警电话。他没有我想象中的惊讶，相反却出奇地冷静。太冷静，我反而忐忑，摸不准他的态度。不方便多问，我只能说些开导他的话。守得云开见月明，付出总有回报，不经历风雨怎么见彩虹，没有谁能够随随便便成功……这套路我熟，他们以前吵架，向来百试百灵。如今能否管用，不得而知。

对于漂亮女人，男人要有足够的耐心和包容心。她们尽情绽放，然而总会有卸尽红妆的空虚，孤枕难眠的寂寞。你如果还在身边，她的心也许就是你的。如果不在，她们会继续放纵摇曳着灵魂，感叹为何自己遇不到好男人。

吴迪是个好男人，也是个好丈夫，我知道却没有一毛钱用。原来俩好友恋爱结婚离婚，最累的人到头来是我自己，和事佬，夹心饼干，当明白人做糊涂事。

希望这回，我不是好心办坏事。

2

父母花式逼婚逼出花式对策，甚至逼出人命的社会新闻看多了，我常常暗自庆幸。有个疯狂热爱钓鱼的老爸，和一个刚学会用微信、疯狂热爱上在同学群里抢红包的老妈。再加上群里一帮孙子奴羡慕她无事一身轻，我妈就更不急着催我这只单身狗。每每打电话报平安时，她直接把我当技术热线,帮她解决微信使用过程中的各种疑难杂症。

从我妈那里得到灵感,我想黄太后和我妈年纪相仿,一定也需要打发无聊时光的新鲜玩意儿,否则她的时光都得打发给我。黄太后隔三差五来电话,要么让我去家里吃饭,要么问寒问暖,精明地只字不提池以衡。各种推辞理由都找遍了,我只能骗她说要陪男朋友。黄太后居然来句,总有不陪男朋友的时候吧。

等她再打电话约我见面吃饭,我就开始不遗余力地向她推销微信。可事与愿违,黄太后更有话聊了,在哪儿下载,怎么下载,怎么安装……我儿子工作忙,要不你亲自教我……你没时间,我来找你,可别嫌我年纪大人笨哦……

真想咬舌自尽,我才笨!

黄太后雷厉风行,说来就来。我摸了摸钱包,将地点定在公司附近一家档次稍高的中餐馆,她毕竟是长辈,做小辈的不好怠慢。

一上午的建筑基础知识培训课,上得人头晕脑涨。下了课,我心惊胆战地向负责人交出培训以来的第一张请假条。家人做手术……他嘟囔着请假缘由,面露难色,说明天的踩盘实践很重要,只能通融半天。有总比没有好,我忙鞠躬道谢。再把领导签字批准的假条往楼上人力资源部送,头一次打交道的人事可就没么好应付了,给尽脸色,百般刁难。我一个劲儿赔不是,连声抱歉,好像我请个假,占了她多大便宜似的,真是爱岗如爱家啊!

老员工看不惯菜鸟,故意刁难,其实和恶婆婆欺负新媳妇一个道理——谁都是从这条路走过来的,我当年受的气,就是你现在吃的苦。

我好不容易递交上请假条,比约定时间晚几分钟赶到中餐馆,黄太后人还没来。边找位置边给她打电话,肩膀被人轻拍了一下。我一扭头,下意识地摁断等待接听的手机。

"好巧啊！"多日不见的宫卉朝我左右看了看："一个人来吃饭？"

"不是……是是是。"我摇头又点头，心底哀号大事不妙，抱着一丝渺茫的侥幸心理，问："你也一个人？"

宫卉提了下手里的粉红色纸袋："哥哥朋友的小孩满月，他最近太忙没时间买礼物，我帮他买了送过来，顺便吃个饭，你也一起吧？"

事出紧急一时想不到理由拒绝，盛情难却下，我借口尿遁，躲进洗手间。宫卉的邀请推不掉，只能打电话先把黄太后骗回去。本来没什么，可就是没什么才容易产生误会。那头黄太后一直没接，我缩在狭小的卫生间里，急得挠墙。不可能躲到天荒地老，无奈之下，我只好更改策略——冒险溜出去在店门口拦截黄太后。

午饭时间，来来往往的客人不少。我贴着墙观察最佳出门路线，眼睛一亮，宫磊正站在离我不远的地方打电话。天赐救星呐！等他一挂机，我跟拦路抢劫似的，拉着他直奔偏僻角落。

火烧眉毛，我话不停顿："我和池以衡他妈也约在这里吃饭。我现在溜出去等她，赶紧换地儿。你回去跟宫卉说，我临时有要紧事先走。"

宫磊肯定也没想到情况如此复杂，二话不说点头同意。事不宜迟，马上行动。我紧张到大脑发涨充血，觉得自己像好莱坞谍战大片的主角，生命危在旦夕，容不得半点差池。

"佳佳！"突然听到黄太后热情洋溢的亲切呼唤，谍战大片瞬间变成"母女俩久别重逢"的温情片。我傻乎乎愣在原地的工夫，黄太后已经走了过来。

"来晚了，来晚了，阿姨做了你喜欢吃的糖醋排骨。"将拎着的保温桶塞给我，黄太后看见我身旁的宫磊，"你男朋友？"显然她并不需要我回答，向宫磊投去挑剔与审视的目光，嘴上却嗔怪道，"佳佳，男朋友来，你怎么也不提前告诉阿姨一声。"

头皮一阵发麻，我的舌头也木了："朋，友，普……通朋友。"

"你紧张什么，阿姨也是个明事理的人。"黄太后闻言眉开眼笑，伸手拉我一把，热络地挽起我的胳膊，"咱们佳佳受欢迎，证明阿姨眼光好。阿姨对自己儿子有信心！"

乱了，全乱了！

我像只提线木偶，被黄太后勾着一转身……

按照一般狗血剧的发展，这充满误会的一幕，必然会让最容易被误导的人撞见。而我的这出精彩纷呈的大戏，也没能逃脱如此恶俗的套路。

宫卉看到多少，听到多少，从她震惊又愤怒的眼神里，我已得到答案。

"看见了吧，她就是我儿媳妇。"黄太后这一刀补得漂亮，雪上加霜。大概她和宫卉相遇在先，说了类似的话。宫卉出于好奇跟过来，好奇害死猫。

可能对这最坏的结果，早有预料，我并没有太慌张失措。为避免事态进一步恶化，当务之急只有一个字——撤。宫磊仿佛深知我心，擦肩而过之际，低声说句"我们先走"，上前牵起宫卉的手离开，率先打破僵局。

天空阴霾，梅雨时节的雨水下了又停，停了又下，没完没了。

我带黄太后坐进肯德基，她从随身的布包里拿出手机："四个未接来电……我耳朵背，佳佳，有急事？"

"本来急，现在已经不急了。"将黄太后唯一吃得惯的鸡米花放到她面前，我想了想说，"阿姨，我和宫卉是大学同学。您儿子很好很优秀，可我们不合适。"

向来精明的黄太后这会儿却像个孩子，喂到嘴边鸡米花负气似的一丢："大学同学怎么了。我儿子说，对你印象蛮好，我看你们挺合适。"

"他是为哄您高兴。"递上果汁，她也不接，抱着胳膊滴水不进。我也只好耐下性子和她摆事实讲道理："阿姨，那天在您家吃完饭，我们再没联系过。他要真对我有好感，应该不会不跟我联系。"

"瞧瞧，有意见了吧，怪我儿子不主动？"黄太后一脸"我懂你"的表情，体贴道，"他到国外出差了，明儿才回来。一回来，我让他马上联系你。"

我连连苦笑："阿姨，您知道我不是这意思。您儿子年轻长得帅，工作能力强，又孝顺，不愁找不着对象。我不明白，您有什么可着急的？"

"怎么不着急。我辛辛苦苦把他拉扯大，就是盼着他早点成家立业。阿姨年纪大了，活一天，少一天。今儿精精神神跟你吃饭，明儿就可能被招进阎王殿。活了大半辈子，阿姨什么大风大浪没见过，什么都看得开，唯独放心不下我这儿子。不看他结婚生子，我走也走得不安生。"

谁都知道世事无常，生死难料，讲出口难免惹人哀伤。

如果有一天，坐在对面讲这一番肺腑之言的人是我妈，我不知自己会作何感想。没准真就遂了老人家的心愿，草草找个人嫁掉，相夫教子。然后也在天命之年，说一番相似的话，哀求儿女早婚嫁……

那祖祖辈辈活下来，活得不过是条中规中矩的伦理纲常，又有什么意思呢？

"阿姨，感情的事您急也急不来。您呀，把操劳了几十年的心放下，好好享清福吧。"挪到黄太后身旁，我兴致勃勃拿起她的手机，"来来来，我教您用微信。很简单，一学就会。我再帮您建个群，把您联络簿里用微信的老朋友都拉进去，你们可以语音聊天、抢红包，可好玩，可方便……"

"待会儿再教。"黄太后丁点兴趣没有，摁下手机，板起脸，"佳佳，你要真不喜欢我儿子，我不强求。你要是因为怕宫卉不高兴，喜欢我儿子不敢说，那阿姨可不答应。她一个结了婚的女人，没羞没臊的，你怕什么，有阿姨替你撑腰！"

怎么绕也绕不开这个话题，我的头都大了："和宫卉没关系。阿姨，我直说吧，我不喜欢您儿子。"

"才见一次面，不喜欢也正常。"黄太后拉着我的手，语重心长，"你们可以慢慢接触，互相了解嘛。你夸我儿子好，我儿子对你印象也好，接触时间一长，自然就喜欢了。"

我快哭了："阿姨，您才说不强求……"

"没强求啊！"黄太后再度夺回主动权，拍着我的手背道，"阿姨这叫好言相劝。阿姨知道你们年轻人讲究一见钟情，可哪有那么多一见钟情。好比阿姨，当年和他爸爸也是经人介绍，他是厂里焊工，我是……"

有人说，在过了某个特定年龄之后，我们的生命中便不会再遇到任何新的人、新的面孔，或是新的事件。一切全都曾在过去发生，全都是过往的回音与复诵。

或许生命真的就是一场场轮回。我坐在这里，黄太后便想到了数十年前，坐在媒人面前的她自己。那么似曾相识，忍不住勾起回忆，扫扫上面沉积的灰尘，又怀念又感慨地讲给我听。

可惜带着抵触情绪的我却不是个合格的听众，一会儿看着黄太后上下阖动的嘴唇，一会儿望向窗外，看细雨飘摇。一时间，竟觉得黄太后的娓娓道来，像一条神秘冗长的祈雨咒。句式古怪，腔调老旧，是感应天地的语言，所以外面的雨才会淅淅沥沥，一直下个不停……

3

要送走的毕竟是一条命，林媚先失掉了魂儿。

从早上起来，她就神不守舍，没有如常地化妆打扮，随便穿了身仔裤T恤，早饭也吃得食不知味。整个人恍恍惚惚，一不和她说话，便瞪着俩空洞的大眼睛发起呆。问她想什么，她一抬头恍若隔世，远山的眉，如水的瞳，仿佛笼罩着层茫茫烟霞。

吴迪昨晚打电话问我手术的时间地点，我还纳闷这么重要的事，她怎么见面也没讲。今天看林媚魂不守舍的可怜样，我才明白，狠下心做决定往往不难，难的是忍受等待的折磨、时间的拷问。每纠结一秒，就要用一分钟、十分钟再说服自己一遍。度日如年，也难怪她心力交瘁，浑浑噩噩。

昨晚我下班回来，林媚已经早早躺下，房间的门半掩着，我在门外站了会没有打扰。

她有她的坎要过，我有我的神要伤。考虑很久，我按下宫磊的电话，没等接通又挂断，先发条短信，问他方不方便。不多时，他打了过来。一通电话讲完，我俩差点没吵起来。

我问宫磊有没有帮我向宫卉解释误会，宫磊却认为不必解释。交朋友，谈恋爱，是每个人的权利和自由，不需要向任何人请示和报备。即便宫卉和池以衡有旧日恋人的关系,但那也是过去的事。现在他们有各自的生活,毫不相干,我就更没必要解释什么了。

听起来句句在理,往深处一琢磨,我大为光火,直接问宫磊,是不是存心不解释由宫卉误会,好让她彻底对池以衡死心,拿我当炮灰。他倒坦白,说当然希望宫卉迷途知返,但说过不插手,一言既出说到做到。

我当时一激动,不经大脑的话脱口问出,为什么不能再帮我一次。

宫磊在手机那头的轻笑,讽刺意味十足。他说:"大家都是成年人,各有各的处事方式。我认为不需要解释,就没有理由帮你解释。安佳佳,我不想说你第二次,你如果头脑清楚,就不该打这通电话给我。"

睡醒一觉,我到现在也没想明白,为什么不该打给他。

宫磊不肯帮忙,我只能抽时间找宫卉当面解释。如果今天是周志齐和我的哪个朋友谈恋爱,我再不在乎,再大度,多多少少心里还是会硌硬。因为我不是圣人,做不到事事分明。同样的,宫卉也不是圣人,况且她对池以衡仍有爱意。我不能将这个莫须有的"女朋友"头衔往自己脑袋上扣,与宫卉爱不爱池以衡无关,只因为我把她当朋友,不愿被她误会。

男人和女人果然是两种完全不同的生物,一个做事凭感性,一个被理性主宰大脑。宫磊向我要理由,问我为什么。哪有那么多理由,那么多为什么,觉得该做就去做咯。

想通这一点,我不再在意宫磊的话,安安心心陪愈发沉郁的林媚去医院。出租车里,她默不作声地一直握着我的手,却回避着我的视线,久久凝视车窗外。久违的太阳初露锋芒,林媚将脸贴到车窗上,闭上了双眼。

即使是她最好的朋友,我也猜不到她此刻内心的想法,也许漫无边际,也许一片空白。屈于现实,一个女人可以选择不要孩子,但母爱终究是天性。

一路无话到医院门前,下车看见宫卉,我愣住了。昨日一遇今日再见,短短数个小时,仿佛就生疏了。她朝我们走来,没有看我一眼。

林媚压低声音对我说:"正规医院做引产手术要开单位证明。我不可能让公司的人知道,只好找宫卉帮忙开一张。她陪我来预约那天,说好手术也来陪我。"

我朝走近的宫卉微笑,她和林媚打招呼,交接仪式般从我这里牵过林媚的手,并肩而行,说已经打点好了,让林媚放心做手术。我再急于解释,也不能没轻没重地急在这个时候。林媚心神飘忽,没注意到我们异常,我也假装无事发生,跟了上去。

护士带林媚做术前检查。我和宫卉隔着一条走廊,面对面而坐,等待着,均低着头。彼此中间充斥的不仅仅是消毒水的味道,还有欲言又止的谨慎,和看不见的误会隔阂。

时间不对,地点不对,该说的话反反复复琢磨,不知如何解释。

"谢谢你来陪林媚。"我踌躇再三,先开了口。

"应该的。"宫卉语气淡淡的,停顿几秒补充道,"我们是朋友。"

言下之意,我听懂了:"宫卉,我……"

"你别说了。"她打断我,"以衡跟我说过他没女朋友,我相信他。可是……他有没有女朋友,和我又有什么关系呢?"宫卉自嘲地弯弯嘴角,与我平视:"我一直很好奇,他妈妈到底会喜欢哪种女孩做她的儿媳妇。没想到……是你。"

这点我不否认,坦言道:"他妈妈是我以前的客户,前前后后打了大半年的交道。她的确想撮合我和她儿子，但那只是她一厢情愿而已。"

"前几天，修潼突然抱怨太累想给自己放个假，隔天他就放下手头工作带我出去玩。我明白，其实他是不想让我和以衡有见面的机会。"宫卉保持着优雅的淑女微笑，"佳佳，你觉得我笨吗？为什么你们都欺骗我。你一定会说，是为我好，对不对。这三个字，我已经听够了。我不喜欢你们把我当成没有任何判断能力的小孩，打着'为我好'的幌子，样样事都瞒着我，好像我是个傻瓜。"

原来宫卉要的不是解释，不是一句对不起，她只想要被人平等对待。想当然的为她好，善意的隐瞒与欺骗，对她而言，只会令她否定自己。

我起身走到她面前："宫卉，你一点也不笨，是我想问题太简单。我以为换了新工作，以后和他们也不会有更多的联系，所以没必要告诉你。没想到越隐瞒，造成的误解越多。"

话音未落，伴着阵急促的脚步声，吴迪气喘吁吁地跑过来，急不可耐地问我林媚情况如何。我指了指紧闭的检查室，对宫卉道声抱歉，将吴迪拉到一边，追问他那天和林媚见面的情形。对那次见面，林媚简简单单用句"谈妥了"一笔带过，吴迪则支支吾吾半天，我也没听出个所以然。

正奇怪这两个人为什么态度截然不同，检查室的门被拉开，林媚一个人低着头走了出来，我们立刻围拢上去。她幽幽叹口气，抬起头，看见吴迪的瞬间，瞳孔骤然放大。

"你怎么来了？！"她这一问没把吴迪问住，倒先问得我一头雾水。还没明白怎么回事，林媚已对我大发雷霆："安佳佳，你出卖我！你不就想我把孩子留下吗，好啊，老天都帮你，你如愿了！"

林媚的声音锋利如刃，刺破空寂走廊，甩手走人更是决绝。宫卉瞪了我一眼，追了上去，眼神里有说不清的猜忌与怀疑。吴迪也想追，被我一把拉住，拖进检查室。从护士口中，我们得知检查结果——阴道炎症，不宜手术，建议炎症消除后，另行预约手术时间。
　　这样的结果究竟是好是坏，谁也说不清。但有些事，我可以先问清楚。

Chapter 9
摇摇欲坠的友情

在爱情里受伤害，我们就在友情里讴歌天长地久。

有人观念狭隘，批评女人太虚荣，宁愿坐在宝马车里哭，也不愿坐在自行车上笑。又怎知，她不是坐在宝马车里喜极而泣，不是坐在自行车上强颜欢笑。众生众相而已，哪有高低贵贱之分。

1

如果运气好坏是个概率问题,那么这世界上,总有些人天生就不受运气的青睐。

买饮料从没中过再来一瓶;刚买的手机隔天就能掉进马桶;理不对合适的发型,中意的衣衫常常缺码,问个路也能被带偏……以上种种,全部出自于吴迪的亲身经历。

吴迪从小运气就不太好,倒霉事不断,倒着倒着,便倒成了一个乐天派。直到遇到林媚,他才明白,不是自己运气不好,是所有的运气都用来与林媚相识相知相爱。这是吴迪唱完《冬季不下雪》后,向林媚求婚时的原话。并不新鲜的说法,由吴迪口中讲出却格外动人,因为他连求婚的运气也很差。

半年前,在新鲜出炉的小二居里,吴迪早已热热闹闹地向林媚求过一次婚。

起初,他可能觉得在简陋的房里求婚不够浪漫,便用气球做装点。后来心血来潮,他又决定把婚戒藏气球里。我们欢欢喜喜踏进新房,望见满屋子的气球脸都绿了。他还满怀期待地将一枚系着蝴蝶结的银针递给林媚,反复强调旁人不能插手,免得坏他好事。

林媚揣着吴迪的一颗良苦用心,按捺性子蹲地上慢慢戳。无奈气球太多,戒指迟迟不现身。她越扎脸色越难看,最后彻底失去耐心,直接站起来上脚踩,还招呼我们一起上。至此,一场浪漫求婚演变成踩气球联欢,吴迪对上林媚恨不得把他脑袋放地上踩的狠戾眼神,只能可怜巴巴退到一旁,敢怒不敢言。

几百个气球剩最后一个孤零零躺地上,我们联想到吴迪倒霉的性格,感觉这情况可能很不妙。果然,最后一个气球在林媚手里开了花,依旧没有求婚戒指的踪影。遭尽白眼的吴迪这才一拍脑门,从衣服口袋里摸出戒指,愁眉苦脸地说,昨天吹了一通宵气球,吹到大脑缺氧,忘记放进去了。

一枚戒指光芒璀璨,这边的男人苦不堪言,那边的女人面如铁灰。我们一干闲杂人等识时务,悄悄退出新房。至于他们在里面究竟是怎样一场腥风血雨,没有人知道。总之,吴迪第一次求婚惨烈告败,不忍回首。

此刻,坐在我对面的吴迪,同样是苦不堪言的表情。

"你们没有见过面,对吗?"我问。

他点头。

顺顺气,我又问:"为什么昨晚上打电话,你不告诉我?"

"告诉你,你就不会告诉我手术的时间地点了。"吴迪痛苦地耙了耙短发,脸上写满焦虑,"那天你说她怀孕,我都吓傻了,不知道该怎么办。后来冷静下来,我就想等她约我见面,我立刻提复婚。可是左等右等也没等到她电话,我就知道她肯定骗你了。"

"她骗你,所以你也骗我。吴迪,你这事儿办的吧……"我也不知道该夸他聪明,还是骂他笨,无论如何,最倒霉的人还是我,"我现在自身难保，帮你肯定帮不上了。你有什么打算？"

他捏紧拳头，坚定道："复婚！以前什么事我都顺着林媚，连离婚也是。这段日子，我仔细想过，我们的感情不是没办法挽回。"

见吴迪态度坚决，有些话我不知当讲不当讲。我的犹豫被他敏感察觉了，问我林媚是否有了男朋友。

我点点头："做金融的，虽然我没见过，但听林媚说，各方面都很优秀。"

"哦，是吗。"眉宇间越发痛苦，吴迪却咧嘴笑了笑，有一点局促，也有一点无可奈何，"我了解林媚。有时候她很虚荣爱面子，喜欢漂亮衣服、名牌包，骂我不长进挣不到大钱。可有时候我送她束花，送个长颈鹿公仔，多肉植物……不是什么值钱的东西，她也会高兴好久。"他笑意更深，透着憨憨的傻气："结婚那三个月，她把我们的小家打扫得干干净净，特别温馨。家务事不准我插手，说我手脚太笨，做饭难吃。我懂，她这是体谅我工作辛苦，刀子嘴豆腐心。她是个能平平淡淡过日子的女人，可又不甘心。"

年少时，我们喜欢听甜言蜜语，喜欢听海誓山盟，以为只有那些话最打动人心，配得上轰轰烈烈的爱情。真正经历过爱情的洗礼，我们才明白，你侬我侬的美妙情话，抵不过一个"了解"，一个"懂得"。

可成也是它，败也是它。

"你为什么会同意离婚？"话到此处，我忍不住问。

我面前的乐天派依然在笑，笑中带涩："有句歌词怎么唱的来着，得不到的永远在骚动，被偏爱的都有恃无恐……"唱得荒腔走板，用情却深，吴迪红了眼圈："安佳佳，你知道的，我爱林媚，比她爱我多得多。事事让着她，顺着她，觉得只要我爱她，任何问题都不是问题。实际上呢，她骂我没出息没主见，骂多了，我也烦，顶回一句，现在嫌弃我，结婚前早干吗去了。她气得提离婚，我二话没说同意了。拿到离婚证的时候，我不自觉地松了口气，不是为我自己，是替林媚，终于不用再天天对着样样不满意的男人了。"

语落，吴迪摸出烟走了出去，埋着头徘徊于马路边，脚步凌乱，也许心更乱。关于离婚的细节，林媚也曾提及，吴迪替她松的那口气，她误读为吴迪的如释重负。她教育我，太主动付出的感情，不会被珍惜。深谙男女情事的林媚，或许早已心知肚明，自己也轻视了吴迪的那份爱。

而吴迪，当初同意离婚，是否又应了另一句歌词——我对你仍有爱意，我对自己却无能为力。

人呐，常常在自己的爱情里执迷不悔，又在别人的爱情外耳聪目明；一边编织着自己的爱情谜题，一边为别人的爱情难题出谋划策；感叹着爱一个人好难，又告诉身边为情而苦的人们，爱情其实没那么复杂。

究竟是自欺欺人，亦或好心一片，难以言明，见仁见智。反正我的好心，已经酿成一个大错，至少在林媚看来，我辜负了她的信任。

考虑到自身的悲剧处境，我没给吴迪太多建议，只希望他别急着复婚，也给林媚点时间平复心情，毕竟现在最痛苦的人是林媚。我离开时，吴迪仍眉头紧锁，牵挂担忧林媚却不能亲眼去看望，对他何尝不是种煎熬。

缺课一上午，马不停蹄赶回公司，培训讲师指点江山似的在地图上画个圈，命我下午去踩盘，做市场调查。我见同事人手一张调查表，问为什么我没有。他口气不耐地道，上午缺席踩盘讲解课，给你表你也不会填，自学成才吧。

有过甩经理一脸银行卡的惨痛教训，我也悟出一条法则——职场上，各司其职，各尽其事。千万别找上司要公正、要通情达理，只会自讨苦吃。

再有怨言和异议，忍得了就忍，忍不了也得忍。和上司过不去，等于和工作过不去；和工作不过去，等于和工资过不去；和钱过不去，等于和自己过不去。傻子才和自己过不去呢。

当然，我也不指望其他同事伸出援手。虽然同是挖壕沟的战友，无奈壕沟有点小，为求自保，只能牺牲别人。而且，讲师的态度他们也都看见了，更没有谁敢逆鳞抗旨。

公司楼下分别，彭晓瑜送我一个"自求多福"的眼神，乘另一位同事的车走了。我两手空空，反方向而行，再次体会到面试时那种毫无头绪的感觉，焦虑又迷茫。

讲师不高兴，后果很严重。

地图上一个小圈，用我的双脚丈量，能把腿走断。调查范围内，在建的楼盘有十几个，工作量也惊人。与其傻站着叹气，无所作为，不如硬着头皮挨个上。

以前囊中羞涩去看房，半平米都买不起，照样底气十足。现在孤身打入敌营，谁看我一眼，我都觉得那是双火眼金睛，随时能拆穿我的同行身份。

第一个楼盘接待我的是位帅哥，时下流行的小鲜肉款。我心怀不轨，怕露馅，一直低着头看楼盘资料。他见我躲躲闪闪，可能误认为我是他的菜，越发热情，滔滔不绝。说到最后，居然提出有空一起吃饭。我该说他工作敬业不惜出卖色相呢，还是趁工作之便撩妹？回句再考虑考虑，我拿着一叠资料，赶紧开溜。

有了前车之鉴，走进第二个楼盘的售楼部，我主动提出请女销售顾问做介绍，立马来了位面相精干的女顾问，一看就是从业多年的老手。

鸡蛋碰石头，很快她便瞧出端倪，开始旁敲侧击，问些具体深入的问题。我没准备招架不住，答得结结巴巴，菜鸟间谍本质暴露无遗。她倒仗义，没当面揭穿，只把我一个人晾着，该干吗干吗去了。

接下来几个小时，我像只没头苍蝇，陆陆续续又踩了几个楼盘。前些天培训的内容忘精光，一脸茫然进去，再抱着一堆有用没用的资料一脸茫然地出来。状似收获颇丰，实则毫无进展。

最后一个回公司打卡下班，讲师对我抱满怀的资料不予置评，只道明天不用到公司，继续踩盘。还有意无意地提醒我，下周一上交踩盘调查报告，其优劣将直接影响培训考核成绩，让我好自为之，看着办。

假笑，道谢，说一定努力。

回家的地铁上人潮拥挤，飞速行驶的列车像正贯穿这座城市心脏的血管，而地铁里的人们就是它的血液，来时充满希望的氧气，归时如同废弃的垃圾。我心力交瘁，紧靠着车门，忽然意识到，这座城市唯一好心收留我，让我有床安睡的那个人，已经和我闹翻了。

2

绕道买了些林媚爱吃的水果，家里却没人，林媚手机也关机。就这样轻而易举地，我和林媚彻底失去了联系。不知什么时候起，手机变成了人与人之间唯一的纽带，方便到随时随地可以取得联系，也脆弱到按下关机键便无迹可寻。

我正琢磨着该去哪里找林媚，林妈妈打来电话，问了同样的问题。我只好回答，可能关机在看电影。阿姨毫不起疑，叮嘱我和林媚注意身体,记得端午节过去吃饭。阿姨的关切,令我的负罪感飙升,不论如何,该先对林媚说声对不起。

想到宫卉和林媚一同离开医院,我未做思考,立刻打给她。

"宫卉,你和林媚在一起吗?在哪里,我去找你们?"手机一接通,我忙问。

"她……"那头的宫卉犹豫半秒,"她说不想见你。"

没失联,有人陪着她就好,我高悬的心落了地:"好,我不去。那她大约什么时候能回来,我等她。"

"佳佳,不用等了。如果她不想回去,我会帮她安排住处,你不用担心。林媚让我告诉你,她不会原谅你。再见。"宫卉语气瞬时变得冷淡。

"等……"

宫卉果断挂机,就仿佛林媚近在眼前,却不愿听我说一句话,转身走掉。我独自坐在她精心布置的小二居里,觉得自己像一只强占了喜鹊窠巢的可恶斑鸠。坐立难安间,想再打给宫卉又作罢,背起下午收集的售楼资料,我逃也似的出了门。

千万人口的都市,说大也不大,想要独身自处,发现远离人群是那么难。说小也不小,乘一辆陌生的公交车,走一段陌生的路线,看一程陌生的风景,竟有种置身异地他乡的错觉。

我饥肠辘辘,随意走进一家24小时营业的快餐店,等端着套餐坐下来,又食欲全无。寥寥吃了几口,我逼自己摒除杂念,用心钻研楼盘资料。各式各样的广告文案里,每一个充满诱惑力的字眼,都仿佛是这座城市为追梦人敞开的"友好"怀抱。可掩盖在友好之下的,却是噩梦式的预言——如果没有一套属于自己的房子,你将不配谈爱情,不配创事业,甚至不配以都市人自居,不过是个飘来荡去的游民。

从未有过属于自己的立锥之地，无处可归的我，大概也快成为游民了吧。好不容易生活有了起色，再次跌落谷底，循环往复的一次次挫败带来的颓靡令人无力。上次面试失利还能抱头哭泣，现在的我连流泪的力气也没有了。

工作三年来，我第一次想要放弃，放下倔强的坚持，承认失败，乖乖回家。

强烈的冲动驱使我拿起手机，只要订一张火车票，就能永远摆脱泥沼一样不堪的现状。与此同时，手机响了，屏幕上闪烁着宫磊两个字。

他在这个时候打给我，除了与工作有关，我想不到别的原因。应该是耳闻我不佳的踩盘表现，特意打来兴师问罪。我不想接，按下静音，又埋头资料当中，继续自我催眠般的专注工作。可宫磊似乎跟我较上劲了，手机屏幕亮了又暗，暗了再亮，无休无止。

这不像宫先生的风格，我心生疑窦，当手机再次亮起时，接了起来，请问他有何贵干。

"你和你朋友林媚是不是出了什么问题？"他问。

想不到宫磊的读心术隔空也能发功，我怔了怔，坦言："对，有点小问题。你怎么知道？"

"宫卉问我，能不能把城北的公寓暂时借她朋友住几天。"

"你怎么觉得就是我和林媚？"我问道。

手机里短暂无声，宫磊回答："老实说，宫卉朋友里找不到地方落脚的人，不多。"

膝盖好痛，我不该问的。

小二居属于林媚，既然她决定避而不见，那么消失的人应该是我："如果你同意了，麻烦你把地址告诉我。"

"我拒绝了，把她朋友安顿在酒店。"我心底暗叹这才是宫磊的风格,他像有双千里眼似的,接着问,"安佳佳,你在哪里?"

"一家快餐店,不知道具体哪条街。"余光掠过餐单下方的地址,我故意撒了谎,诚恳请求,"宫磊,请你再帮我一次,告诉我酒店的地址。"

酒店大堂遇到宫磊,我不意外。他问我不上去吗?我摇头说等林媚。在赶来的路上,我写了条微信,把想说的话都发给了林媚。她会不会下来见我,我全无把握,和宫磊一同坐进大堂一隅的沙发。

"她如果不下来见你,怎么办?"

宫磊开口的第一句话就直戳要害,我忍不住瞪圆眼睛盯着他,莫非此人真有什么神通。第一次见面,他一眼看出我是被人踹了的悲催失恋女。第二次见面,他预言般犀利点出,在那以后很多次令我大栽跟头的双商问题。第三次见面,他甚至没说话,只带我看了琥珀城的样板房,便使我重燃奋斗的希望。

第四次见面,第五次见面……

我们认识的时间并不长,但每一次见面我都印象深刻。他说不是我的人生导师,却教会我很多东西。可惜,我不是一个好学生,虽不愿承认,但自己确实像个扶不起的阿斗。

"一直等。"我按了按真皮沙发,环顾气派的大堂一圈,乐呵呵地说,"这里空调很足,沙发又软,睡一觉也不错。"

宫磊大概不屑一同感受苦中作乐,沉声问:"明天不上班?"

我拿起茶几上的时尚杂志,随手翻阅着:"继续做踩盘调查。"

"有收获吗?"

心头一顿,我举起花哨的杂志内页,下意识地岔开话题:"有人说,时尚杂志是一群月薪八千的编辑,告诉一群月薪三千的读者,月收入三万的人怎么花钱。我就不明白了,为什么还有那么多月薪三千的人买来看?"

宫磊抽去杂志翻了几页,抬头问:"你先告诉我,这类时尚杂志卖的是什么?"

太简单了吧,我想也不想答道:"名车,名表,名包,名牌时装……全部都是死贵死贵的名牌。"

宫磊摇头:"卖的是一种生活方式。尤其对于月薪三千的人来说,这是一种很有吸引力的生活方式。就像你们当地产销售顾问,卖的也不仅仅是套房子,而是和这类杂志一样,向客户推销一种新的生活方式。"

"所以,当我在给客户推销房子的时候,除了介绍房子本身的户型结构朝向采光……"深受宫磊独到见解的启发,我顺他的思路,试着拓展自己的思考维度,"还要向客户推销住进这套房子,能给他(她)带来怎样一种全新的、便捷的、更优质的生活方式。比如通过介绍周边环境、发展趋势、基础设施、城市规划……让客户全方位了解楼盘的优势,即便买的是期房,也能对未来的居住生活产生吸引力和期望值。对吗?"

"嗯,没错。"宫磊微微一笑,把杂志递还给我,"如果让你创办一本同类型的杂志,你知道如何着手吗?"

"当然先把市面上所有时尚杂志买来一本本研究啦。分析比较它们是怎样向读者贩卖生活方……"突地一道灵光闪过,我恍然大悟,拍着沙发跳起来,慷慨激扬,"宫磊,你是在教我怎么做踩盘调查!不是走马观花,或者拿一堆售楼资料,而是要去观察别的销售顾问怎么卖房,观察每一个去看房的客户,从各个方面了解每一个楼盘的优劣势!"

做了一下午的没头苍蝇,一无所获,现在终于茅塞顿开。先前的郁闷沮丧,想要逃避现状的想法也随之一扫而空。宫磊不知道,当一个人几乎决定向失败服软、对放弃点头的时候,再度看到希望的曙光,是多么的激动与喜悦。

不过,他很快知道了。因为我这一原地满血复活,就情不自禁地扑上前抱住了他。

"神了神了!"雀跃的我有点口不择言,"为什么你每次都能救我于水火之中?!你是猴子派来的救兵吗?"

宫磊颇有绅士风度地保持不动,只伸手拍了拍我的背以示鼓励:"我主要是担心你站不到我最近的地方,没机会默默仰慕关注我。"

这话听着耳熟,好像是我曾经用来敷衍他的言情词汇。我一张老脸没出息地开始阵阵发烫,本来想松开的手也放不下来了。干脆再抱会儿吧,免得他看见我一脸羞臊,又出言奚落一番。

"哟,安佳佳,你叫我下来见面,就是来看你秀恩爱,给我添堵的吗?"

3

酒店顶层的豪华套房,落地窗外夜景璀璨,灯火热闹。我和林媚面对面坐着,彼此无话,冷冷清清。

读大学时候我们睡上下铺,形影不离,每天总有天南海北聊不完的话题。有我说上句,你接下句的默契;也有为同一首歌感动,为同一部电影落泪的相投喜好;更有不分青红皂白,也要力挺对方的姐妹义气……

在爱情里受伤害,我们就在友情里讴歌天长地久。然而,此刻我们坐在一起，纵使装着满腹想说的话，却再难开口。我们才发现，友情其实也会渐行渐远，走到尽头，连一句分手也不需要。

小茶几上的玻璃花瓶里插着一支康乃馨，林媚拨弄着花瓣，先开了口："佳佳，如果今天我做成手术，吴迪也没有来，我们可能不会闹得这么僵。"

"林媚，我没想到你会骗我。微信里我也说了，告诉他，是想让他有个心理准备。别跟我一样，在医院就和你吵起来。"

"他才不敢。"林媚笃定道，"他好说话，不像你，犟起来油盐不进。宫卉说的没错，你太相信自己的判断力，认为什么事都会按照你的判断来发展。并不如你所料的时候，你又搬出冠冕堂皇的理由为自己开脱。对宫卉说自己想问题太简单，对我说怕我和吴迪吵架。"

我恨不得把一颗心掏出来给林媚看："我不是在找理由为自己开脱，我想把误会解释清楚。"

"你觉得是误会，可以解释清楚。可你有没有想过，如果你足够信任我们，从一开始，你就做错了。"林媚苍白的脸庞泛起一丝淡薄笑意，"明知道黄太后想撮合你和她儿子，你为什么不早点告诉宫卉，非要让她撞见你们产生误会？如果你相信我能处理好怀孕的事，你还会一直不停地反对吗？会瞒着我先斩后奏吗？说到底，你就是个自以为是的人，只相信你自己。"

自以为是……

我也笑了："我承认没处理好宫卉的事，因为我完全不了解宫卉，宁愿相信自己的判断。可你不一样，林媚，我了解你，你也了解我！怀孕这么大的事，你让我不闻不问，办不到。我也说过，再反对，也会支持你做的任何决定。我把该说的说了，该做的做了，是不想有一天你后悔，怪我当初什么也不管。"

"你怎么还不明白呀,安佳佳。"林媚烦躁地扔掉康乃馨,"我们已经不是校园里的傻学生了!以前咱们好得不分你我,彼此的什么事都要参与,那是因为我们不够成熟,有人助阵才显得理直气壮。可现在不一样,你成熟起来了,我没有吗?说白了,怀孕是我的私事,我不瞒你,但也不想被你干涉。就像你和人间精华走得近,难道你瞒着我,不是因为你觉得那是你的私事,与我无关吗?"

即便都是私事,也该分个轻重缓急,怎么能相提并论!面对林媚的厉声质问,我急得站了起来,花几秒钟逼自己冷静,又坐下:"好,对不起,你的私事我再不过问了。你回家吧,我搬走。"

"今儿不走,免费的五星级套房不住白不住,这房间还有胶囊咖啡机呢。"林媚这脾气简直收放自如,转眼就乐乐呵呵地说要给我冲一杯,径自走去小吧台,"干吗搬走,怕天天看我不顺眼,和我吵架?我去,这高科技怎么玩啊?"

"我可不敢,和孕妇吵架容易遭天谴。"瞧她一阵手忙脚乱,我也跟着松弛下来,"别弄了。你不回去,我一个柔弱女子怕黑,需要有人陪。"

"滚,姐不吃这套。你也睡这儿呗。"

挑战高科技宣告失败,林媚又邀请我参观五星级的房间。累了一天,我们不约而同地倒进柔软大床,望向天花板中央焕发着奇幻光芒的水晶吊灯,一动也不想动。

忽地,林媚伸直手臂指向水晶灯:"喂,你搞定人间精华之后,他会不会送你那么大一颗的钻戒?到时候借我戴戴,自拍留念。"

解释又得费尽口舌,我玩笑道:"搞不定,他只同意我做个仰慕者。"

"你傻啊,现在那么多明星娶粉丝,做仰慕者才有希望。"林媚翻身趴在床上，随即又换了个美人侧卧的姿势，手下意识地抚了抚小腹，"你现在在他公司上班，近水楼台先得月，完全可以来一出安佳佳版'霸道总裁爱上我'。不过呢，你的小姨子宫卉意见就大了。看见你和人间精华抱在一块，她脸色超级难看。走的时候，还一直瞄你。"

林媚说得好像真有那么回事似的，我可不信："我怎么没注意？"

"你光顾着给我磕头认罪了，哪有闲心留意她。别说我没提醒你，她可不会像我一样轻易原谅你。这一下午，跟我说了不少和前男友的往事，说给我听呢，八成是想让我转告你。嘴巴上半个字不带埋怨，其实心里暗暗较着劲。嗯，有心计！"林媚下完定论，又没轻没重地拍我脑袋："安佳佳，你傻笑什么？！姐姐我正以德报怨，多伟大，多高尚！我说，人间精华到底怎么看上你的，傻得令人发指。"

我躲开她的巴掌，打挺坐起来："对啊，我这么傻，他看不上我的。我抱他纯粹是为表达谢意，谢谢他点拨我工作。宫卉嘛，在医院我们话说到一半，吴迪就来了。我会抽时间，再找她谈谈，尽量讲清楚吧。"

林媚如同一根瞬间绷紧的琴弦，蓦地坐直身子："吴迪给我打电话，说从明天开始，他要来照顾我的衣食起居，直到我做完手术恢复。"

才说不过问，再想知道吴迪有没有提复婚也要忍住，我嗯了一声，问："你同意了吗？"

"同意了。让他给咱俩当免费佣人，多好。"

"给你当是应该的，我就免了。"前夫要求回家照顾前妻起居，林媚洒脱答应，我是不是有点多余，"要不我还是搬走吧，反正那套一居室也没租出去。"

"不行！你也得留下来弥补对我的伤害！"林媚更加干脆，"他做饭太难吃,厨房归你。姐姐想吃什么,你做什么。"

小的得令。

我陪林媚又聊了会儿天,靠意志品质力,抵抗住了她玲珑身段和柔软大床的诱惑,毅然离开。明天踩盘任务艰巨,我必须要回去做好规划。没办法,天生一条劳碌命。

林媚说,我们都成熟了。成熟又是什么?

是不再需要呐喊助威,一个人如修行般孤独上路,经受苦旅历练;或是不再相信童话,不再大喜大悲,冷眼面对这个世界的嬉笑怒骂;还是带上形形色色的面具,说真真假假的话,游走于明明白白与虚虚实实之间……

我闷头思考着,得不到答案,走过了公交站。转身折返,发现身旁跟着一辆慢行的黑色轿车,要不是借着路灯看清驾驶位上的宫磊,我一定会以为遇到变态跟踪狂。

"有事?"我探头问。

他笑道:"上车,送你。"

大晚上的确不安全,我没推辞,麻溜地坐进副驾。

有人观念狭隘,批评女人太虚荣,宁愿坐在宝马车里哭,也不愿坐在自行车上笑。又怎知,她不是坐在宝马车里喜极而泣,不是坐在自行车上强颜欢笑。众生众相而已,哪有高低贵贱之分。林媚说得好,哪个女人不虚荣,比起男人处处争强好胜的虚荣,女人的虚荣心更容易满足。

月朗星稀,微风徐徐。这良辰美景天,哪怕宫磊再给我上堂思想政治课,我也心甘情愿接受。有豪车坐,有帅哥相送,虚荣心满格。

"你想什么呢?"

"没什么,没什么。"收敛心神,我小心翼翼地问,"宫卉回去了？"

"嗯，修潼接她回家了。"

掂量着宫磊的神色，我又问："她没问你什么？"

他斜睨我一眼："你想她问什么？"

"问我为什么抱你呀。"听他的口气，我再不报任何希望，"完了完了，你肯定又觉得所见即所得，没必要解释。"

"不，我解释了。"宫磊不紧不慢地道，"我说你情难自禁，主动投怀送抱。"

我急了："你怎么能这么说呢？"

他状似不解，挑挑眉："我说错了吗？你没有情不自禁，没有主动投怀送抱？"

"有啊，可是……"细想宫磊也没说错，我脑子和舌头同时打起结，"你应该说，我是对你的感激之情溢于言表，才情难自禁，不不不，才欣喜若狂，也不对，才礼节性的……"

好不容易找到准确稳妥的说法，宫磊已不加克制地笑出了声。

"看我烦心很好玩啊？"我可笑不出来，闷闷地说，"一个误会没解释清楚，又来个新的误会，愁死我了。"

宫磊笑容依旧："说个让你不愁的事儿。项目上有个同事想租房，你什么时候有空，我带他去看看。"

"行，时间你定，我随时待命。"果然是解愁的好事，我转忧为喜，抱臂打量宫磊，"真是位爱民如子的好BOSS，下属租房子你也操心，找对象你管吗？"

"想请我给你介绍？"

不过随口一说，不知他是否当真，我一单身狗何乐而不为："好啊！我相信你的眼光。"

"哦——"幽幽尾音曳地，宫磊似恼非恼，似怨非怨地说，"安佳佳，你这么快就打算移情别恋了。"

这才是个天大的误会呀！

我一张嘴张开又合上，合上再张开，最后操着半生不熟的港台腔，学起TVB："做人呐，最重要的就是开心。我也不小了，谈恋爱就奔着结婚去了，找个门当户对的比较好。"本着维护友好睦邻关系的原则，我朝宫磊大方笑笑："不耽误我继续当你的仰慕者，月亮之上，我在仰望嘛。"

我为自己的暖场能力打满分，宫磊却不买账："你还挺有门第观念。"

"这话得两说。找个背景出身、成长环境相似的，大家三观也差不多，比较有共同话题。可万一遇到个我爱得死去活来，非他不嫁的旷世真爱，他再有钱我也不嫌多，再穷我也不嫌苦。"

我侧过身，认真地看向宫磊："林媚批评我，思想老旧，过于相信理想化的爱情。你说呢？"

宫磊短暂沉默后，对我暖暖一笑："做人咧，最紧要即系（就是）开心。"

宫磊的广东话很标准，字正腔圆，好听极了。同样的几个字，被他转述一遍似乎格外具有说服力。思想老旧与否不重要，理想化的爱情存不存在不重要，我能不能结一段旷世奇缘也不重要，人活一世，不及百年，开开心心最重要。

Chapter 10
互相煎熬，互相伤害

  原来人生是一趟单程列车，没有永恒不变的风景，也没有始终相伴的人，只能心存感谢，然后挥手道别。
  爱一个人，愿意为他不计回报地做任何事，不要问值得不值得，因为爱从来都是无价。

1

不得不承认，生活中也存在物理学上的惯性。不顺的时候，一句话一个动作也能闹一场误会，喝口凉水也塞牙。顺的时候，事事称心如意，偶尔还能来点出乎意料的小惊喜。

通宵达旦赶出来的踩盘调查报告，得了高分，向来严格的培训讲师破例夸了我两句。甘愿做牛做马的吴迪和林媚相处和睦。至少表面上看来，大家心态平和，林媚既没给吴迪脸色看，吴迪也没急不可耐地追着要复婚。宫磊口头上和稀泥，但约宫卉见面吃饭后，我确定他有正经解释过那一抱。关于池以衡，关于黄大妈，我开诚布公地告诉宫卉，出于礼貌不会终止联系，可也仅止于普通朋友。宫卉说她相信我，我选择相信她的相信。连以往打电话比我妈还勤的黄太后，自那天吃过饭，也再没有联系我。

一天天顺风顺水，感觉人生正在好转。

我的黑眼圈依然大，依然一副压力巨大，要死不活的样子。但随着培训结束的临近，我逐渐摸出些学习的门道，步入正轨，自信心倍增，每天都开开心心地回家。

一进家门，看到穿围裙带手套标准家庭妇男打扮的吴迪正忙着拖地。

"别忙活了，林媚今天……"把后半句"晚上有约会"憋回去，我抢过吴迪手里的拖布，"今晚有球赛，走，我请你喝酒吃麻小。"

吴迪大学踢过院队，唯一爱好就是足球。我对足球没兴趣，但周志齐是个货真价实的球迷，虽然花三小时也没教懂我越位，却喜欢我陪他看球。我不明白二十二对罗圈腿围着皮球满场转有什么好看，居然还能激发出男性荷尔蒙。性格腼腆的周志齐看到兴致高涨时，也敢旁若无人地抱着我亲，显得特爷们儿。

懂得礼义廉耻，拥有高等智慧，但原始的动物性是改不掉的。女人迷恋强者，享受被征服的感觉。而男人，追求成为强者，将女人征服。

看球赛，再内向孤僻的人，也会热闹起来。好像人一多一热闹，无论表现得多夸张都不为过。天尚未全黑，大排档早早架起投影电视。呼朋引伴的客人也来了不少，啤酒花生米是标配，每桌必点。

吴迪酒量凑合，但上头，刚半杯啤酒，嫣嫣潮红已晕至耳朵根儿。林媚曾说，她最爱微醺时的吴迪，半醉半醒，瞪着眼睛定定地望着她，又热切又迷恋，看不够似的。从不乏追求者的林媚，不是没见过男人欲望偾张的注目，可她告诉我，吴迪不一样。他眼里除了有赤裸裸的欲望，还有疼惜与珍爱。那种渴望切实拥有，又舍不得触碰的感觉，令林媚悸动。

我无法感同身受。我就谈过周志齐一个男朋友，也没被他想要又不敢要的目光注视过，也许他也会，而我却不是对的那个人。

突然想起周志奇，那些痛苦的记忆只能剜骨疗伤般一点一点剔除。我想着，也咕咚咕咚喝下大半杯。

吴迪帮我满上："我很久没看球了。以前不敢，林媚不喜欢，离了婚没人管，反而提不起兴趣了。"他苦笑着干掉一杯，又倒满："安佳佳，你是怕我心里难受，才约我喝酒看球吧。她和金融男约会去了，我知道，可我什么也不能说。我他妈是不是窝囊废啊，看着自己老婆和别人约会。"

"前妻，前妻。"我忙不迭纠正，求他别把自己灌醉，人高马大我背不动，"她对你没那么强的抵触情绪，已经是个好的开始了。再说当年你追她的时候，竞争者也不少，你不照样赢到最后。往好了想，现在和以前也没什么差别，你别泄气。"

"还是你会安慰人。干了！"吴迪举起酒杯不等我，又一口饮尽，抹抹嘴，阴郁的神情却并未好转，"她明天去医院做检查，不准我跟着去，你帮我照顾着点。"

我毫不知情，她有意隐瞒，证明也不愿我陪。吴迪的忙，我恐怕帮不了："明天我要带人去看租的那套一居室，早约好了时间，不方便改。不用担心，应该有人陪她去。"

"宫卉？"

"你认识？"我说道。他们好像没有什么交集。

"不算认识，这个星期在楼下遇到过两次。她和林媚一起吃饭，送林媚回来，互相介绍了下。"吴迪挠挠头，欲言又止，"那个……你肯定想问我为什么老在楼下猫着。我就好奇，想看看金融男长什么样，一直没见着。安佳佳，你主意多，帮我想想法子。"

这比让我陪林媚去医院更难，我说："她想让咱们见金融男，早见了。读大学的时候，她背着你和男生吃饭，你们为此没少吵架。她说过什么，说你如果信任她，就不要怀疑她。还说再亲密，她也需要自己的空间和隐私。我和她之前闹得不愉快也是因为这个原因，她怪我干涉她的私事，不信任她。林媚的性格这么独立，咱们哪怕再出于关心，真的也不能管太多，容易引起她的反感。"

"可是，可是……孩子……"未尽之言顺着啤酒一同灌进肚子，苦痛于眉头纠缠成结，吴迪再度艰难开口，"要是我死活不同意离婚，明年这个时候我已经当爸爸了。呵呵，运气不好，这就是命啊！"

充满各式各样选择题的人生，似乎有无限种可能，其实人生只有一个活法。当一种选择变成现实，或庆幸或惋惜或悔不当初，都不过是心理的慰藉罢了，并没有什么卵用。

"老生常谈的三个字，'向前看'。你现在难过，林媚不会比你少。孩子在她肚子里，骨肉连心，感应最强烈的是她。这几天，咱们也调整好心态，多陪陪她，尽量让她放松心情。你看，行吗？"

吴迪不语，重重点头。

昨夜林媚晚归，靠在我房间门口，拿着手机，笑话吴迪莫名其妙发来一大串微信。跟写回忆录似的，把他们恋爱那些年鸡毛蒜皮、不值一提的小事，统统拎出来感慨了一通。我想，吴迪是喝醉了，雅兴大发。不满意现状，就回忆美好过去，而林媚正是美好回忆的代名词。

想问林媚讨来看，她坚决不肯，嫌弃地道太肉麻，随便岔开话，打听起我今天有什么安排。我故意说档期空空，她哦了一声，没再言语，回了房。今晨，已人去房空。明知她一定不会只身前往医院，还是有一点担心，可我也必须尊重林媚的隐私。

也许所谓的成熟就是，生命中不再有无话不说的那个人，我们开始学会谨慎开口，小心处事，学会保持合宜的距离。

约定时间和地点，我和房东见到了官磊介绍的同事关杜。潮男打扮的一个小帅哥，目测二十岁左右，左耳戴着颗亮晶晶的耳钉，染了一头时下流行的奶奶灰，让人总忍不住想帮他掸一掸。一开口，便听出是位海外华裔。虽难能可贵不往外蹦英语单词，但说话腔调似吹过太平洋彼岸的风,又轻又飘,找不着重音。

宫磊没来,关杜说项目上赶工期走不开。我又问,都是同事,你怎么有时间。他顽皮地冲我一眨眼,说自己一个打杂小工,没班可加。就这位以小工自居的帅哥,走马观花看完房,不问租金水电费,也不等出去打电话的房东回来详谈,递来张黑色信用卡,让我随便刷。小青年耍帅摆阔可以理解,可是,我没接他的信用卡,笑着问,怎么刷,我长得像POS机吗?

一句玩笑话,关杜像被点中笑穴似的,捧着肚子笑个不停。接下来一系列租房程序全权由我代劳。甩手掌柜关杜,大概未来人生全指着这个笑话活了,站在一旁时不时就绷不住笑出来。房东瞄着瞄着,忍不住悄声问我,这孩子是中邪,还是中了五百万。

遇到个不差钱的租客关杜,房东乐得免了他两个月押金,态度也格外热情。想到当初房东对我锱铢必较的刻薄模样,我心头暗暗不齿,原来金钱是他衡量信任感的唯一标准。有钱人自然值得信赖,而对我这样的穷人,一句客气话就等同于大发慈悲的施舍。

关杜爽快租下房子,算帮我一个大忙,以后再也不用和势利眼房东打交道。我提议请他吃饭,他答应得更爽快,像个挑嘴的孩子似的,点名只吃四川麻辣火锅。相当本土的口味,正巧也是本吃货的最爱,连关杜的一头白毛,看起来也顺眼多了。

2

如果说宫磊属于勤勉精干的富二代,那么关杜则完完全全属于另一类。

关杜祖籍广东，祖辈们下南洋艰苦闯荡，父辈靠做建材生意发迹，成为印尼华裔富豪，到了关杜这位侨三代，四体不勤，不事劳作，父辈忆起当年峥嵘岁月，大掌一挥，把在国内高校读大二的关杜送进宫锐实习，实行全面经济封锁。并拜托世交好友多敲打，多锤炼，也让关杜尝尝给人打工，自己挣钱养活自己的滋味。

爹是亲生的，亲自操练儿子怕心疼手软，就送出千里之外，任其自生自灭。妈也是亲生的，临行前塞给儿子张副卡，该用用，该吃吃，身体要紧，别苦了自己。

关杜原本大概抱着游戏人间的心态，换种职业闯关打怪，能打就打，打不赢就撤，还想着可以存档重来。等到真正落进宫磊手里，他才体会到什么叫不近人情，什么叫生不如死。一个打杂小弟，被全项目上下呼来喝去，还天天挨批。不会用传真机扫描仪，骂；开日常安全会议打瞌睡，骂；晒错硫酸图传错文件，骂……

讲到这儿，不知是火锅太辣，还是满腹委屈终得纾解，关杜一双眼睛湿漉漉，抿着红红的嘴唇要哭不哭，凄凄望过来。瞧他一副随时可能跨过桌子，抱住我放声痛哭的架势，我连忙假装没看见，低下头吃东西。第一次见面而已，这小伙也太自来熟了。

"佳佳姐，我磊哥是不是喜欢你啊？"

跳戏太快，一口辣油呛进喉咙，关杜没哭，我先流泪满面："吃饭的时候讲笑话，会出人命的！"

"没讲笑话。"他递来张纸巾，一本正经地说，"我早说要从他公寓搬出来，他一直不同意，那天突然又同意了。不是因为喜欢你，想帮你把房子租出去，是因为什么。"

我有点钦佩他简单粗暴的推理能力，边擦眼泪边说："没准因为他嫌你……烦，话太多。"

关杜又笑得银牙闪耀："哈哈哈哈，看你也像受压迫的衰公，我忍不住嘛。我磊哥那么酷，不爱说话，可能真嫌我烦。"

宫磊话少……我怎么不觉得，当初毫不留情毒舌我的时候，话可一点不少。

关杜绕过雾气缭绕的火锅看向我，神秘兮兮地又说："我以前怀疑磊哥是GAY，我细姐（老姐）追他好多年，他不喜欢。"

"说来听听。"我两只耳朵像雷达似的，竖了起来。

关杜咦了一声，端着碗筷窜到我身旁："难道你喜欢我磊哥？"

"我好奇，我们认识有段日子了，但我对他几乎一无所知。"而且我也很难定义我和他之间的关系，思来想去，亦师亦友似乎最贴切。难得听到宫磊感情方面的八卦，我才不要压抑天性："喜欢他的人应该蛮多的吧。"

关杜摇头："应该吧，我只知道我细姐从小就喜欢磊哥，小时候许生日愿望，也是长大嫁给磊哥。磊哥喜欢摄影，我细姐也学起来，跟着他去了丛林拍什么珍稀植物，两三年吧。磊哥身边没有什么特别好的女生，所有人都以为他们中意对方。后来，磊哥回国，我细姐成了职业摄影师，全世界跑。两个人很久没见面了。好可惜！"

同样是女追男，比起我追周志齐时买早餐，占座位的小付出，关杜细姐肯陪着宫磊钻丛林，一待两三年，简直堪称伟大的奉献。

"我问过磊哥为什么不喜欢我细姐。"关杜拧着眉毛托着下巴颏，表情困惑，"他回答我，不是不喜欢，是没有喜欢到愿意改变现状。什么意思？佳佳姐，你懂吗？"

因为宫磊对他细姐喜欢得不够多呗。直说太伤人，我也托着下巴装心思深沉："可能认识太久，宫磊一直把你细姐当朋友，觉得做朋友是和你细姐最习惯最舒服的相处状态。习惯成自然，很难改的。"

"还是好可惜啊！我细姐漂亮，身材好，又有才华。"关杜说着掏出手机，点开照片供我欣赏："我细姐的作品，开过个展，很棒吧？"

戈壁、荒漠、冰原、峡谷……关杜的细姐用相机镜头告诉我，这个地球我所未知的一面，瑰丽而神奇。最后一张应该是关杜细姐本人。一身朴素户外装的她，长发飘飘，手持相机，站立在一片盐湖中央。晴空碧洗，流云朵朵，犹如世外秘境，她不经意地回眸一笑，飒爽又大气，美得不可方物。

如果我是男人，一定会爱上她这样的女人，一个有很多精彩故事的女人。宽阔的视野和丰富的经历，赋予她大多数都市女性没有的，透着野性和不羁的女性魅力，令人着迷。我也要开始怀疑宫磊的性取向了。

从照片上移开视线，我不自觉地问："关杜，你细姐现在有男朋友吗？"

"不晓得。她很少回家，我来中国念书以后，见面的机会更少。"关杜仍有些遗憾地撇撇嘴："磊哥也是我从小的偶像，只要他想干的事，没有干不成的。他学的是和地产建筑不相干的艺术系，可现在已经能独立管理整个项目了，特别厉害！不管他怎么骂我，我服气！"

我认同地频频点头："我也服气。没有他的毒舌，我可能还在为失恋自怨自艾。没有他给我的面试机会，我估计早收拾包袱回家投靠父母了，不会坐在这里请你吃饭。宫磊一定是我生命中的大贵人！"

"大贵人？我磊哥这么帮你，你不喜欢他，点解嘞（为什么）？"

幸亏以前追过不少TVB连续剧，关杜时不时冒广东话的语言习惯没给我造成听力障碍，可对于他的逻辑，我很有障碍："又不是古代，动不动就无以回报，以身相许。等宫磊有需要的时候，我也尽全力帮他不就行了。这次他嫌你话多，我正好有房子要出租，和谁喜欢谁完全没关系。"

"佳佳姐，解释等于掩饰哦。"关杜薄唇微勾，笑得暧昧，"虽然我最希望我细姐和磊哥在一起，可是感情的事强求不来，你和磊哥拍拖，我也会真心祝福你们的。我透露给你一个情报，他现在没有约会对象，你主动一点嘛。"

这男生年岁不大，怎么和黄太后一个毛病，热衷于乱点鸳鸯谱。我笑嗔道："你这样卖力推销你的磊哥，真的好吗？有这份闲心，不如全部用在工作上，免得老挨骂。"

"你说对了。"关杜一脸山人自有妙计的得意样，"磊哥现在是工作狂，如果有人约会拍拖，说不定……"

"省省吧。你放心，绝对不会如你所愿。"

我抬手打断，毫不犹豫地戳破关杜的美梦："我们的偶像宫磊，神一般的存在，一定可以同时兼顾爱情和事业。你别再打什么鬼主意，趁年轻多学点东西，好好工作才是正经事。快快快，我再重复一遍，你拿手机录下来。回去放给宫磊听听，我安佳佳也会导人向善，有做人生导师的天赋。"

宫磊在我心目中形象高大，我也不希望他对我的印象一直停留在双商感人的阶段。

关杜不照办就算了，又笑得捧着肚子，捶桌子，惹得服务员不停侧目。我只好拍着他的后脑勺，跟人解释，这孩子最近日子过得苦，笑点低。

将一居室的钥匙交到关杜手中，如同一场与过去正式道别的仪式。我不会再往返这条路上下班，不会再和周志齐手挽手数着台阶回家，或许也不会再回到这里……三年间最熟悉的生活，简简单单一个转身便宣告结束，令人唏嘘。

从爱琴海西餐厅经过，我不由放慢脚步，隔着玻璃窗望向我常坐的位置，那里空无一人，我却仿佛看见无数个自己穿行其间，有形单影只的自己，有与周志齐依偎而坐的自己，有和林媚说说笑笑的自己，还有在宫磊面前，抱头哭泣的自己……

关杜好奇，问我是不是又饿了。我说原来人生是一趟单程列车，没有永恒不变的风景，也没有始终相伴的人，只能心存感谢，然后挥手道别。我这儿正抒情，关杜已经坐上出租车，相当应景地冲我挥手道别，说要回项目上加班挣表现。受关杜的鼓舞，我也收起悲春伤秋的小情绪，打道回府，为培训考核做最后的冲刺。

与其嗟叹过去，不如朝未来拼尽全力，迎接一个更好的自己。

3

回到家，林媚和吴迪都在，我打招呼的嘴刚张到一半，陡然察觉气氛不对。

电视播放着近期大火的某综艺节目，林媚蜷腿窝在沙发里吃薯片，似乎看得很投入，笑得没心没肺，可笑过之后脸色却很阴沉。吴迪则是实打实的面带郁色，愁眉不展，一个人坐在餐桌边，守着满桌子未动过的菜肴。林媚每发出一次笑声，吴迪的神情便随之更哀苦一些，好像那笑声带刺，一下下扎着他的心。

看见我，吴迪勉强一笑："吃了吗？"

我点点头，给了他个"一定要挺住"的鼓励眼神，收紧呼吸，轻手轻脚地走向自己房间。解铃还须系铃人,他们之间的问题,只能交由他们自己解决。我要再和以前一样,凭着一腔热血跟居委会大妈似的,左边劝完右边劝,那估计还要和林媚吵架。

"站住!过来陪我看电视。"

林媚颐指气使的口气,像极了正闹脾气看谁都不顺眼的后宫娘娘。我不可能假装没听见,一回头又对上吴迪拜托帮帮忙的眼神,暗暗叹口气,我听话地坐到林媚身旁。她没看我,也没说话,把薯片往我手里一塞,继续对着综艺节目不走心地假笑。

节目里敬业的明星们不惜自毁形象,不惜装傻充愣,也要卖力讨好观众。我自己又何尝不是。明明已经看见茶几上的手术确认书,留有林媚的签名,我依然要装作毫不知情。也许是为了讨好注重隐私的林媚,也许因为我有了自知自明。

"听说这些综艺节目是照着剧本演的,游戏结局也是事先安排好的。知道被骗,我怎么还看得这么高兴呢?"林媚转头看着我,余光又掠过我,似有若无地飘去餐厅:"安佳佳,你是不是觉得我这个人很好说话,被骗了也无所谓?还是我说的话根本不好使,当耳旁风听听就算了。"

林媚绝对有当后宫娘娘的潜质,这一番指桑骂槐的话说完,我都想磕头谢罪,跪求娘娘饶命。好心插手被责怪多事,放手不管吧,又硬把我扯进来当炮灰。该不该接话,接话又该说什么,我苦着张脸,对着林媚,无语凝咽。

"说话呀!平时不挺能说的吗?"

林媚大概不准备放过我这个免费的靶子,拔高音量:"今天去医院检查,我为什么不告诉你,因为做手术是板上钉钉的事,谁也改变不了。我不想一会儿这个来劝我再考虑考虑,一会儿那个又打感情牌,求我回心转意。"她举起手术确认书，嚓嚓晃了晃，"字都签了，咱能干脆点吗？"

看不到背后吴迪的表情，我只好心平气和地对林媚说："知道了。如果你愿意，我请假陪你去做手术。我保证，绝不多话。"

林媚嘴角微弯轻哼了一声："去干吗，怕我没勇气走进手术室，去给我壮胆吗？"

"你别这样，林媚。"她越无所谓，一笑了之，我越心疼，"我说了，你让我去我才去。你做完手术，也需要有人照顾。"

"我也去！"吴迪终于开口了，冲到我们跟前，"林媚，我今天不是故意想骗你，是实在不放心你，才偷偷去了医院，没想到会撞见你朋友。"

"那你怎么不藏好点，别让我朋友发现呢。"林媚冷漠地看向吴迪，"明天开始，你不用来了，我不需要你照顾。"

我和吴迪同时一愣，同问："为什么？"

林媚拨弄着长发，露出妩媚笑容。好像故意要用她的风情万种告诉我们，她不在乎，不需要人关心。直接忽略我们的追问，她什么也没说，起身绕过我回房间，被急躁起来的吴迪擒住胳膊。目光对峙，林媚毫不示弱，眼神决绝又凉薄，好像吴迪不过是招之即来挥之即去的一只狗。

几秒钟后，还是吴迪先服了软，央求道："林媚，我不奢望你回心转意，让我照顾你吧，这是我应该做的。"

"当然是你应该做的。"林媚甩开他的手，拉开距离，"知道我为什么同意你来照顾我吗？因为我不甘心，离了婚还要为你白白遭这么大的罪。我就是想看你天天跑来跑去服侍我，知道我去约会，还一个字也不敢吭。忍气吞声的滋味不好受吧？这就是我对你的惩罚。现在两清了,你可以走了。"

气氛瞬间凝固至冰点。

掩盖在太平和睦之下的真相竟然如此残酷,不过是一场还施彼身的报复。不是我说的好的开始,更没有任何感情可言。林媚可以找各式缘由,唯独这一种我接受不了,更何况是吴迪。

希望化作泡影,他被林媚激怒了:"所以你当着我面,不问我一句,就在手术确认书上签了字,也是故意做给我看,对我的惩罚吗?"

"没错。"林媚不急不躁,轻松笑着回答,"我这也是为你好。你不想有一天看到自己的亲生孩子,冲着别的男人喊爸爸吧。"

"你……"

再次被重重地踩中痛脚,吴迪一度失控地朝林媚举起拳头,手臂青筋毕露,可对着正面迎上的林媚,他完全下不去手,最后又狠狠落在自己的左脸。一记响亮的耳光,林媚眼睁睁看着,身子颤抖了一下,眸中一闪而过的疼惜,我看见了,愤然离去的吴迪却没有看见。

综艺节目仍在继续,明星们依然在卖力地取悦观众,可我身旁已没有了那个捧场的人。

吴迪一走,林媚就把自己锁进房间。我没尝试敲开房门,不确定自己能否平心静气地说话。甚至开始怀疑,"即使离婚林媚对吴迪仍有感情"仅仅是我一厢情愿的幻想。可能正是因为抱持这种幻想,当初我才那么肆无忌惮地声讨吴迪,告诉林媚他该负全责。倘若早在那时,林媚心头已埋下报复的种子,发展成今天这样不可挽回的局面,我也脱不开关系。

我不想钻牛角尖,可电视里传出的欢笑声钻进耳朵,那么像在嘲笑我的自作聪明。烦躁地关掉电视,我的手机响了。如果是其他任何人,我宁愿让手机一直响下去,偏偏打来的是吴迪,伤心欲绝的他走得干脆，我还以为他再不会和我联系。

"安佳佳，林媚说的都是真心话吗？"他的声音喑哑，像是哭过。

我沉默了会儿："不知道。"

"不管怎么样，我不该对她动怒，她一点也没说错。我想好了，等她做完手术，我还是要来照顾她。她怎么怪我，怎么报复我，都没有关系，我有错，认了。这两天我就先不过去了，你帮我看着点她，一个打针都害怕的人，不可能不怕做手术。她说起来满不在乎，其实是在故意气我。"

"好，我答应你。但是我有个问题想问你，"我咬唇顿了顿，望着茶几上薄薄的手术确认书，直问道，"你有没有想过林媚对你已经没有感情了，你们没有可能复婚？"

吴迪没有回答，长时间的安静后，手机里却传来他的笑声："怎么没想过，从知道她怀孕就一直在想，可我更想再试试。嘿嘿，现在好像已经失败了。安佳佳，你替我跟林媚说一声，照顾她是我的责任，履行完我的责任，保证再也不会打扰她。"

从关杜细姐三年的陪伴，再到吴迪的不求回报，我忽的明白，其实他们都是一类人——爱一个人，愿意为他不计回报地做任何事，不要问值得不值得，因为爱从来都是无价。

又是一阵沉默，我和吴迪谁也没有说再见，挂断了电话。

我坐着发了会儿呆，满脑子都是当年追求周志齐的场景。颠颠给他买了一周的牛奶，后来才知道他乳糖不耐，根本不能喝牛奶；常常占好座，等他一来，那教室又有课；给他织过满是窟窿眼的围巾，也送过针脚凌乱的十字绣手机链……我说我是懂事明理的中国好女友，他说我有时候傻得可爱。

不久前，我一想到周志齐还咬牙切齿，诅咒他早晚尝到被人抛弃的滋味。此刻，我真的释怀了，会笑对往事，感念曾经所有的美好。如果他在朋友圈里晒结婚照，心头短暂感慨之后，我大概也能送上真心的祝福。

交出一居室的钥匙仅仅只是个仪式，学会放下才是真正的结束。顿时感觉豁然开朗不少，我挺直腰背一抬头，看见了斜斜倚靠在门边的林媚。不知什么时候出来的她，妆容有些花了，眼神失焦地望着地上某一点。面庞上再没有先前咄咄逼人的戾气，取而代之的是淡淡的郁悒与哀愁。

我不确定林媚有没有听到我和吴迪的通话，也不敢轻易打扰，仿佛一喊她的名字，她便会魂飞魄散，化作烟尘泯灭人间。

就这么，她默默站着，我静静坐着，时间无声地流淌着……

Chapter 11
关于爱，我们还懂得太少

人永远无法对未知的将来做假设，因为人类一思考，上帝就发笑。

这个世界上，一定有至死不渝的爱情存在，也一定会有爱情之外的身不由己。有人把爱情摆在第一位，也一定有人会顺势而为，把爱情的位置一降再降。两种人最简单的区别，也许就是女人和男人，我和周志齐，宫卉和池以衡。

1

良久，林媚回过神，坐到我身旁，将侧脸轻轻地枕在我的肩头："佳佳，有件事我要向你坦白。"她又拉起我的手，像怕我跑了似的，紧握着："金融男比我大21岁，有老婆有孩子。"

什么！！！

我的脑子砰地炸开花。怪不得拉着我，怪不得不敢看我，她怕我一言不合，甩手走人。我从来不是个道德卫士，也理解这个社会有不幸的婚姻和不合的夫妻，但我不能接受，我最亲近的人做第三者！

不能打，不能骂。内心浪潮翻涌，我绷着脸，面无表情地听林媚继续坦白。

"对，我是当了小三。"她把我的手握得更牢，"可是他和他老婆早没感情了，她老婆去英国陪读之后，也分居好多年了。他离婚是个时间问题。"

我克制住想笑的冲动："还没离婚就追求你，你怎么能相信他的离婚是个时间问题。"

"因为第一次见面他就爱上我了，一开始我们只互留了联系方式，他没打算追求我。可没过多久，他对我说，比起我，他觉得自己太老，如果再不主动出击，也许就晚了。而且，他没有隐瞒他已婚的事实，决定追求我的那天，他就告诉我了。我不是无知少女，他是不是在玩弄我，有没有用心，我判断得出来。"

很好，林媚的解释几乎无懈可击。她拥有丰富的恋爱经历，也教过我很多恋爱法则，绝不会轻易被欺骗。林媚并不需要我帮她分析这段感情的可信程度，她之所以坦白一切，只是在回答我电话里问吴迪的问题——已经有了金融男的林媚，对吴迪再没有感情。

可为什么，她不亲口告诉吴迪呢？不忍心吗，怎么会，她已经对吴迪说了那些伤人的话。她亲密无间地靠着我，离得这么近，似乎又很远，我完完全全看不透她的心思。

未免胡乱猜测，我顺着自己的思路开了口："还是那个老问题，你爱他吗？以前你说，了解不深，跟着感觉走。现在呢？"

林媚蓦地松开我的手又拉紧，默不作声。

"还是跟着感觉走吗？"我又问。

她抬起头，将零落的长发挽于耳后，又沉默了一会儿："被金融男追求的感觉很好。我不用担心他要以吃一个星期泡面为代价来请我吃一顿法餐。看见喜欢的东西，价格昂贵，我不必假装没那么喜欢。鲜花、首饰、名牌包，哪一样我都无法拒绝，根本不会有任何负担。"

她扯了扯我垮下的脸，继续笑着说："我知道你一定会说我太物质，可他对我也不差，至少愿意花心思、花时间追求我。以他的条件，多的是女人倒贴，不爱我，怎么会卖力追求我呢。"

顾左右而言他。林媚避开我的问题，但我不会任由她回避："你不爱他，对吗？"

"我得到了我想要的，爱不爱还重要吗？"她随即反问，习惯性摸上小腹,"那种全身心投入的爱情一次就够了,我给了吴迪。如果金融男没有出现,换作其他任何一个男人,我也一定不会像爱吴迪一样爱得那么深,那么投入。佳佳,没有人的爱是用不完的,爱一点就少一点,谁也不能控制。我给过吴迪太多太多,再给不了别人了。自己的爱越少,它就越不重要,你明白吗?"

我很想明白,也努力去试着明白被林媚量化的爱情,自己也动摇了。我深爱过周志齐,当下一段恋情出现,我还会不会以同样忘我的热情投入其中,我自己也不知道。人永远无法对未知的将来做假设,因为人类一思考,上帝就发笑。

回归到林媚和吴迪,她不加掩饰的坦白,令我不由自主地替吴迪感到心酸:"既然你对吴迪已经没感情了,就直接告诉他吧,给他个生死痛快。"

一团愁绪再度拢上林媚的脸庞,她苦笑着说:"我之所以说那些狠心的话,是我不敢再面对吴迪,我怕自己心软。全心全意爱过那么多年的人,不可能感情说没就没,我心里很清楚,以前要面子,对你也死不承认。要是让吴迪继续照顾,我怕我会装不下去。"

我又糊涂了:"为什么要装?既然都还爱着对方,也有了孩子,你们可以复婚呀。"

"说得容易。我离婚是为什么?因为我发现爱情不是生活的全部。我希望我的生活里有带泳池的大房子,有堆满漂亮裙子的衣帽间,有说走就走的旅行,吴迪能给得了我吗?"林媚把手术确认书叠好捏在手里,仿佛捏着她的命运,"况且现在我知道,自己有可能过上梦寐以求的生活,我为什么还要回头重复过去?"

比起那些终老也不知道自己要什么的人,目的明确的林媚,又太知道自己要什么。已经不再需要刻骨铭心的爱情,所以孩子和吴迪对她来说，不是个两难的抉择。她有权利选择她的生活，不需要经过任何人的同意，更不需要我来回答她的问题。

"我懂了，你跟我说这么多，应该是想让我去劝吴迪赶紧放弃吧。"林媚长吁一口气点点头，我接着说，"我得认真想想该怎么劝他，可以试试，但不保证他一定听得进去。"

"明白明白，你肯帮我，我已经阿弥陀佛了。"林媚一扫愁容起身，忽然像想起什么，又坐下，"对了，你不用陪我做手术，宫卉会陪我，还说请人来照顾我术后恢复。"

我也担心培训关键时刻不好请假："嗯，也行。宫卉这么帮忙，你得好好谢谢人家。"

"是啊，我请她吃饭，结果每次都是她抢着结账。你上次找她谈过之后，她再没提过以前和男朋友的事，看来已经打消对你的成见了。等我恢复好了，咱们约着一起吃饭。"

想到又能像上次吃火锅一样，三个人开开心心地坐在一起聊天，我立刻满怀期待地点头说好。

卤水点豆腐，一物降一物。

神出鬼没的黄太后，绝对是上天派来降服我的。大清早，我被手机铃声炸醒，听见久违的黄太后的声音，一激灵坐起来。她说有件人生大事必须得好好谢我，让我务必晚上去她家吃饭。她说话声音里也溢满笑意，我仿佛能透过手机清楚看见黄大妈合不拢的嘴。不等我找理由拒绝，她又道，若我不去，她就亲自去公司门口接我，并强调池以衡出差不在家。

不清不楚，又不容拒绝的一个电话，我花了一上午时间琢磨，黄太后究竟能有什么人生大事需要谢我。思来想去没有头绪，又开始担心，这没准是黄太后对我施展的什么新法术。在从不按套路出牌的黄太后眼中，我可能就是只逃不出她五指山的小猴孙。

绝不能掉以轻心，我拨通关杜的电话，请他充当一回我的男朋友，帮我渡劫。他也爽快，不闻不问，直接同意。此劫恐怕多有变数，我说我们现在把词儿对好，免得露陷。他说对自己演技有信心，忙着呢，先挂了。

手机挂断，我就有点后悔。黄太后法力高强，把关杜当我的救命灵符，这赌注会不会压得太大。罢了，走一步看一步吧。

回到培训室，彭晓瑜和几个同事正商量趁培训结束前办个谢师宴，答谢几位培训讲师的辛苦讲课，问我有什么意见。整个人还笼罩在黄太后的阴影中，我力不从心地摇头，彭晓瑜又凑了过来。

"下周分配项目实习，帮我问问你那位同学的哥哥，领秀别墅项目有没有可能破格采用新人？"

"好。"张张嘴的事，似乎难度不高。

"你呢，最想去哪个项目，想好了吗？"

我思考片刻："琥珀城吧。"

"为什么？"彭晓瑜大为不解，"一个三期的尾盘有什么好去的，客户又少，做不起来业绩。"

"因为，那个盘对我有特殊意义。"

留下过太多回忆，所以意义特殊。那里曾经是我奋斗的原动力，去过无数次，遭尽白眼，点燃希望又希望破灭。也是在那里，我被宫磊摸了摸头，如得开悟，又从失落中走出来，找到新的奋斗目标。像我这样注重仪式感的人，以销售顾问身份参与第一个项目，当然非琥珀城莫属。

彭晓瑜估计以为我在故弄玄虚，也没多问，转眼间脸一变，兴奋得像个孩子："我今天帮讲师去十六楼送资料，看见太子爷了！好帅好帅！听说他还单身，也没有女朋友，不知道他喜欢什么类型。"

我正想着顺便也向宫磊提一提我有意去琥珀城实习，顺嘴便说："我只知道他不喜欢没有事业心的女人。"

"你怎么知道？"

惊觉失言，我额头冒汗，忙往回找补："我猜的，像他这样的男人应该喜欢女人独立自强，有事业心。"

索性彭晓瑜没有起疑，话不多说，捧起书本为成为女强人冲刺。我捧着脑袋望向刻苦钻研的她，不知怎的想起了关杜的细姐，她才是当之无愧的女强人，为什么宫磊不喜欢呢？

2

我以前对"租个男友回家过年"的举动嗤之以鼻，太愚人愚己。想不到自己也会沦落到被打脸的一天，更可笑的是，我竟然找了位更不按常理出牌的人冒充男友。面对西装革履，还有点小紧张的关杜，我发表了如下一番感言："又不是见未来丈母娘，你穿得也太隆重了。你不说你演技很好吗，紧张什么？该紧张的人是我吧。"

他肩膀一懈，立刻松弛下来，咧嘴笑得很欠揍："哈哈哈，我骗你的，我在表演紧张。临时从饭局上溜出来，来不及换衣服。走走走，我让你看看什么叫演技。"

一路上楼，关杜走红地毯般意气风发，壮志满怀，好像打算从黄太后手中领个最佳男主角的小金人似的。他哪里知道我需要做多少心理准备，才有勇气迈上每一步台阶。

熟门熟路，三楼黄太后家门前，和关杜交换眼神确定彼此已做好准备，深呼吸，我抬手敲门。片刻，黄太后笑眯眯地迎了出来。瞧见关杜，她也不意外，不动声色地给我个了然神色。

望着关杜的一头白毛，黄太后又怜惜又喟叹："这孩子心思一定重，小小年纪，头发都白了。"

关杜反应挺快，摸摸头发，笑着替自己解围："少白头。"

"哦哦，快请进，快请进。"

黄太后请关杜走在前面，她拉住慢两步的我，咬耳朵压低声说，阿姨帮你考察考察。不等我回话，黄太后已上前亲热地挽起关杜的胳膊，真把自己当娘家人，开始问东问西。

"叫什么名字呀？多大？……哟，好像比我们佳佳小，原来我们佳佳喜欢比她小的男孩子。外地人？……华裔呀，准备在国内定居吗？咱国家现在发展快，不比外国差，我儿子不就回来了。在哪儿上班，做什么工作？……打杂，临时工？没事儿，你还年轻前途无量，也不是每个年轻人都像我儿子一样，二十几岁能做到主管的位置。你可得努力，不能让我们佳佳跟着你受委屈。你家里还有些什么人……"

亲身体会到黄太后快语如珠的深厚功力，本来中文水平就有限的关杜，渐渐招架不住，朝我投来请求支援的眼神。他可是要拿精湛演技给我开眼的人，我才不会去抢戏，装作没看见，背着手溜达进飘着饭菜香气的厨房。

忙碌中的两个人，一个是黄太后口中正在出差的池以衡。另一个很面生，精瘦的大叔，回头朝我一笑，麻利地继续翻炒着锅里的青菜。看大叔的年纪和黄太后相仿，我多少能猜到他的身份。黄太后喜迎第二春，果然乃人生大喜之事，可跟我有什么关系。

油亮亮的青菜起锅，大叔腾出时间，池以衡介绍道："罗叔，这位就是我妈常提起的安佳佳。"

我礼貌地伸出手："罗叔，你好。"

"你好，你好。"罗叔摆了摆手，率直地说，"手上有油，不握了，省的弄脏你的手。赶快出去吧，厨房油烟大。"

"罗叔，您先忙。我下楼买饮料。"池以衡转看向我，"一起？"

"好啊。"舞台留给关杜表演，我巴不得先撤一会儿。

客厅里，受到黄太后亲切关怀的关杜，一见我和池以衡要出门，问也不问，嗖地站起来："我也去！"

"你不用去，阿姨还没和你聊完呢。"黄太后一把将关杜拉回身旁，喜笑颜开地冲我和池以衡说，"不着急，我让老罗再炒两个菜，你们多转会儿。"

傻子都能听出黄太后的心思，我不知该说什么，傻笑应对。池以衡倒不给黄太后面子："就下楼买点饮料，很快上来。"

话音刚落，黄太后面不改色地道："最近天热没胃口，我想喝酸枣汁开胃。楼下小商店没有，你们去外面超市买吧。"

太后懿旨，谁敢不从。池以衡的脸抽了一下，朝我无奈笑笑。逃跑失败的关杜，再次见识黄太后随机应变的本事，也没了脾气，老老实实做起听话的好孩子。

人生如戏，看尽世间百态，演尽爱恨情仇，谁能拼得过黄太后这样的老戏骨啊！

傍晚时分，暑气消散，小区里和我上次来时一样，处处可见纳凉的老人，追逐的孩童，透着闲适安逸的生活气息。池以衡不时和街坊邻居们问好，有人别有深意冲我微笑，也有人干脆问他，是不是女朋友。听池以衡否认，反而笑他不老实，催他加把劲，争取早日让黄太后抱上孙子。

池以衡笑而不语，侧首轻声对我说："都是看我长大的老邻居，比我妈还着急。"

还好天高皇帝远，我妈有那份心思催我，也鞭长莫及。忌惮黄太后的高强法力，我不免有些同情池以衡："黄阿姨老催你吧。当爸妈的都这样，读书的时候怕我们早恋，工作了又怕我们不恋，老不在同一个波段上。"

池以衡笑笑："以前老催，最近好多了。罗叔和我妈是初中同学，很久没联系，前些天在微信朋友圈里有了联系。罗叔介绍我妈进了中老年合唱团，每天上午都去河滨公园练唱。她热情高，和合唱团的叔叔阿姨也玩得来，就没什么时间催婚了。我妈要谢谢你教会她用微信，我也要谢谢你，让我松口气。"

原来如此，也算达成帮黄太后打发无聊时光的初衷："不客气，无心插柳柳成荫。阿姨有了新的生活，我也高兴。"

"我妈上次和你吃饭，遇见宫卉，故意说你是我的女朋友。我替我妈道歉，你别介意。"池以衡放慢脚步，"宫卉后来也找过我，她说……她说想和我重新开始。"

我一怔，说不出话，惊异于宫卉还是走了她曾担忧的这一步。是受黄太后刺激后的冲动之举，还是如林媚所言，她不爱高修潼，想放手追求今生所爱，我不知道，也不敢妄下定论。

池以衡显得很平静："我拒绝了，不光因为她现在已经结婚了。"他低头望着脚尖，笑着说："还因为男人比女人更无情吧。送完她新婚礼物，我就告诉自己这段感情已经结束了，我们再不可能回到过去。真心希望她过得幸福。"

"宫卉怎么说？"

他抬起视线:"她比你刚才更意外,质问我,为什么毫不犹豫地同意分手,接受她家的金钱资助。"

"为什么?"不经大脑嘴太快,我立刻尴尬地改口,"不不不,你不用回答,我不应该问。"

"不要紧。"池以衡大度摇头,沉吟了会儿,"我从小成绩就很好,轻松考上理想的大学和专业。自己太自信,对申请到全奖十拿九稳,告诉我妈,不用为我留学的费用担心。我妈一直以我为骄傲,喜欢向邻居亲戚们炫耀我的事,几乎所有人都以为我是全奖出国留学。一旦我没拿到全奖出不了国,我妈会很失望,会被周围的人笑话,没面子。我妈一个人把我带大不容易,我不想她失望。"

也许这不是最好的解释,但在当下一定是最合理的解释。放弃留学,坚持和妈妈不喜欢的女孩在一起——太冒险的选择,池以衡不但会令黄太后彻底失望,而且必然要面临来自双方家庭的重重压迫和阻挠。

这个世界上,一定有至死不渝的爱情存在,也一定会有爱情之外的身不由己。有人把爱情摆在第一位,也一定有人会顺势而为,把爱情的位置一降再降。两种人最简单的区别,也许就是女人和男人,我和周志齐,宫卉和池以衡。

"怎么不说话?觉得我是个自私的人?"池以衡走到我面前站定,脸上带着温和笑意。

我忙摆手:"没有,没有。一不小心就从你们想到我和我前男友。池以衡,咱们算朋友吗?"

"当然算。"

"宫卉也是我朋友,我想替她说几句话,可以吗?"得到池以衡点头首肯,我才慢慢开口,"我参加了宫卉的婚礼,她看起来好幸福。在没和你见面前,她让我陪她一起,那时她还很理智,立场也明确。我在想,没有和你见面,没有收到你的礼物和祝福,她会不会一直心如止水……"

"所以,我不该约她见面,对吗?"池以衡似乎从来没这么想过,思索着,他的脚步又慢了些,"三年前我是怀着对宫卉的歉意走的,一句正式的分手也没有。得知她结婚的消息,我考虑很久该不该见面,我想用祝福代替当年没说出口的分手。她有个好的归宿,我也就不那么内疚了。所以……我还是太自私。"

用祝福的话让自己好过,且不论是否自私,池以衡的确没有考虑到宫卉的感受。现在责怪他无济于事,我一个外人也没那资格。不长的一段路,留下太多的话需要慢慢消化,我不再作声,池以衡也沉默了,带我进超市买好饮料和黄太后钦点的酸枣汁。走回楼下,他又开口叫住我。

"我对你说的那些话,也说给宫卉听了,不确定她能不能接受。我现在也不方面和她再见面,你是她朋友,帮我劝劝她,别做傻事。拜托了!"

有一个为爱不求回报的吴迪还没劝,现在又多一个宫卉,头都大了,我看起来很闲,像很喜欢当居委会大妈的人吗?说起来都是朋友,可我和宫卉毕竟才刚刚解除误会。池以衡和林媚也不一样,没到非帮不可的程度。

我说:"如果有机会和她吃饭,我会帮你留意她的情绪。宫卉是聪明人,她会想清楚的,而且就算她想做傻事,她哥哥肯定不会放任不管。"

听出我的委婉拒绝,也看出我的为难,池以衡没再多说什么,点了点头。

3

黄太后家的一顿晚饭吃完，我全身而退。关杜直呼血槽已空，发誓再不给我当假男友，再见也不说，迅速打车跑了。

回家的公交车里，我忽然发现钱包不见了，可能落在公司，我拿不准又放不下心，忙下车换乘到公司的地铁。

快十点了，宫锐大厦很多层还亮着灯，不时有加完班的同事从大门走出来，面带倦容，从我身旁匆匆经过。宫锐员工手册明文指出不鼓励员工加班，没有加班费，所以加班加点完成工作，统称为"自愿加班"。哪有那么多自愿，还不是为工作量所迫，为上司所迫，为年终考核所迫，说到底都是为生计所迫，无可奈何。

捏着干瘪瘪的钱包等电梯，我下定决心，也要靠努力工作让钱包鼓起来。片刻后电梯门开，里面站了陌生同事，胸前挂着我梦寐以求的蓝色工作证。她脚边放着两大箱文件，瞥见我的白色工作证，道句正好，让我帮忙把竣工资料拿到地下停车场，明一早要送档案馆。

帮完忙，老员工说声谢谢便驾车而去，我却迷了路，这是我第一次来地下停车场。像陷入迷宫一样，死活找不到电梯。转了会儿，经过辆黑色轿车，有些眼熟，我凑近望了望，发现宫磊坐在副驾驶位里。隔着车窗看不太真切，人似乎睡着了。

犹豫两三秒，我轻轻敲响车窗，宫磊毫无反应，加重力道，依然不管用。我下意识地拉车门，门居然开了。我一抬眸，正对上宫磊一双黑漆漆的眼睛，接着一股刺鼻酒气扑面而来。

"你喝酒还开车？"我惊呼。

他压了压太阳穴："没开车，让同事送我回来加班，没想到睡着了。"

"喝酒还加班,你想当最佳员工吗?"再一想不对,宫磊要当也是当最佳老板。见他脸色有些苍白,我担忧地问:"不要紧吧。别加班了,回家休息吧。"

他点点头:"你会开车吗?"

"有本儿。"

"驾龄多久?"

竖起三根手指,听他低吟三个月啊,我不好意思地纠正道:"三分钟。"

大三暑假考到驾照,我热情高涨主动提出送我爸去水库钓鱼。开没到三分钟,他就把我撵下来了,嫌我胆儿挺大,心一点不细。

宫磊无语地睨我一眼,然后拉出安全带系好,说:"上来吧,开慢点。"

"别,你这么好的车,我不敢开。万一出什么问题,我赔不起。"

"有保险。"他剑眉微皱,也不知是被我,还是被酒精扰得有点不耐烦,"让你开你就开,少废话!"

见龙颜不悦,我不敢再磨蹭,忙照办。口中念着路考程序,调座椅,调倒车镜后视镜,系安全带,分清油门刹车,看了一圈仪表盘和各式按键……耽误半天,我仍没勇气发动车子,转头对宫磊说:"你还是请代驾吧,我真……"

"开车!"

"是是是。"

胆儿大的遇到不怕死的。我也豁出去了,龟速将车开出停车场,驶进主路慢车道。全神贯注盯着前方路况,紧张到眼睛都不敢眨,我牢牢握着方向盘的手直冒汗。好在这个时段路上车不多,渐渐找到点感觉,提升车速,我瞄了眼旁边,宫磊似乎又睡着了。告诉我地址之后,他就一直闭着眼,好像完全不担心我只有三分钟的开车技术。

"下午关杜那小子临阵脱逃,说去给你当假男友。"

原以为睡着的宫磊冷不防开口,听字面意思又有怪我之嫌,我方向盘一歪,险些将车冲进旁边车道,我又骤然紧张起来。目不敢斜视,等开上车更少的路段,我才飞快地说:"江湖救急。晚上去黄太后家吃饭,我怕她又急着撮合我和她儿子,所以请关杜冒充男朋友,想让她死心。"

"成功了吗?"

"应该吧。"

关杜见光死的拙劣演技,八成黄太后一早就看出来了,但没明说。临走前,她拉我到一边,语重心长地说谈恋爱讲个你情我愿,不会再逼着我和她儿子好。欢迎我常到家里坐坐。我都怕了道行高深的黄太后,嘴上说好,心里半信半疑。

十字路口红灯亮起,我停下车,转动着僵硬的脖子,暂时松口气。

"宫卉要和修潼离婚。"

宫磊再度开口,我脖子差点扭脱臼,瞠目结舌地转过来看着他。冷静想想,精神出轨的宫卉提出和池以衡重修旧好,为避免身体出轨,必然会要求离婚。

"修潼不同意。"面色依旧苍白,宫磊的神情没有丝毫变化,"他找我帮忙,我拒绝了。"

我不懂:"他是你兄弟,你也不是没帮过他,为什么这回拒绝了?"

"有再一再二,就有再三再四,人都有依赖性,以后他们夫妻之间出现问题,是不是每次都要我出面帮忙解决?"

宫磊反问得好。读大学的那几年，林媚和吴迪每次吵架，不论大吵小闹，两个人闹得有多僵，都是我和周志齐分头开劝。听完林媚诉苦发泄，转过身还要劝吴迪忍让多担待。林媚似乎也养成了习惯。和金融男恋爱，决定打掉孩子，这些是我不容干涉的私事，可与吴迪有关的私事，她理所当然地又想到找我。

我到底不是宫磊，做不到果断拒绝，犹豫地问："你不担心高修潼怪你袖手旁观，不讲义气？"

"他如果会那么想是他的问题，不是我的问题。"宫磊也不看我，答得利落，"走了。"

"走哪儿？高修潼不同意离婚，离家出走？"我急问。

宫磊又蹙了下眉，懒得理我，伸手指向前方。

我这才反应过来，他在提醒我，绿灯亮起可以走了。一心不能二用，我只好中断谈话，将注意力又转入驾驶状态。

逐渐远离市区，道路空旷，偶尔有车从旁呼啸而过。参照之下，我慢悠悠的车速，简直像在鄙视这辆车配备的跑车级别发动机。

周志齐刚工作没多久，就开始研究汽车杂志，带我逛车展，对各类车的等级性能如数家珍，还不厌其烦地讲给我听。我不理解，不过代步的工具，结构又差不多，怎么会痴迷得像中了毒。他告诉我，男人对机械着迷是天性，和女人天生热爱钻石一样。

如果能用钻石的大小衡量爱情的多少，那么高修潼一定很爱很爱宫卉。

突然间，仿佛一道闪电划过脑海，我猛地想起和宫卉上一次见面，她左手无名指的钻石婚戒消失了。显而易见的细节暗示，当时我愣一点没发觉。摘掉婚戒，是否代表宫卉态度坚决，选择违背忠于婚姻的誓约？

怀着疑问，我不无担忧地问："一点挽回的余地也没有了吗？你真打算置之不理？"

我等了好久也没等到宫磊的回答，好像宫磊没有回答的必要，因为借用他的句式，有没有挽回的余地在他们夫妻俩，而不在宫磊。有时候，太热心帮忙不见得是好事，置之不理也不见得是坏事，为人处世应该讲究个有度有量。

如此想来，我还该不该去劝吴迪呢？不去吧，就是对林媚言而无信。去吧，我能力有限，实在想不到合适又有度的措辞，万一惹出更多问题，怎么办？

注意力不集中，油门踩的没感觉，接连超了好几辆车，我才意识到速度太快。脚下一急，刹车踏重了，连车带人都往前猛地冲了下。

"对不起，对不起。"

"不要离方向盘太近，靠着椅背，放松肩膀和双臂，人紧张开不好车，先找到让自己舒服的坐姿。"

宫磊的声音不疾不徐，我慢慢也稳住车速，对他说了声谢谢。

"安佳佳，从刚认识我到现在，你觉得我有变化吗？"

我不解，迅速扭头看他一眼，摇头："没有吧……啊，对，我是不是应该夸你更帅了？"

"为什么我们的相处方式却变了，从一开始的针锋相对，到现在和平共处？"宫磊又问。

"我……不知道。"明白他话里有话，但我依旧挖掘不出深意，"因为认识久了，我们互相了解了吧。"

"对，互相更了解，所以能给对方一个正确的定位。你不再把我当游手好闲的富二代，我也不当你是怨天尤人的失恋女。因为定位正确，我们有了现在自在舒服的相处方式。"宫磊稍作停顿，指挥我通过一个复杂的交流道,接着说,"人处于两难境地的时候,往往也是对自己定位不明确的时候。我是宫卉的哥哥,也是修潼的兄弟,我现在没有把握兼顾好他们双方,不管比管更保险。"

我不得不佩服宫磊强大的思辨力和说话的艺术。从开车需要找到舒服坐姿,引出我和他改变相处模式的实例,到表明观点,回答我刚才提出的问题。一语点醒梦中人,此刻正左右为难的我,似乎也拨开迷雾,思路清晰起来。

相似的处境,连精明过人的宫磊都选择暂不插手,我又何苦为难自己。

心情豁然开朗,车开着也顺手,我朝宫磊感激一笑:"不单相处方式变好,我也真心觉得你更帅了。今天同事还跟我说,见你一面,惊为天人!"

懒懒靠坐着的宫磊也露齿笑了,眼睛里都蓄满笑意,仿佛透着醇酒一般暖暖的温度。不知怎的,我一下联想到那种令林媚悸动的注视,耳朵一阵发烫,慌忙收回视线,抿着嘴假装专心开车。

"喂,女壮士,认识这么久,你才知道害羞,晚了点吧?"宫磊戏谑道。

我不知道这叫害羞啊,谁要你提醒!

"以前光顾着和你斗智斗勇了,哪有空害羞。"我理直气壮地顶回去,"再说,我也不是那种只看外表的肤浅女壮士。合得来最重要。"

"和关杜合得来吗?"他随口问。

我张口便答:"不错呀。自来熟,笑点又低,挺好相处的。"

"他想追求你,说喜欢有幽默感的女人。"

"……"这一路上,我真是心潮跌宕起伏,难以置信地看去宫磊,试图从他脸上读出说笑的成分。可他平静无波的神情,着实令人失望,我撇撇嘴:"就他那低到负一楼的笑点,别人说什么都会觉得幽默。"

"不见得,他从没说过我幽默。"

我不屑一顾:"他还说你惜字如金,冷酷到底呢,我不觉得呀。你在我面前,不但话不少,而且常常毒舌到我内伤。"

"那是因为你……"宫磊倾身与我对视,一字一顿,"太,笨。"

"睡觉,睡觉,不要打扰我开车!"

他又用温暖含笑的眼睛看我,乱人心神。我安佳佳大概命里带贱,若宫磊出言揶揄,我能应对自如,此刻他眼神稍微温柔一点,我反倒招架不住,浑身不自在。

Chapter 12
无法弥补的过错

父母在，不远游，游必有方。在现如今的父母眼里，所谓"有方"，大概指的是"有房"。有个长居久安之地，最好房产证上有子女姓名，才称得上扎根，他们也才安得了心。

1

安全倒车入库，人车俱在，成功打破我保持近四年的三分钟驾龄记录。本想功成身退，但看宫磊郁白脸色并未好转，我提出送他上楼。以前总当被帮扶对象，难得有机会报恩，我积极主动地伸出援手，要搀扶宫磊进电梯。

无奈某人防备心太重，像我打算对他上下其手似的，唯恐避之不及："不用扶。我只是酒喝多了点，不是半身不遂。"

"我这不看你脸色差嘛。"我讪讪撤回手，跟上宫磊的脚步，想起当初在私房菜馆他躲饭局的场景，忍不住又问，"你是不是应酬太多，喝酒喝伤胃了？"

靠着电梯壁，宫磊扯松领带，明晃晃的白炽灯下疲态毕露："酒量不好，能推则推。可能因为最近常加班，有点吃不消。"

"工作永远做不完，你干吗那么拼命，又不缺钱。"我不理解地嘟囔道。

宫磊仰头望向电梯顶，自言自语般轻轻开了口："以前活得太自我，现在……或许为了证明点什么吧……"

他忽地直起身："安佳佳，你工作是为了什么？"

"为了挣钱啊！"我脱口而出，不由自主地打开了贴着伤感标签的话匣，"凭兴趣读了中文系，毕业发现工作难找，很苦恼了一阵。同学们也都基本转行了。群里聊天大家说，理想丰满，现实骨感。我们都曾做过大作家、大诗人、大编辑的梦，至少也该是个文字工作者，可没一个梦想成真的。有人毕业坚持了一段时间，还被其他同学笑话，说他不切实际。不到一年，连他也放弃了……"

不逐名不逐利，义无反顾追逐梦想，值得称颂；把梦想变成工作，做得风生水起，也值得夸奖；努力拼搏赚够钱解决后顾之忧，再踏上追梦之路，更令人羡慕；还有宫磊，大概最令人艳羡，从不曾品尝梦想破碎的苦闷，更不必体验失业的焦躁……可这样的人有多少呢？怀揣理想也不得不放弃，做一份没那么厌倦的工作，走一条为生活、为家庭奔波的路，也许才是大多数人的宿命。

不自觉幽幽叹一口气，我和宫磊双双陷入无言的沉默之中。叮的一声，电梯停在顶楼二十七层，我们却谁也没动。

我长按住开门键："你回家休息吧，再见。"

他轻嗯一声，跨出电梯时又顿住脚步，回头对我说："我有几本书，培训考核你应该用得上。走吧，我拿给你。"

"哦哦，好的。"

天色已晚，孤男寡女。

宫磊进房间取书，我独自坐在偌大的客厅，局促地不敢乱走动，看茶几上摆着一摞杂志，顺手拿起最上面一本，翻阅起来。

全英文的旅游杂志，我水平有限，仅能欣赏里面漂亮的风景照。无意中，被一张沙漠余晖的摄影作品吸引，大气磅礴，又隐隐透出一抹落寞之感。我不懂摄影，更不懂什么风格，只觉得拍得很漂亮，下意识地看了眼作者署名——"GUAN"。"关"字的全拼,如果我没猜错,这应该是关杜细姐的作品。是偶然吗?带着好奇心,我又翻看了其余的杂志,全部都是不同语言、不同种类的旅游杂志,里面无一例外都有GUAN的作品。

虽然疏于联络,可宫磊一直在用心收集,各个国家杂志刊登的关杜细姐的作品。一个男人默默关注一个女人,除了爱她,还能因为什么。难道这份爱还不足以从朋友发展为恋人吗?如果答案是否定的,只能说明宫磊骗了关杜——他很喜欢关杜细姐,但为什么那么多年,又不接受她的追求呢?

我想不通。

听见脚步声,忙将杂志归位,我起身笑着看向走近的宫磊。忙中出错,摊在膝盖上的一本忘记放回去,我一站起来,杂志应声落地。

慌忙捡起来放回茶几,我心虚又尴尬地无话找话:"你,你很喜欢旅游?"

"还好。"宫磊语气平平,似乎并未起疑,递来手里的书,"时间有限,你只需要看我勾出来的重要部分。"

我接过书捧在胸前,不住点头致谢:"好的,谢谢你,太有心了。谢谢!谢谢!"突然发现宫磊的秘密,忐忑地不敢直视他的眼睛。我又匆匆道别:"太晚了,我该走了。"

"好,我不能开车,送你到楼下打车。"

我尚未张嘴谢绝,宫磊已转身迈步朝门口走去,只得埋头跟上。电梯里,我假装看书一言不发,眼珠紧盯着每一个铅字,显得自己很认真,其实半个字也没看进去。

"等我忙完这阵,一起吃饭吧。"

"好啊。"顺口答完,我一瞬愣住,茫然抬起视线,傻乎乎地问,

"为什么吃饭？"

"我帮你把房子租出去，你只请关杜吃饭，不该请我吃饭吗？"宫磊笑着反问。

"应该，应该。"我附和着用下巴努了努怀里的书，"如果能顺利通过考核，我连带着一起请吧。对了，你负责的领秀别墅项目有没有可能用初级销售顾问？"

宫磊眉梢微挑："你想去？"

"不，我同事很想去，所以拜托我问问你。"意识到自己的话容易产生歧义，我又补充了一句，"她不知道我问的人是你。"

一同走出电梯，宫磊说："按公司规定，可能性不大。你呢，想去哪个项目？"

"琥珀城三期。"我不假思索地道。

他认同地点点头："这个项目对你意义非凡。"

"知我安佳佳者莫若你宫磊。"我欣喜于他的心有灵犀，故意卖着关子问，"所以，宫副总，我下一句话想说什么，你应该知道吧？"

"抱歉，我喝了酒反应有点迟钝。"

他比我更会卖关子，自顾走着，明明心知肚明，却迟迟不肯给我个准数。一路走出小区大门，有值勤的制服保安冲我们立正敬礼，声音洪亮喊宫先生晚上好。想想自己所住小区的保安整天爱搭不理的懒样，我忍不住多看他两眼，感叹道，高档社区的保安果然职业素养也要高一些。

宫磊笑了笑，没有说话，陪我站在路边等出租车。刚才集中精力开车，我这才注意到这里离领秀别墅项目不远。

"你住这里，是为了方便上下班吗？"

"嗯。"

所以宫磊是因为工作太投入太忙，没时间谈恋爱吗？带着疑惑，我小心翼翼地问："像你这样的家庭，应该很注重传宗接代吧。你父母有没有催你结婚？还是你们也讲究商业联姻？"

"你电视剧看多了，这点自主权我还是有的。怎么，我还没给你介绍男朋友，你就想礼尚往来，给我介绍女朋友吗？"

听出宫磊说笑的成分居多，我倒觉得有何不可："好啊，你喜欢什么类型？小家碧玉型？"仔细观察着宫磊的神色，我意有所指地问："还是有共同趣向，事业上也很出色的……"

话没说完，我的手机响了。宫磊主动从我手中接去书，我掏出手机，是我妈打来的。奇怪她这个点还没睡，我转身走开几步，接通电话。

"妈，这么晚，有急事？"

"佳佳，你爸晚上出去钓夜鱼，碰见周志齐。听他说你们分手了，你爸气得鱼都不钓了，跑回家喝闷酒。都怪妈不好，没早点告诉你爸，要不你和你爸说两句？"

该来的谁也躲不掉。安抚几句我妈，换成我爸接听，我连喊了好几声爸，倔强的他愣是一声不吭，像个负气的小孩。

我故意音量忽大忽小地说："爸，爸，听不见吗？你那儿信号不好，我挂……"

"跟你说过多少回，大城市有什么好！房价高、堵车、空气又差……周志齐那小子都回来了，你还待在那儿干什么？还敢威胁你妈，养儿不孝，竟然想当尼姑！"

我爸一说话，声音震耳欲聋。我不得不拿远手机，等他抱怨够了，才耐着心回答："爸，我们分都分了，和我回不回去没关系。我跟我妈开玩笑呢，你别当真。电话里说不清楚，这样吧，快过端午了，我回趟家负荆请罪，可以吗？你看上哪款新出钓竿，我顺便买了带回去？"

"不用！你妈会帮我在网上买。"我爸气性未减，丝毫不松口，"以前是你们两个人在外面就算了，现在你一个女孩子，还闯什么闯！家里亲戚朋友那么多，你回来，还怕找不到工作？找不到工作，我亲自送你上东山尼姑庵……抢什么，老子没说完！"

手机那头传来窸窸窣窣的杂音和说话声，估计我妈受刺激了，正和我爸边抢手机边拌嘴。趁空，我回头看一眼宫磊，恰巧对上他含笑的目光。夜深人静，想不让他听到我爸中气十足的声音也难，我只好无奈地耸耸肩，家家有本难念的经。

片刻，我妈成功抢回手机："佳佳，别听你爸的，喝醉酒胡说八道。妈给你出个注意，赶紧找个有房的当地男朋友，你一结婚稳定下来，爸妈也放心。不说了，早点休息。端午节一定要回来，妈给你包红枣粽子。"

不等道别，我妈挂断手机，像是怕我再说什么违逆他们心意的话。

原来，我也逃不掉被催婚的命运。父母在，不远游，游必有方。在现如今的父母眼里，所谓"有方"，大概指的是"有房"。有个长居久安之地，最好房产证上有子女姓名，才称得上扎根，他们也才安得了心。靠父母支持买房也好，自己奋斗挣出套房也好，或者干脆找个本地对象解决住房，只要有房就好，似乎没房就意味着低人一等，永远当个居无定所的漂泊者。

有手有脚，谁也不愿活得低微。做房产中介的时候，见多了咬着牙签下购房合同，如签卖身契一般，心甘情愿做房奴的人。我自己又何尝不是如此，做过太多当女主人的梦；羡慕过吃住在父母家的林媚；她和吴迪搬进新房，我甚至忍了又忍，才克制住拉着周志齐去买房的冲动。

宫磊问我，工作是为了什么，我说为了挣钱。说到底还不是为了挣钱买房,证明在这座千万人口的大都市,自己也有能力拥有一席之地。当买房变成人生目标,那些大学时的梦想自然而然便被深埋于心底,仅供同学群里扼腕唏嘘,抑或数十年以后,垂垂老矣的时候叹一句,我曾经也是个怀揣梦想的人。

唉,端午节回家请罪,希望不要遭遇一场以逼婚为主题,全家上下倾巢出动的思想教育座谈会。

2

就像明天和意外,你永远不知道哪一个会先来,同一个时间下班,坐同一趟回家的车,你永远不知道等待着你的会是什么。此时此刻,寒若冰霜的林媚双手环抱,如尊门神,坐在我房间门口。她身后大敞着门的房间里面,则如同台风过境,我所有的东西和衣物被翻得乱七八糟,横尸遍地。

我有点搞不清楚状况。如果家里进小偷,为什么餐厅客厅整整齐齐,唯独我的房间惨遭洗劫?没进小偷,林媚又为什么像保护案发现场一样,守在门口?

"你不用想了,是我弄的。"林媚冷冷地盯着我,不容拒绝地道,"安佳佳,咱俩的友情到此为止。我给你半个小时收拾东西,从我家滚出去。"说完她翻转手机,让我看屏幕上正在一秒秒急速锐减的三十分钟倒计时。

她的话犹如当头棒喝,我脑子发蒙,愣住了:"为什么?"

"少跟我装疯卖傻,自己做的好事,你自己心里清楚。赖着不走,想看我和吴迪、和我爸妈撕破脸是吗？我傻好了吧，相信你一次又一次，现在所有人来找我秋后算账，你满意了！"她越说越气，冲进房间将床上的衣物，发泄似的一件一件扔出来，"我以前没发现，宫卉说的对，你就是个阴险小人！赶快滚，老娘再也不想看到你！"

不清楚林媚发怒的原因，怕刺激到她，我在原地站着一动不敢动："这是你的家，你让我走，我肯定会走。但你总得告诉我，为什么发脾气，让我知道自己做错了什么呀？"

她一屁股斜坐到床边，嘴角噙着讽刺的笑："你能有什么错，错的是我。我林媚就是贱，就是爱慕虚荣，喜欢给别人当小三。安佳佳，那天听我说金融男已婚，你是不是都得意疯了，觉得自己特高尚，道德感爆棚？"

"我没有啊。"林媚的指责太荒谬，我一时语塞不知该如何替自己辩解，稳稳情绪，尽可能冷静下来才再度开口，"你告诉过我，我们都成熟了，有各自的生活方式，不管有多不认同，我也不可能把自己的道德标准强加在你的身上。没错，我是反对你当小三，可你不也说了，他爱你，会为你离婚，我还能说什么。"

"所以说你阴险呢。当我面没说什么，背过身就一个字不差地说给吴迪。吴迪找我兴师问罪，我一开始还以为他看见了什么。再一想，哪有那么赶巧，我刚告诉你的事儿，隔天他就全部知道了。"

从那天吴迪离开到现在，我们只通过一次电话，连面也没见过。林媚的每一个字，我听起来都像天方夜谭："我要说不是我，你信吗？"

她当然不信："不是你，还能是谁。你真当我傻吗，巴不得所有人知道我当小三。我也问了吴迪，他没有否认。你第一次出卖我，我还能理解你出于好心。这一次我没明说'请你替我保守秘密'，你安佳佳站在道德制高点上，想怎么样就怎么样，肯定不觉得是在出卖我吧。我不明白,这么做对你能有什么好处,很希望他们找我麻烦,好看我笑话,对吗?算了,我也不想想了。"林媚又举起手机,满脸不悦与不耐:"浪费老娘时间。你还有十九分钟,再站着不动,别怪我直接把你的东西丢出去!"

从小到大,我头一回被人冤枉到遭扫地出门的悲催境地。不仅如此,六七年的友情转眼间也土崩瓦解,我竟然变成了林媚恨之入骨的敌人。面对莫须有的罪状,更令我辛酸的是,林媚根本不愿意听。

一件件捡起散落脚边的衣物,其中一条裙子还是林媚送的生日礼物,心里越发不是滋味。不能让自己就这样被无辜冤枉,我径直走到林媚面前:"不管你想不想听,我都要说。我没见过吴迪,没有出卖你,也从来不觉得自己比你更高尚。相反,我很感激,你在我失业变穷光蛋后,还肯收留我。"

林媚冷哼着扭脸避开我的直视,我仍执着地说着:"得知你怀孕到现在,我们一直意见相左,发生过很多次争执。可能是我处理得不够好,说话方式也欠妥当,但我从来没想要让你难堪,看你笑话。"

"得了吧,少跟我这儿装好人,我承受不起你的好心好意。"林媚轻蔑一笑,余光扫过我的书,伸手拿起来,"你傍上富二代,进了大公司,大逆转把自己塑造成励志的正能量姐。怎么可能还看得起我这个给人当三儿的反面教材呢。谁不知道你全仰仗宫卉她哥的帮忙,装什么奋发图强啊!"

说话间,林媚似乎火气更甚,言语挖苦已经不能平息她的愤怒,故意激我似的,当着我的面一张张撕去书页,揉成团重重往我脸上甩。

这样的侮辱,就像一个又一个的耳光扇在脸上,我急了,伸手夺回来:"你疯了吗?!这不是我的书!"

"安佳佳,你出卖我,我撕你两本破书怎么了?!"她随即又拿起另一本,边用力撕扯边冷嘲热讽,"你怕什么,背后有靠山,还担心过不了考核?在我面前装得跟真的似的,你叫我怎么相信你刚才说的话,又在骗取我的信任吧?"

不可理喻!

多说无益,我放弃做任何徒劳的解释,只求林媚别再拿宫磊借我的书泄愤。可这回她好像较上劲了,死死拽紧书不撒手,与我对峙的目光中充满愤怒。仿佛争抢的不是书,而是她的尊严,不容退让。

这样僵持下去毫无意义,我们彼此都欠冷静,不管说什么,做什么,只会火上浇油,更激怒对方,刺伤对方。不愿再做无谓的争吵,我下意识地松开了手,却没想到林媚由于用力过猛,整个人失控地向后仰去,重重摔倒在地……

医院。

"手术中"的指示灯长亮着,里面的人生死未卜,外面的人束手无策。

我站在走廊尽头,背靠冷冰冰的墙壁,勉强支撑身体。林妈妈的啜泣声从走廊另一端隐隐传来,如锤擂心,一下重过一下。深深的自责令我没有勇气走过去。怕面对他们温柔和体谅,怕听他们宽容地对我这个凶手说,没关系。我宁愿他们打我,骂我,责怪我害了他们的女儿和外孙,那样也许我会好过一点。

不敢靠近他们,我像懦夫一样躲得远远的。脑海中接连不断闪现出林媚跌倒的一幕,如控制不了又醒不来的噩梦,鲸吞蚕食着我的思维。

亲眼看着林媚摔倒在我面前,看着鲜血染红她的裙子,一条小生命正从她身体里流逝。她开始颤抖、哭泣、痛苦呻吟,而我竟如中了魔怔,傻傻站着,一动不动。接着我所有的记忆变成了混乱的碎片,吴迪和林媚父母震惊的表情,吴迪焦急地拨打120,那漫长的等待救护车的时间，林妈妈紧紧抱着几近晕厥的林媚，林爸爸和吴迪的慌张无措……我就像一个麻木的旁观者，无动于衷。

行尸走肉一般的我，甚至已经不记得，自己怎么来的医院。迟钝的意识苏醒在林媚被推入手术室的一刻，我永远忘不了她看我的那一眼，带着永不原谅的怨恨。手术室门关闭的一刹那，我才失声喊出"对不起"，流下眼泪。然后林爸爸轻轻拍了拍我的肩膀，对我说，没关系。望着林爸爸仿佛突然苍老的面容，和他身后守在手术室外好像魂儿也跟着女儿进去了的林妈妈，我明白，怎么可能没关系。

为什么，为什么要对一个杀人凶手说没关系！

眼泪再度夺眶而出，也抽去我最后一丝支撑的力气，我软软地瘫坐在地上。浓烈的消毒水味道，令人窒息。

"佳佳，你别太自责。我们知道，你不是故意的。"

缓缓抬高视线，看见吴迪一张隐忍伤痛的脸，我又胆怯地低下头："对不起，都是我的错。明知道林媚怀孕，情绪一直不稳定，我就应该忍耐，怎么会蠢到和她吵架，和她抢一本破书！"

"佳佳，要不你先回去。等做完手术，我马上给你打电话。"

那是林媚的家，我怎么有脸回去。避开吴迪伸来欲扶我的手，我撑着墙壁站起来，擦掉泪："你别管我了，赶快去照顾叔叔阿姨。"

吴迪没有动，欲言又止的样子，艰难开口："佳佳，错的人是我，我不该……"

"吴迪，现在不是说这些的时候。"我忙打断，推了他一把，"快去吧，叔叔阿姨需要你在身边。"

语落，走廊那头，手术室的门开了。

我和吴迪直奔过去，围住躺在手术推车上的林媚。她小脸惨白如纸，看上去像是睡着了，睡得很沉，任谁呼唤也不会醒。悬于车外的手仍紧紧攥着，仿佛手术中经历的疼痛还未过去。孩子没能保住。医生叮嘱我们，林媚身体虚弱，除了做好术后调理恢复，也要注意精神关怀。这种时候，心里的创伤往往更难治愈。

拉起林媚冰凉的手，我几次也没能将她紧捏的五指松开，她在手术台上承受的疼痛也一定延续到了她的睡梦中。或许，梦境里面的林媚依旧在为保住孩子拼尽全力。可等梦醒之后，当她再次习惯性地抚摸小腹，又该如何接受已经永远失去第一个孩子的残忍现实。多么讽刺，我曾经强烈劝阻她不要草率打掉孩子，最终，孩子的生命却是断送在我的手里。

……林媚，对不起。

3

夜深了，林媚还没有醒，睡得安然。

留下来陪护的我和吴迪，并肩坐在黑暗之中，长久无话。面前的茶几上放着林妈妈准备的晚饭，早已凉透，谁也没有胃口。

一道凄淡月光透过窗户，落在我的手上。我轻轻动了动手指，确认自己还活着，可脑子却好像已经死去，一片混沌。该如何面对醒来的林媚，似乎除了道歉请求她原谅，再别无他法。可有什么用，也换不回一条生命。

"佳佳，我，我，唉！"吴迪声音沙哑地开了口，又在哀叹中止住话稍。

"吴迪，你怎么知道林媚当……"再说不出口那两个字，停顿片刻，我改口："你是怎么知道金融男已婚？"

"我，我不小心看见了……看他年纪挺大，我猜测可能结过婚，就冲动地跑去问林媚。"

吴迪答得结结巴巴，又漏洞百出，很可能有所隐瞒。事已至此，我不想再深究，继续问："林媚问你是不是我透露给你的，为什么你不否认？"

"因为，因为你们是闺蜜，我以为即便你告诉我，她也不会生你的气。"吴迪抱着脑袋，手指没入黑发，似乎也无力负荷现在的局面，"我没想到，没想到你们会……佳佳，都是我的错，对不起。我不该去问她，不该拿她父母威胁她，逼她和金融男分手。我当时真的气晕头了，没想那么多，没想后果会严重到孩子都……唉！"

一声重重叹息，我们又陷入无言的沉默。吴迪是孩子的父亲，他同样要承受丧子之痛。况且他深爱着林媚，如果可以，我相信他宁愿替林媚承受手术之痛。我不想再责怪一个比我痛苦百倍的人，默默接受了他的道歉。

然而，听完吴迪的解释，再想到下午林媚的处境，我变得更加自责。即将面临前夫和父母逼问责难，林媚的情绪本就高度紧绷，任何一句话，一个小小的动作，都有可能刺激到她敏感的神经。翻乱房间、扔衣服、撕书、对我说那些嘲讽的话……不过是她发泄疏通的方式。我为什么不能咬牙忍耐，任她尽情发泄？

"医生的话你也听见了，不要计较金融男的事了。"再多自责也于事无补，我侧首看向吴迪，恳请道，"我不确定林媚会不会原谅我，这段时间你好好照顾她。还有叔叔阿姨，他们也一定很受打击。"

"不会的！"吴迪语气笃信，不自觉地扬声安慰我，"别担心，你们是最好的朋友，她一定会原谅你。"

"不会！我绝对不会原谅她！"

病房里响起林媚的声音，微弱但坚定。顾上不太多，我和吴迪忙来到她身旁。借着月色，我能看见她一双正恨恨盯着我的眼睛，像淬了毒，生了刺。

"安佳佳，我再说最后一次，我不想再见到你，请你滚！"

一句话如终审判决，我再没上诉的可能。

林媚太虚弱需要休养，我沉默离开，一个人漫无目的地走出来，从夜色茫茫走到天光熹微，从医院走到宫锐大厦。彻夜未眠又滴水未进，还有一整天的培训在等着我，推门走进公司对面的7-11，我买了个三明治，坐到临窗的高脚椅上。又是一阵头脑空白的发呆，直到手里三明治凉了，才咬下第一口。

高楼林立的城市看不到地平线，我用力仰着头也没找到刚升起的太阳。脖子都仰酸了，忽然意识到，今天是个浓云密布的大阴天。不知何时，身旁坐了一排手拿早餐的人，大概出于好奇，也学着我抻长脖子望天，像极了嗷嗷待哺的一群雏鸟。不好意思再继续待下去，我拿起三明治，悄没声地离开7-11。

萎靡不振险些闯红灯，遭到路过车辆鸣笛警告，我强打起精神，走向宫锐大厦。我很清楚，那里是工作的地方，不是逃避烦恼和困苦的庇护所。公司门口冷冷清清，我抬眼看去墙上的LED时钟，我无声苦笑，原来今天是星期六。

身心俱疲，两条腿像灌满铅块似的，我回到了林媚的家。房间里保持着昨晚离开时的凌乱样子。地板上的那一团血迹已变成暗褐色，仍旧触目惊心，再一次提醒我，自己所犯下的无法挽回的错误。我冲进厨房拿抹布，跪在地上，疯狂地来回擦拭，像是在抹灭罪证。手指触摸到血迹，仿佛依然滚烫，又灼伤一般猛地抽回手，狼狈而慌乱跌坐在旁边。

压抑了一整晚的难过和愧疚霎时爆发，抱着膝盖蜷成一团，我放声恸哭。

说好的友谊万岁，说好的见证彼此的幸福，说好的互做孩子的干妈……所有的一切，都在我松手一瞬间，化为乌有。一时失手，并非故意，我可以不负责任地为自己找理由开脱，却不能原谅，在林媚最需要帮助的时刻，自己竟像块木头似的，呆呆地站着，无所动容。因为吓坏了吗？不，或许那时内心黑暗面有个恶魔般的声音让我不要动——林媚没有了孩子，我们就不会再发生矛盾，再继续争吵，会像以前一样的亲密无间。

好可怕、好自私的安佳佳，我恨我自己。

哭到再流不出一滴眼泪，我恢复了平静，一颗心似乎也停止跳动，如一艘被风浪打翻永远沉入海底的船。默默地收拾所有行李，将房间全部还原，大脑放空的我，又变成了一个按程序指令行动的机器人，无感无情。

临走前，把银色钥匙放在玄关的鞋柜上，我怯懦地低着头，不敢再多看一眼这个家，仿佛林媚仍气鼓鼓地坐在那里盯着我，而不是面如枯槁地躺在病床之上。

漫无目的地四处游走着，我蓦然发现，求学工作六年多，真正属于我的东西仅剩一只小小的行李箱。一路走来，一路失去，爱人、朋友、理想、斗志一个个离我远去，如果这一切都是为成长而必须付出的代价，我又是否真的成长了呢？望着商店玻璃橱窗上倒映的自己，没有答案，我只觉讨厌自己，从没有如此强烈。

好想远远逃离，到一个没有人认识我的地方，换一种姿态，换一种活法，重新开始。可逃避不能解决任何问题，换一个地方照样会遭遇新的困难和坎坷。而此刻，摆在我面前的首要问题是无家可归。我不想露宿街头,也舍不得花钱住酒店,更不愿麻烦朋友同事。思来想去,我决定问问关杜,不确定他能否同意我暂时借宿,至少他不是个喜欢追根究底的人。

果然,这一次关杜比上回请他假扮男友更干脆,爽快得像他早有预料。

一身狼狈重回故地。关杜笑我脸肿得和猪头一模一样,然后没过问缘由,坐回地板,对着巨大的背投打游戏。并慷慨让出沙发,随我自便。

不用编造冗长的理由解释自己的寄人篱下,我松了口气,拿出书为培训终极考核做最后冲刺,强迫自己暂时忘却烦恼。

同一屋檐下,我和关杜竟好似两个不同维度的人,各自独立存在,没有任何交流,以一种奇怪到近乎诡异的方式同住。除去外出吃饭,伴着背投里虚拟的游戏和坐如磐石的关杜,天昏地暗地温书复习,我就这样度过了一个周末。

游戏通关,他振臂高呼。同一时间点,我合上最后一页书长舒口气,我们竟又如时空神秘扭曲般,终于欣喜地注意到了彼此的存在。相见甚欢,点了啤酒炸鸡,大快朵颐。面对面席地而坐,关杜张口便问,你什么时候来的。

我嘴里的啤酒差点没喷出一道彩虹,跟活见了鬼似的。望着胡吃海塞的关杜,此人绝对是奇葩一朵,我好奇地问:"你平常打游戏都这么废寝忘食吗?"

他喝口酒,顺下满嘴的鸡肉:"出了新关卡,这两天打不完,明天要请假。最近忙,磊哥肯定不同意。"

换成我,我也不同意,从没见过对游戏如此狂热的人:"你为什么不做个职业玩家?"

"我也想啊！"关杜无奈地直摇头，掰着油腻的手指说，"我大姐学医，嫁给外国人。我二姐是个职业现代舞者，坚持不婚主义。我讲过我细姐，摄影师满世界跑，常常联络不到。我是独子，身不由己。"

听他一番话，我不由联想到同为独子的宫磊，他是否也同样身不由己。一个热爱摄影，肯花三年时间拍一朵花的人，真的可以说放弃就放弃，变成一个工作狂吗？他收集关杜细姐的作品，或许不仅是因为爱，还有对摄影的缅怀和悼念吧。

"关杜，你细姐当摄影师，会不会是想帮宫磊实现他未完成的理想？"

关杜惊讶地瞪大了眼睛："你怎知道！磊哥有个笔记本，上面记着他所有想拍的东西。两年前他回国，把笔记本送给了我细姐。我细姐说，她要用五年的时间全部拍完，再送给磊哥做三十岁的礼物。感不感动？"

"嗯嗯。"我止不住点头。青梅竹马的两个人郎有情妾有意，又门当户对，没有道理不在一起，实在令人费解。

"想咩？"关杜蹭着屁股，靠近我，探究地问，"佳佳姐，你太关心我磊哥了，还说不是喜欢他！他没话你知，我也中意你，要追你？"

挪远一点拉开距离，我顾左右而言他："那天我去宫磊家，不小心发现他有收集刊登你细姐作品杂志的习惯。你不觉得，光这一点就能证明他爱你细姐吗？"

关杜歪着脑袋咦了一声："那为什么还拒绝我细姐？"

我摇了摇头，宫磊的心思岂非我等常人所能琢磨的。

"啊，我知啦！"一惊一乍的关杜打个响指，跳起来居高临下地俯视我，"有句话叫，叫'失去以后才懂得珍惜'，一定是因为我细姐离开了磊哥，他才明白，自己其实很爱我细姐，对不对？"

失去……珍惜……

林媚失去了她的孩子，我失去了她的友情，我们都没能在拥有时好好珍惜，然而我所失去的，又怎能和她的失去相提并论。

这两天我不止一次从梦里惊醒，我梦见自己双手沾满鲜血，恐惧惊慌，一遍又一遍用力揉搓，反而越擦越多。血水顺着指尖滴落下来，每一滴都带着一声婴孩的啼哭。哭得那么凄惨，那么像对我的痛斥。我捂紧耳朵，大叫着逼自己再度脱离梦魇。睁开双眼，惊魂未定地望去游戏屏幕下一动不动的关杜，我再看回自己双手，干干净净，这才算真正醒过来，却早已冷汗涔涔，再无睡意。

沉迷于游戏之中的关杜哪里知道，正是因为有他的陪伴，我才得以在忽明忽灭的游戏光影里，反复读着吴迪发来的寥寥数字的两条微信，安坐到天明。

"她不怎么和我们说话，不过精神还可以。"

"你放心，医生说过几天就可以出院了。"

"佳佳姐，你又想咩？你觉得我说的很对，开始崇拜我了？"

关杜一张熬夜熬到暗沉的脸陡然放大至眼前，我吓得肩膀抖了下，顺势将散发着炸鸡香味的手糊在他脸上，帮他增加面部光泽感。他就跟被毁了容似的，连声尖叫冲进卫生间，随即从里面传出哗哗流水声。

不一会儿，他探出湿漉漉的脑袋："你说，我要不要话我细姐听磊哥爱她，她一定会高兴得睡不着觉。"

接受过太多次宫磊无偿的帮助，还没一次真正还报于他。受到关杜的启发，我想了想说："要不要让你细姐偷偷过来，给宫磊个惊喜？"

关杜执行力极强，当机立断冲回房，半晌又拿着手机沮丧地出来，"打不通。佳佳姐，磊哥约我吃宵夜，要不要一起？"

"不要。"我这两天也是人不人鬼不鬼的模样，就不要出去丢人现眼了,忽然想起个要紧事,忙又高声补充道:"不准告诉宫磊我住这里!"

"哦。"

关杜把手机拿到耳边说:"磊哥,佳佳姐她不……哦,你都听到了……"

蒙了半秒,反应过来关杜正和宫磊通话,我顿时抓狂,"我去!"

"哦,佳佳姐又说她要……你又听到……"

"去什么去!'我去'是语气助词,不是主谓句。"跟华裔解释语法结构也是多余,我抢过手机,那头已是嘟嘟忙音,"完了,我去!"

关杜还嫌不够添乱,一脸无辜地问:"佳佳姐,你到底去不去?"

"我去!"

手机丢还给他,我蹭进卫生间,再不情愿,好歹也把自己收拾收拾,别太有碍观瞻。

Chapter 13
放弃远方，依然输给眼前的苟且

世界上最严酷的法律也不能阻止人做白日梦的权利。

也许所谓的完美，只不过是不得志者羡慕又嫉妒的画外音，当事者幸福与否，完美与否，内心深处自有答案。又或许幸福完美这样词汇本就太虚妄，唯有以"众人之口"为土壤，才能开出魅惑妖艳的虚妄之花。

1

不知是巧合，还是宫磊有意为之，宵夜的地方居然是我们初次交锋的大排档。

那时我刚失恋，一身戾气，对全宇宙的雄性生物充满敌意。独自嘬着田螺，想的却是刚毕业那阵，我们四人帮常聚在这里吃饭喝酒的场景。当年大家都是初入职场的菜鸟，工作中遇到诸多不顺，喝到面红耳赤，互相鼓励打气。说到慷慨激昂处，乱振奋人心的。人手一瓶啤酒"咣咣"碰在一起，两个男人还各自说了些意气风发、豪情万丈的话。

吴迪对林媚说："如果你愿意，我可以追求你一辈子，让你每时每刻都享受被追求的感觉。"

周志齐对我说："执子之手，与子偕老。再给我两年时间，我一定让你成为全天下最幸福的新娘。"

三年后的今天，早已时过境迁。

情到浓时，爱到深处，许一个发自肺腑的诺言并不难，难的是经历波折时的牵手相携，风雨过后的不离不弃，初心不改。诺言成真，自然欣喜。但若沦为一纸空谈，也不必过分沮丧、怨尤对方虚情假意、悔恨自己当初轻信于人。或许这才叫做成长，而付出的代价便是今时今日的物是人非。

我们四个人，再也回不去了。

酒足饭饱后的关杜，大喇喇趴在桌上睡着了。两天两夜未合眼的他，颇有些任凭人间喧闹，我自安然入梦的大自在。我其实挺羡慕关杜，热爱游戏，也有一颗游戏人间的轻松心态。他也常挨骂，也会抱怨工作，也叹着身不由己放弃理想，可从不悲天悯人，照旧活得洒脱自由，活像个烦恼忧愁的绝缘体。

盯着关杜看了会儿，我收回视线，恰巧对上宫磊深沉的目光，我勉强微笑："我在他那里暂住两天，等以前同事帮我找到合适的房子就搬。"保持虚假笑容太难，我低下了头，声若蚊蝇："别问我为什么从林媚家搬出来，不想说。"

"下周培训考核准备怎么样了？"

"应该问题不大。"多谢宫磊善解人意，我抱歉地道，"不好意思，不小心把你借给我的书撕坏了，改天买新的赔给你。"

"撕书明志吗？"

耳畔传来宫磊的轻笑声，我的头埋得更低了："宫磊，你有没有做过什么弥补不了的错事？"

"你做错事了？"

我重重点头："无法挽回，不可原谅。"

宫磊没有回答我的问题，停顿片刻后问我："这小子有没有跟你提过他三姐关靖。"

没料到宫磊会主动提及他爱的女人，我惊愕地抬起头，对上他一脸的云淡风轻。再没心情聊八卦，我也忍不住想听听宫磊如何描述他的爱情，更想知道一对有情人为何不能成眷属。

"提过，还说了不少你们以前的事。"

"你是不是在想我们为什么没有在一起？"他笑着问。

"啊！"我一怔，老老实实说是。

宫磊不再言语，双手交叠抵于下颌，半垂着眼睑，神情专注，仿佛也在思考这个问题。我给宫磊面前的空杯子里倒满酒，有时候我们的确需要适时的神经麻醉，让自己纾缓一点，好过一点。宫磊轻声道谢，指尖缓缓婆娑着酒杯沿儿，却一直没有端起来喝。

"关靖很有艺术天分，拿相机比我晚，但很快就拍出了令人惊艳的高水准作品。摄影是我唯一的爱好，也下功夫学了很多年，看到关靖拍出越来越多超越我的好作品，有段时间还挺不服气的。"

宫磊摇了下头，有些孩子气地笑笑："我答应家人要求，换取一年的自由，并不是因为多想拍到泰坦魔芋，而是暗暗和关靖较劲，把谁先拍到泰坦魔芋视作一场比赛。当时我的胜负心太重。"

蒙了会儿，我才明白宫磊不是在讲他的爱情故事，只是在回答我刚才的问题。尽管早已从宫磊口中得知，在家人要求下，他出面说服池以衡和宫卉分手，却不想其中还另有隐情。为了能赢关靖，求胜心切的宫磊做了一个错误的决定。

"你不像是个会争强好胜到冲动行事的人啊？"我困惑地问。

"不会冲动行事，但胜负心重依然是我的缺点。"宫磊相当坦诚，慢慢道来，"我从小做事就追求完美，希望做到最好。参加比赛，不论大小都喜欢争第一。回宫锐工作，进入完全陌生的建筑行业，我不想被人质疑，所以宁可不吃饭不睡觉，也要在最短时间内把一本本专业书籍啃下来。"

"听起来胜负心重也不是缺点呀。"非但丝毫不会削弱宫磊的个人魅力，现在他在我心中的形象有两米八，"关杜也说他最佩服你只要想做的事，没有做不成的。不像我，什么都做不好。"

宫磊无奈地扶额，似乎并不乐于听到此类称赞："那是因为以前的我，从不做没有把握的事。胜负心重，就会太计较得失，太在乎结果。我甚至偏执到不允许自己出现差错，不接受任何失败。可能吗？是人都会犯错。"

"谢谢你的安慰，可是……"了解宫磊的用意，我心怀感激，可低头一看到自己的双手，夜晚的魔魇又朝我凶猛扑来。慌张地将手背在身后，我不敢告诉宫磊实情，怕他也会将我判定为杀人凶手，敬而远之。不知怎的，我又有点想哭，谁会愿意和一个伤害闺蜜的人做朋友。

"安佳佳，现在我慢慢学会的四个字叫'顺其自然'。"

宫磊的声音低沉，目光温和，仿佛不论我遇到怎样的坎坷困境，他都会在我身旁，帮我渡过难关。仔细品味他说的每一个字，我沉吟道："顺其自然……你是让我什么不要管，不要做，走一步看一步吗？"我犯的错无可挽回，林媚又不肯见我，难道真的只能消极应对了吗。

"不是什么都不做。真正的顺其自然是竭尽所能后的不强求。我不知道你做错了什么，但我知道一味的自责后悔起不了任何作用。尽力弥补也好，尝试挽回也好，不去强求能不能得到原谅，总比你现在这样……眼泪汪汪好。"

我下意识地抹眼睛，指尖干燥，又被宫磊忽悠了："哪有眼泪！我已经在你面前哭过一次，再哭，有违我女斗士的风范。"

"想哭就哭吧，我会躲远点。"

宫磊起身作势要走，我想也没想，隔着桌子抓住他的手指："嘚，你好像应该说，'哭吧，我借你肩膀'才对。"

他淡淡瞥了眼被我牢牢握紧的手，轻拍着自己肩膀，似真似假地说："想靠在这里哭的女人多了，你得先排队。"

"刻不容缓，插个队不行吗？"发觉这话太像撒娇，我忙收回手，讪笑着替自己解围，"别当真，我说着玩的。关婧那么独立自主，我猜，你肯定不喜欢爱哭的女人。"

宫磊又坐了下来，靠着椅背，眼波流转于我和睡得不省人事的关杜之间："听起来，你们没少谈论关婧。我挺好奇，你们怎么会聊到她？"

"我想想。"究其源头，难以启齿，我总不能直说关杜怀疑我喜欢你，还曾一度怀疑你的性向吧。假意回想了会儿，眼角余光偷瞄宫磊，见他仍耐心十足，好整以暇地等我回答。再警向睡得正香的关杜，你不入地狱谁入地狱，我索性指着他道："他怀疑你的性取向，不明白关婧这样的美女追求你那么多年，你都不为所动。"

"这个问题我已经回答过你了。"宫磊没生气，更不意外，保持如常神色，只微微一笑，似世外高人般玄妙又高深地问，"明白了吗？"

故意出题为难我，若我答不上来，这些日子岂不白受他双商熏陶了。我凝神认真思考着，开了口："你说你以前不做没有绝对把握的事，关婧漂亮，才华横溢，又为你付出那么多，你该不会是对自己没信心才拒绝她吧？你告诉关杜，你对关婧的喜欢，不足以改变你们朋友的关系，你止步不前，其实是因为关婧太优秀，你担心自己配不上她……"越说，我对自己的分析越质疑："不会吧，你难道不知道，最好的爱情能使彼此变成更好的人，你的担心根本是多余的。"

"好。"宫磊用一个激赏的眼神肯定我的猜测，随即又犀利调转话锋，"我问你，那时候我又怎么知道和关婧就能有最好的爱情？"

"啊！"我刚缓口气端起酒杯，一下被问住。愣愣地望向眉眼含笑的宫磊，大脑登时有如被他的高智商传染般，变得异常清晰，我振振有词地道，"你才说过，顺其自然是竭尽所能后的不强求，换句话说就是尽人事听天命。结果谁都无法控制，但不能因为结果未知，就不去努力。在爱情里共同成长，努力让自己变成更好的人，自然会收获最好的爱情。"

宫磊面庞笑意更深，笑里透着欣慰，好像期盼已久，多年的傻徒弟终于出师，没砸了自己的金字招牌："你有一句话说的没错，'谈恋爱不是一道逻辑分析题'，不可以靠分析得出结论，所以真的不能太理智。"

"对啊！"在林媚常年的耳濡目染下，单就爱情这个课题，我终于可以转变身份，传授宫磊点宝贵经验，不自觉地便抬头挺胸，"为什么恋爱的时候，女人智商为零还能照谈不误？因为谈恋爱不需要智商，是动物本性使然。"

"是的。"宫磊颔首，史无前例地虚心了一回，"所以我也在学着改变。"

一边收集关婧的作品，一边兢兢业业工作，或许这就是宫磊为关婧所做的改变。他们虽然相隔万里，却心心相通，为做更好的人各自努力着，总有一天会走到一起，携手创造最好的爱情。不知怎的，想到这里，我心底不禁微微泛酸，还有些失落。到那时，我就不能再像现在一样，和他吃饭喝酒，促膝长谈，更不能在需要帮助时向他求援。

照现在的趋势发展，没准我会对宫磊产生依赖，再离不开他。早发现早治疗，不能等到重症爆发无药可救。从今往后，我一定要学会独立思考，独立解决问题，尽快戒掉对宫磊的依附感。我暗暗发誓狠下决心，目光与宫磊深邃的眼眸一交汇，却又变得优柔，恋恋不舍。

我想，我可能真的爱上了宫磊。

2

历史不会重演,但总是惊人的相似。

刻苦用功坚持了三个星期,终于迎来最关键的终极考核,我却又一次遭到同事的全面孤立和排挤。上午的笔试顺利度过,下午的分组命题陈述,我再没能像面试时那样有如神助,力挽狂澜。最后五分钟的陈述表现得一塌糊涂,连我也不知道自己都说了些什么,不忍回想。

考核注定失利,我心如死灰,好不容易挨到下班,现在又被三个女同事虎视眈眈地围堵在卫生间里,像个校园霸凌的受害者。人不犯我,我不犯人,我安佳佳也不是个欺软怕硬的主儿。

"睁眼说瞎话,安佳佳,你装得真像。"彭晓瑜首先发难,忿忿不平地控诉,"睡了太子爷,还好意思大言不惭地骗我,说他只是个项目主管。"

再不敏感,经历今天这一遭,我也猜到多半因为和宫磊的关系暴露了。可我作为当事人,居然不知道已经和宫磊上升到了床上关系,便调侃道:"我想睡他,也要他给我睡才行。我和他是普通朋友。"

"谁信呀!普通朋友会在他家过夜吗?十六层早就传开了,有人看到你开太子爷的车送他……"

"咱们不用跟这种臭不要脸的女人废话。"彭晓瑜插进话,对着我摆出一副正义凛然的表情,随时准备为民除害似的,"安佳佳,你不要太嚣张。导师向我们承诺,用考核成绩说话,公正对待每一位试用期员工。"

"你们啊,你们。"人言可畏,我抱着胳膊摇头直笑,"真不应该这个时候来找我麻烦。你们就不怕我给太子爷吹枕边风,想方设法解雇你们吗?"

她身旁两个同事顿时慌了，六神无主地互相对望。彭晓瑜倒比她们镇定，哑然片刻，又愤慨地道："少妖言惑众，不是所有人都像你一样无耻。太子爷风评那么好，才不会轻信你呢。而且，而且公司按规章制度办事，他一个人说了也不算。"

"既然这样，你们大可以放心了，谁去谁留，全凭个人本事。"

我说着刚迈出一步，三个人立刻并排而立拦住去路。其中一个更是怒不可遏，挺身逼近我："大家是各凭本事，凭什么你就用这种龌龊下流的手段留下来?"

我也半步不退，正面迎上："说话要讲证据。请问，你哪只眼睛看见我龌龊下流睡了太子爷?这三个星期，我有哪天不是和你们一样，培训、踩盘、写报告。起早贪黑学习，表现不好照样挨批，请问你哪只眼睛看到我得到一点优待了吗?要能靠陪睡留下来，我何必如此大费周章，你能告诉我为什么吗?"

"这还不简单。"彭晓瑜一声不屑冷哼，"做了婊子，还要立牌坊呗。对，这三个星期你是和我们一样努力，可我们敢正大光明地发誓从没靠关系走后门，你敢吗?"

"我……"

打蛇打七寸，彭晓瑜的一句话正中要害，我无力反驳。我的的确确依靠宫磊才得到面试和录用机会，这是事实——口口声声强调自己这三周如何拼搏奋进，也无法回避的事实。如果没有宫磊，我现在或许依旧是个落魄的失业游民，更不可能自以为理直气壮地站在这里，和她们争一个是非清白。

争什么争，只会越发证明我的愚蠢无能，妄自尊大。宫磊再怎么帮我，终究也改变不了我阿斗的本质，一次失败的考核，足以将我打回原形。不管努力与否,真正的丑小鸭永远不可能变成美丽的天鹅。

认清自己,我开始对着镜子里的安佳佳大笑,笑她井底之蛙,笑她自负不凡,笑得身后的三个人以为我发了疯,不可思议……

世界上最严酷的法律也不能阻止人做白日梦。衣锦还乡的白日梦,我也曾做过,醒来之后,现实中的自己既没有锦衣,又没有荣誉,做的最明智选择,也许就是手里这张承认失败,卷铺盖回家的火车票。自尊心作祟,我没有通知任何人,仅给关杜留了张"回家过端午节"的字条。

犹豫良久,我决定临走前,去看看即将出院的林媚。如果道歉不被接受,说声再见,也算有始有终。我还是不够聪明,想不到该如何弥补挽回,白白辜负了那晚宫磊的安慰与开解。一句假到不能再假的表白成了真,就当是命运给我开的一个玩笑,无伤大雅。爱上他是始料未及的事,努力忘记他,相信时间和距离会成为最有效的苦口良药。

住院部的电梯里,推进一位刚出产房的年轻妈妈。尽管满是疲惫,她脸庞仍漾着最慈爱的笑容,久久凝视依偎身旁的小宝宝——闭着眼睛,撅着小嘴,正甜甜嘬着她的手指。我目不转睛地盯着一对母子出了神,这位素不相识的妈妈倏尔抬起头,竟成了林媚的模样,笑眯眯地指着我,让刚出生的小宝宝喊我一声,干妈。

……好一个黄粱美梦,目送母子二人被推入病房,我收回视线,刚要走,又被一个熟悉的女声叫住。转过身,看见迈出电梯的宫卉,刚才我的注意力全在那对母子身上,丝毫未发现我们同乘一部电梯。

她手里拎着果篮,我拖着行李箱;一个来探病,一个来道别;前者受欢迎,后者可能连病房的门也进不去。

"你……要出差?"省去寒暄,宫卉先开口问。

"不,回家。"我想了想,指去不远处休息区的沙发,"我们能谈谈吗？"

她稍作考虑，没做声，用行动给我答复，率先走了过去。我从自动贩售机里买了两瓶果汁，留意到宫卉伸来接的手上空空如也，不由地顿了一下。感觉到她在发力，我才反应过来，忙收回手，坐到她身旁。

天边暗云滚滚，一场大雨蓄势待发。一时间，我和宫卉谁也没说话，默默地喝着果汁，想着各自的心事。

在那场盛大隆重的婚礼上，我曾背着宫卉，当宫磊的面，信口开河地断言——说不定她这位新娘子，也有过一场刻骨铭心的初恋，没准婚礼前思及初恋情人，还感怀伤神了一阵。如今想来，尺水丈波的一句话，竟很有可能就是她当时最真实最准确的写照，而当时正值人生低谷的我和林媚，则是抱着瞻仰宫卉完美人生轨迹的心态，前往观礼。

也许所谓的完美，只不过是不得志者羡慕又嫉妒的画外音，当事者幸福与否、完美与否，内心深处自有答案。又或许幸福完美这样词汇本就太虚妄，唯有以"众人之口"为土壤，才能开出魅惑妖艳的虚妄之花。

"你想谈什么？"

宫卉的声音打破了我思绪的结界。这时，外面一声轰隆雷鸣，惊得所有人都愣了半秒，望望窗外雨云笼罩的天空，又继续各自忙碌。在我听来，此刻的雷鸣更像一道发令枪，提示我立刻起跑，冲向终点那趟开往家乡的火车。

"宫卉，我想问，你有没有和吴迪单独见过面？"

"有。"她几乎没有任何犹豫，保持着惯有的雅致微笑，"你应该想问，沈鹏涛已婚的事，是不是我告诉吴迪的。没错，是我。"

诧异于宫卉的直接，我陷入无解的沉默。林媚和金融男有违常伦的恋情，我们身为知情者，难道不应该心照不宣地替她保守秘密吗？宫卉为什么会对吴迪如实相告？

"吴迪逼你说的？"疑惑中，我做着毫无依据的冒昧猜测。

"没有。"宫卉一颗颗捻起手腕上的青金石佛珠，淡淡地道，"吴迪来找我要沈鹏涛的电话，说想当面拜托他好好照顾林媚。我没有理由拒绝，知不无言，言无不尽。"

我听得懂，但想不通："你有没有考虑过，这样会让林媚很难做？"

她敛去笑容："林媚难不难做，与我无关。就像你约以衡母亲吃饭，一样也没想过我会不会难做，因为与你无关。"

"毫不相干的两件事，怎么能混为一谈呢。"我更加困顿，难以置信地望着宫卉，"那次巧遇是个误会，这次不一样。你应该先把吴迪敷衍过去，然后再征求林媚的意见。"

"我应该怎么做，不需要你来教我。你自己失手害林媚流产，现在倒想把责任推给我。当然，你也可以说一切都只是误会。安佳佳，为什么在你身上总会发生误会？碰见你和以衡母亲吃饭是个误会，你和以衡恋爱是个误会，你抱我哥哥是个误会，你害了林媚的孩子也是个误会……'误会'还真是百试百灵的好借口。"

今天再遇宫卉，一言一行充满敌意与不屑，我才意识到，上次见面她那么轻易说原谅，说信任，不过是口是心非而已，其实她从来没有真正原谅我。我把她当朋友，也只不过是又一次高估自己。从一开始，我就仅仅是陪她见前男友的最佳人选，说难听点，工具罢了。

"是我的错，我不会把责任推给任何人。"没有继续交谈的必要，我起身拉起行李箱，又忍不住提醒，"刚才我们说的话最好不要让林媚知道。"

"谢谢你的好心。"宫卉看也不看我一眼，将果篮上的缎带蝴蝶结解开又系上，"我还要和林媚做朋友，当然不会说。"

朋友这两个字太刺耳，我愕然顿足，脑海中浮现出一个近乎可怕的念头："宫卉，你是不是在故意报复我？"

"是啊。"她竟毫不遮掩，大方承认，也站了起来，笑着与我对视，"你都要走了，我直说吧。那次吴迪跟踪林媚到医院，我是故意透露给他，我和沈鹏涛很熟。也是我劝林媚不要再隐瞒你。后来吴迪来要电话，我只提了一个条件，绝对不可以告诉任何人是我说的。而且建议他，如果林媚追究起来，拿你做挡箭牌最合适。"

"你为什么要这么做？"我不敢相信自己听见的每一个字，完全就是步步为营，引我入套的阴谋。

"因为我不甘心呐。"宫卉笑容依旧优雅，字字分明，"我努力讨好以衡母亲，从没赢得过她的好感；我不惜离婚也要和以衡复合，他竟然拒绝；三年前哥哥逼我们分手，我们是亲兄妹，关系一天比一天疏远……为什么他们却对你那么好？我得不到的，为什么你可以轻易得到？你抢走了我最亲近的人，我也抢走你的，才公平。"她提起果篮，与我擦身而过，可怜我似的叹了口气，幽幽低语："我只是没想到你会害林媚流产，我想，她一定永远不会原谅你。"

宫卉说完走了，我一个人木然呆立原地，久久不能动弹。

窗外大雨滂沱，我就如同站在冰冷雨水之中，像被扼住喉咙一般无法言语，浑身湿透，战栗不止。

3

最后的最后，我还是没有说一声"再见"，就和这座生活六年的城市道了别。

　　磨灭掉斗志和信心之后，我再不是女斗士，而是个名符其实的人生输家，输给了工作，输给了友谊，输给了官场。或许因为最坏的结果已经摆在面前，不可逆转，我一丁点揭穿阴谋的想法也没有，更遑论为自己讨回公道。

　　何必呢，我累了，选择逃离，只求掩耳盗铃的安稳一觉。

　　火车上彻夜未眠，回到家栽倒进自己的小床，将身体包覆在最熟悉的气息中，心里才有了安全感。合眼沉沉睡去，再醒来已是夕阳西下的倦鸟回巢天。我像小狗似的翕动鼻翼，顺着诱人的饭菜香味，从床上把自己搬运到了饭桌前。

　　我妈做了满桌子我最爱的菜肴，比年夜饭还丰盛，我爸则开了珍藏已久的茅台。太像一场迎接女儿衣锦还乡的喜宴，我受之有愧，眼眶湿润。嚷嚷着没洗脸刷牙，躲进卫生间里偷偷抹眼泪。

　　我做过远大的文字梦想，也有过看得见的切实目标，可那里面却从来没有过父母的影子。自以为羽翼丰满远走高飞，可最沮丧最落败的时候，又忍不住渴望父母怀抱，眷恋他们最无私的呵护和疼爱。兜兜转转，忙忙碌碌，感叹着时间不够用，可也只是一转身，父母眼尾已生出皱纹，鬓角已染上白发。从外面的花花世界回到家，我恍然醒悟，我爸妈才是我该坚强的理由，才是我该脚踏实地生活的原动力。

　　重拾斗志，坐回爸妈面前，我开口说了第一句话："我想好了，留在你们身边哪儿也不去，过完节就去找工作。"

　　他们针对我以前的负隅顽抗，大概早打好了《论返乡工作若干重要性》的长篇腹稿，没等联手开劝，我已抢先一步，弃暗投明。我爸端到嘴边的酒杯又放下，我妈也是大为意外的表情。两个人不约而同地用一种"你一定有问题"的担忧眼神看着我。

碗筷一搁，我妈心有戚戚地问："佳佳，你是不是在外面出什么事了？被开除？被人骗……"

"乌鸦嘴！你怎么不盼点好的！"厉声打断我妈的话，我爸帮我满上一杯酒，"回来也对，小地方有小地方的好处，我和你妈生活了几十年，也没觉得哪里不好。"

"没错。三条街内一切生活日常全部搞定，大城市哪有这么方便。"将一筷子的菜送进我妈碗里，我对她说，"没事，我想通了而已。回家多好，天天能吃你做的菜。"

"对对，多吃点，瞧你瘦的。"我妈马不停蹄给我夹菜，恨不得一顿饭就把我吃成胖子，嘴巴里还念念叨叨，"一个女孩子有什么可在外面闯荡。听妈的，找个安安稳稳的工作，趁年轻早点结婚生孩子……唉，周志齐那孩子不错，好好的，怎么说分就分了呢？"

还是躲不掉这个话题，我笑嘻嘻还嘴："要不我贞烈一回，为了他，终身不嫁。"

"你敢！"我爸一砸酒杯，板起脸瞪圆眼，"工作要找，对象也要找。两手抓，两手都要硬。"

做了几十年的党政工作，毛概邓论我爸张口就来。我妈一个眼神，我赶忙赔不是："爸，我这不开玩笑活跃气氛嘛。您二老对未来女婿有什么要求吗？"

"孝顺，懂事，有上进心，最好家里不要有什么负担……"

"没要求。"我爸一摆手止了我妈的若干条，看着我说，"对你好就行。"

我没有说话，默默低头吃饭。就是不想那个人再对我好，不想欠他太多还不了的情，我才回来的。

晚饭后，陪我妈到附近小公园散步。小时候她常带我来这里玩，当年的烂泥沙坑早改建成了小型儿童游乐场。混在一群半大小孩中间，硬拉着我妈坐到弹簧木马上，对着手机傻笑自拍。发条朋友圈，写下心情："回家的感觉真好"！很快又觉不妥，匆匆删掉。

留在家的决定突然，我妈始终放不下心，把饭桌上未完成的话题，又延续到公园里。拉着我问东问西，坚信我一定遇到了什么麻烦事。瞒天瞒地，最瞒不了的人还是我妈。拗不过她再三追问，我只说了新工作很不顺，可能通不过考核，自己先发了辞职信。

安慰我一两句，我妈又开始给我拿主意，一会儿让我考教师资格证，一会儿又叫我向周志齐取取经，考个公务员。这两种职业我喜不喜欢不要紧，总之，相亲的时候，男方一定会很喜欢，够体面，够稳定。

周志齐曾发朋友圈，抱怨刚回来就被安排相亲，如今我也快步他后尘，是不是也该在这方面找他诉诉苦，取取经。哭笑不得地瞎琢磨着，关杜打来电话。我不想接，犹豫间，我妈探头看了眼，敏感地问，男的？言下之意，最好在追你，最好孝顺，懂事，有上进心……符合她的要求若干条。

忙澄清是普通朋友，我拿着手机走远。

"佳佳姐，我细姐来啦！！！"

一接通，那头传来关杜喜悦的欢呼声，仿佛天空绽放的绚烂礼花。而他看不见，我此刻的脸，一定很像礼花散尽后，落寂的夜空。知道该替宫磊高兴，可我做不到。

"来了就好。嗯……他们，他们见面了吗？"也知道不该问的，我还是问了。

"他们？哦哦，我细姐和磊哥。见了见了，我们去机场接的她。佳佳姐，我好惨！"关杜突兀转变语气，可怜道，"磊哥带着我细姐去吃饭了，不带我，说我是闲人。你也回家了，我好无聊，早点回来。"

不回去了,我心里说着,嘴上已岔开话:"你细姐会留下来吗?"

"我问啦,她说有合适的工作机会就留下。佳佳姐,你是功臣,等他们结婚,别忘了找磊哥讨个大利是(大红包)。到时我做伴郎,你做伴娘,得不得?"

想的真远,不对,应该不会太远,毕竟宫磊和关靖的爱情迟到了那么多年。迟到好过不到,为弥补多年前的那一句拒绝,宫磊一定会给关靖一场盛世大婚。我宁愿去参加周志齐的婚礼,也不会去看宫磊当新郎,自己更不可能做伴娘。

唉,可惜了,拿不到大红包,我只能做个无名英雄,留一个悲情的背影。

勉强应付完关杜,手机一刻不停地又响了,是林媚,出乎我的意料。猜到她可能看到了我那条秒删的朋友圈,不知道她会说什么,我深呼吸鼓足勇气,手指滑至接听键。

"不回来了吗?"林媚用平淡口吻,开门见山地发问,好像不愿和我浪费太多时间。

"对。"我也直接道。

"一声不吭就走了,为躲我吗?"

"也不是。培训考核表现太糟糕,多半也过不了。"我咬唇沉默了会儿,"林媚,走之前我去过医院,想和你说声再见……"

"怕我骂你,所以省了,对吧。安佳佳,你他妈就是个废物,当初甩经理银行卡那股泼辣劲儿哪里去了?!你不是很励志,说什么只有足够大的城市才能容得下足够大的梦想。狗屁!我看你现在自己都容不下你自己,像个吃奶的孩子,只会往你妈怀里钻。要不是你那条朋友圈删得快,我才懒得给你打电话。"

不知怎的,被林媚骂还挺爽,我笑了起来:"那我可得谢谢你不辞辛劳来电。回家怎么了,照样可以一颗红心发光发热。梦想不在大小,在于因势利导。我现在的梦想就是找份稳定工作,陪陪父母,相相亲,多生活,多接地气!"

"相亲?你一个虔诚的爱情信徒去相亲,骗鬼呢?就不怕相到周志齐。"

果然是闺蜜,比我还能瞎琢磨,我更乐:"那正好,大家也都赶时间结婚,不如找熟人,上手快。"

"滚!没工夫跟你磨嘴皮子,过完节赶紧回来,老娘还没骂够呢。"

林媚挂机前,长长地松了口气,我猜她也是鼓起极大的勇气,给我打来这通电话。习惯了和她这样插科打诨式的相处方式,原谅和被宽恕似乎就在这嬉笑怒骂中悄悄发生了,连一句"对不起"和"没关系"也不需要。

如同久治不愈的病,突然神迹降临,不药而愈。我心头大喜过望,人却迟钝地反应不过来,我呆呆望着已经黑屏的手机,神志恍惚。

"话没说几句,一个电话接一个电话,完了没有?"

根本听不见我妈的抱怨,我张开手臂一把抱住她,我撅着嘴就往她脸上使劲亲。她躲不掉,骂我没羞没臊,问我受什么刺激了。

"妈,别问,亲我!"

Chapter 14
他在灯火阑珊处

　　爱情，一个永恒的话题，自有人以各种方式赞颂它的崇高与伟大，而普通人的爱情，还是踏实一点，平淡一点好。

　　父辈们并不比我们见过更多的世面，有着更高的智慧，婚姻之于他们，根本不是道难修的课题，只是生活的一部分，平凡而世俗，琐碎而长久。

1

自从在宫卉的婚礼上说过那句无心之言，我就开始相信"一语成谶"四个字，并带着唯心主义色彩，认为人类语言是一种无形而强大的念力。

恰如此刻，我和周志齐坐在一起，正应了昨天林媚说的话，准得像她开过天眼似的。我们倒不是在相亲，而是周志齐刚巧也看到了我那条秒删的朋友圈，抱着"分手后还能做朋友"的心态，打电话约我喝咖啡叙旧。

从心态到措词都槽点满满，如果时间倒退至几个月前，我或许会使出毕生功力，把他讽刺挖苦到找不着回家的路。时至今日，我已心胸开阔，哪怕他和现女友一同出现在面前，也能仪态大方地点头微笑，说一句恭喜。

当然，就算有女朋友，周志齐也不至于傻到带来和我叙旧。毕竟我们之间可叙的旧，除了校园纯纯恋爱的青葱时光，便是踏入社会三年的聚多离少，你抱怨工作压力越来越大，我感叹房价越来越高。

现在想来，也许那时的我们都还不适应身份的转变，诸事不顺，动荡不安的生活全面飘绿,爱情线必然也持续走低。要付诸心力的地方太多,再不可能像大学一样,全身心经营维系一段爱情。回想分手前那阵子,我和周志齐匆匆开始,又草草结束的约会,哪里像在谈情说爱,更像是例行公事,机械地完成一项早已失去热情的工作。

假如我们这段感情是一本书,那我一定读得不够仔细,从不尽如人意的结局里走出来很久,才后知后觉地体悟出原来一切早有伏笔。

分手几个月,却如同好几年。我和周志齐面对面坐着,和歌里唱的一样,变成了世上最熟悉的陌生人。我们曾是彼此生命中最重要的存在,给过对方欢喜,感动,痛苦与怒火,也见过对方最狼狈,最尴尬,最沮丧,最难过的样子。

感情可以说结束,但朋友也不是没得做,总比反目成仇好。因为了解,所以知道对方心灵深处的痛处在哪里。如果我和周志齐由爱生恨变成敌人,互相伤害起来,必将痛得深入骨髓,两败俱伤。

现在这样多轻松,虽不至于许久不见相谈甚欢,但大家都能保持一颗平常心,分寸有度地聊聊近况。

得知我打算留在父母身边,周志齐显得有些意外:"我以为你态度坚决,绝对不会回来。"

"我本来也是这么以为的。"回头望过去,我心怀歉意地道,"以前总拉着你去看房,你压力很大吧。我对买房太执着,向往过上稳定的生活,忽略了你的感受,没想过这样反而像在逼你,给你施压。"

"有一点。"他也坦承,"所以分手的时候,我没问你,要不要跟我回来。那时候,你应该很恨我吧。"

"嗯,有很多点。不过经高人指点,很快我就想开了。"服务生端上咖啡,加糖加奶精,我提醒自己不要再去想不该想的人,笑着问周志齐,"你怎么样,有去相亲吗?"

他无奈地点点头:"家里安排过几次,有一个正在接触,很巧,我们是小学同学。你呢,有遇到合适的吗?"

"怎么说……"我搅动着咖啡,话到嘴边又踌躇。

"有喜欢的人,是那个高人?"

轻易就被周志齐言中心事,我看向他,不自觉地相视而笑。不亲自经历,我哪里能想得到,有一天会和前任坐在一起,聊自己现在的感情状况。看多了过程惊天动地,主角们爱得肝脑涂地的爱情电影,还原到真实生活,哪有那么多大爱大恨,恩恩怨怨,不过都是平常人的平常语言,平常情感。

"嗯,是他。"有些话讲出口需要契机,面对周志齐,我第一次敞开心扉,"一开始我们互相不顺眼,老斗嘴。认识时间长了,他教会我很多东西,慢慢地,我好像就喜欢上他了。可是,他已经有互相喜欢的人了。"

"所以,你不打算争取?"

我毫不犹豫地摇头:"不。我没想过要去跟他表白,或者像以前主动追求你一样,追求他。我想,可能也不是喜欢,是感激吧,因为接受过他太多帮助。在他面前,我挺没用的,工作上做不好,生活上也总麻烦他。"

"佳佳,你和以前不一样了。"周志齐望过来,像把我重新审视了一遍,"你以前从不说自己没用,遇到什么事都喜欢冲在前面,有问题也自己解决。我如果有疑议,你会用各种方式说服我,让我赞同你的解决方式。"

没有比较就没有伤害。原来我以前那么强势,固执己见,难怪周志齐评价我是个女斗士。我不好意思地笑笑:"谢谢你以前的包容。"

"不客气,其实我觉得这样挺好,我挺省心的。"周志齐喝口咖啡，似真似假地说："要改变你不容易，有机会我也想见见那位高人。"

"啧啧，谢谢他把我改变得学会谦虚，勇于承认自己没用吗？不过话又说回来，不认识他之前，我也没觉得自己双商低呀。"

周志齐指了指自己脑袋："可能我们双商水平差不多，感觉不出来吧。我更想见他了，请他也指点指点我。"

好像祖传的宝贝舍不得见光一般，我当即摆手："那可不行。所谓高人，自然不能随便帮人指点迷津。"

周志齐不住点头，但笑不语。笑容里似乎别有深意，我也没多想，另起话题，问了些有关找工作的事。尽管得到林媚的谅解，我还是不想再回去，不确定自己能否假装若无其事地和宫磊坦然相对。不回去，这个问题便不存在，我和他以后几乎没有见面的可能。

喝过咖啡，我又请周志齐吃饭，谢谢他给我提了不少找工作方面的宝贵建议。一顿愉快的晚餐结束，店家应景地送了我们一人一串玲珑小粽。绿油油的小粽子只有小孩拳头般大小，棱角分明，用细细的叶梗长短不一，错落有致地串在一起，像做工精美的风铃，散发着清新香气，煞是可人。

一路散步闲聊，周志齐送我至楼下，约定下次带女朋友回请我吃饭。和他做情人无疾而终，做朋友反而轻松，微笑道别，我心情舒畅。没有恶言相向，没有情难不舍，彼此都放下了，也算是为我们过去的那段感情，画下完整句点。

周志齐走远，我迈上台阶，吴迪打来电话，于是返身走到人行道树前的长椅坐下。

"听说你回家了，什么时候回来？我，我请你吃饭。"

听出吴迪声音里的歉意，我笑着说："有机会带林媚来玩。不是我吹牛，我们这儿山清水秀，纯天然氧吧，特别适合洗肺。"

"你不回来了？为什么？"他急切地问。

"不为什么，父母年纪大了，不希望我离他们太远。工作挣钱嘛，哪里还不都一样。"我低头磨着脚底的石子，心里并没有说起来那么轻松，"吴迪，这事儿我还没告诉林媚，如果她问起来……"

"她现在对我实行隔离制裁，不准我去找她。"没等我追问，手机里传来吴迪懊悔不已的低声咒骂，他骂自己办事太混账："佳佳，对不起，差点害你们做不成朋友。林媚骂得对，我就是一蠢货，被人牵着鼻子走。也怪我当时在气头上脑子不清楚，宫卉说什么就听什么。"

听吴迪的意思，林媚已经知道了宫卉居心不良，从中作梗。我没说，宫卉更不可能主动交代，还会是谁呢？我疑惑地问："林媚怎么知道宫卉故意让你陷害我？"

"临走前你来过医院，遇见宫卉了吧。那天宫卉老公也来了，你和宫卉说的话，他全听见了。他说和宫卉大吵了一架，让她来找林媚道歉，宫卉不肯，所以他自己来了。"吴迪话音顿了会儿，叹口气，"我送他走的时候，看他情绪不太好，大家都是男人，我就请他喝酒。他告诉我，决定和宫卉离婚。我想劝他，又没好意思开口，自己也是个离了婚的男人。唉，做男人不容易啊！"

不了解高修潼，我不敢妄加揣测他的心理。忆起最初和他的一面之缘，他曾慷慨陈词，对宫卉一见钟情，非她不娶。可想而知，一旦宫卉在他心目中女神形象坍塌，对他打击该有多大，做一个离婚的决定该又有多艰难。

哪里是做男人不容易，是婚姻这门课题太难研修，有人避而不学，有人中途放弃，有人磕磕碰碰勉强坚持，还伴随着层出不穷的婚前恐惧症、婚后忧郁症。

"佳佳，你回来吧，我现在又拿林媚没辙了，搞不清楚她到底在想什么。我心里也没底，一个字不敢提复婚。"

对了，还有吴迪这种在围城里外徘徊，打算重修的一类人。承蒙他信任有加，可我也无能为力："吴迪，最近经历了太多，好心帮倒忙的事我也没少做，我觉得不要再插手，才是对你最大的帮助。真的，感情的事，最清楚的只有你们自己。我和你们关系再好，也只是个外人，不应该指手画脚。"

"佳佳，你别那么……"

吴迪还想说什么，我迅速打断，说声再见，挂了线。捧着粽子发了会儿呆，忽然身旁有人坐下，我侧目看去，顿时傻眼……

2

"我能吃吗？"宫磊指着我手里的粽子问。

大脑仍处于震惊后的重启状态，无法处理外界信息，我一眨不眨地盯着宫磊，没有任何反应。他没多客气，直接抽走粽子，欣赏了会儿精湛的传统工艺，剥开粽叶，不紧不慢地吃了起来。

"你怎么来的？"语言功能尚在恢复中，我其实想问，你怎么会来。

他也不看我，专心吃粽子，随口道："走来的。"

怎么可能，一千多公里呢！留意到宫磊皱巴巴的衬衫和眼底的青黑，我下意识地抬眼环顾四周，发现停在路边的黑色轿车，再度惊讶地半张着嘴，低声疾呼："你开车来的！！来出差？"

"是的。"

"不可能！"他的平静，令我很不平静，"宫锐在这里没有业务。你专程来找我的？"

"明知故问。"宫磊又剥开一个粽子，看起来像连续开车，没吃过东西。

"你真是来找我的？为什么？"自觉现在情绪过于澎湃起伏，不适合和宫磊说话，我按着咚咚跳的心脏，站起来，"你先等会儿，我去给你买瓶水。"

一来一回两三分钟，隔着段距离，我止步，远远望向昏暗夜色里的宫磊。身影清晰，表情模糊，太不真实，像是美丽但虚幻海市蜃楼，一眨眼便会消失得无影无踪。如果仅仅是幻觉，我却一点也不想清醒。

宫磊似乎察觉到我遥远的目光，抬起头朝我这里看过来，招了招手。仿佛幻觉成真，我忙加快脚步，坐回他身旁，递上矿泉水。

"听关杜说，关靖回来了。"我紧握着手里的矿泉水瓶，我不渴，但一紧张需要抓着点什么东西，小心翼翼地问，"我把你收集关靖作品的消息通报给关杜，她了解到你的心意，来找你。你们终于在一起了，你是专程来谢谢我的吗？"

宫磊喝口水，轻轻道："谢谢你。"

显而易见的事实，我嘴真欠，不该问，问了只会让自己不好受。

幸好夜色能掩盖失落神色，我强颜欢笑："大恩不言谢，结婚的时候送我个大红包吧。"摊开手，故作潇洒，"那时候我估计不能到场，你有诚意的话，干脆现在给我吧。再多我也敢收。"

宫磊没有掏钱包，而是把剩下的粽子放进我手心，带着点小情绪地抱怨："吃不饱。你们这里有什么好吃的？"

这话题转得太具生活化了，我自然而然地回答："上车饺子下车面。这附近有家面馆,走过去五分钟。招牌的酸菜肉丝面味道很棒。"

"好。"宫磊起身,转着手臂活动筋骨,"开了一天的车,正好走走。"

吃饭事大。带宫磊坐进巴掌大小的馆子,他也没嫌简陋,一大碗酸菜肉丝面吃得津津有味。我托着腮帮子凝视他,还有点难以相信,坐在我对面的人就是宫磊。哪里有一点太子爷的派头,不矜贵,不挑剔,随意又自在。还特别容易打发,一碗面条似乎就能帮他消解长途驾驶的疲倦。

这样全方位的优质男人,可惜名草有主,早早被青梅预定下来了。

趁宫磊不注意,我拧把脸上的肉,扯出笑容:"何必大老远跑来谢谢我,发个微信红包给我就好啦。"

他也不搭理我,照吃不误。说他肚子太饿,顾不上和我说话吧,居然还有工夫夸老板做生意实在用心,用慢火细熬的牛骨做汤头。来者是客,我又不好一直自说自话宣布存在感,只能耐性十足地等他吃饱,我尽地主之谊埋单。

原路返回,天已经全黑,行人稀落。大城市这个时候,精彩丰富的夜生活才刚刚拉开帷幕,小地方的人则习惯日出而作日落而息。慢悠悠的生活节奏,培养出温和顺遂的小镇居民。到底是这里土生土长的孩子,一回来,我也很自然地融入其中。先慢下来的是脚步,然后是心性,不去胡乱琢磨宫磊的意外降临,只问自己,爱或不爱。

配合着我的步调,他也走得很慢,时不时望一望绵绵远山。

"真的不回去了吗?"他忽而开口,轻声问。

"宫磊,我喜欢你。"酝酿很久,我驻足,和宫磊面对面,认真地说,"我不用你回应什么,你也不要觉得为难。大家都是成年人,喜欢就是喜欢,没什么不好意思说的。我表白,是因为我不是那种热衷于偷偷暗恋的人。我会主动追求我喜欢的人，但请你放心，对你，不会。"话音稍止，缓缓心底酸涩："虽然我现在说不出祝福你和关靖的话，但是，但是……算了，没有但是。我不回去了，答应了爸妈留下。"

一番话痛痛快快讲完，我整个人轻松多了，不想也不敢观察宫磊会作何反应，低头笑着道："走吧，你开一天车也累了，我带你去找酒店。"侧身间，手腕被宫磊紧紧握住。

"我想听听，但是什么？"他比我还严肃，微蹙着眉。

不接受表白，也不至于发脾气吧。我试了几下没能挣脱开，豁出去似的回道："但是红包我还是会照收不误，最好多给点，弥补我受伤的心灵。"

宫磊嘲弄般淡淡一笑："安佳佳，你讲话这么不动脑子，小心心灵变千疮百孔。"

一言不合，就咒我啊！表白的人也是有气节的！

我一根根掰起宫磊的手指，下手粗暴："你又不是第一天知道我脑子太重，不爱带出门。再说，变千疮百孔，说明我生命力顽强。"他的手指一定是铁打，掰都掰不开，我有点心慌气急了："松开松开，有话好好说。我是爱好和平的人，坚决抵制滥用武力。"

宫磊仿佛懒得和我废话，干脆把我另一只手也牢牢抓住，逼我和他再次面对面："从现在开始，你再说一句不过脑子的废话，我立刻对你使用武力。"

我不屑："少吓唬人，这可是我的地……"

话没说完，宫磊俯身亲我的唇，蜻蜓点水的一下，然后便拉着目瞪口呆的我，继续前行。

抗议！说好的不使用武力呢？！

即使脑子没随身携带，我也明白一个吻代表什么意思。

晕晕乎乎地坐进宫磊车里，看见储物盒里的香烟和打火机，心疼他长途跋涉，我说："不早了，找家酒店休息吧。"

他又拉起我的手，笑着摇头："不用，待会儿我就回去，后天一早要上班。"

"开夜车不安全，请假吧。"多此一举的建议，我不由好奇发问，"你还用写请假条吗？写了也没地方交。"

宫磊的确累了，懒懒地靠着椅背，但笑意更浓："写的话，请问我请假原因怎么写？追女孩回不来，很没面子的。"

按捺心间懵懂少女般的小小悸动，考虑到宫磊的人身安全，我仍旧不依不饶："好好睡一晚，明天再回去，不然我也不放心。"

"不放心就和我一起回去。如果需要，我可以去跟你父母商量。"

"千万别，我怕吓着他们。"宫磊闻言斜睨过来，我知道老毛病又犯了，忙解释，"我自己还有点搞不清楚状况，昨天和关杜通电话，我们都以为你和关靖好事将近了。现在……"看看和他十指紧握的手："宫磊，到底怎么回事？"

"怎么回事，你和关杜多管闲事。"宫磊毫不客气地回答，坐直身子，正颜厉色地对向我，"你看到那些杂志，不闻不问，就断定我爱关靖，自作主张联合关杜把关靖叫回国。干别的不行，乱点鸳鸯谱你倒蛮在行。还一声不响跑回家，做'好'事不留名吗？"

就算我这事儿办得不地道，可出发点是好的呀："滴水之恩当涌泉相报，我以为会给你个惊喜。"我抽回手，掰着指头细数断定宫磊爱关靖的原因，"第一，你亲口向关杜承认过，喜欢关靖；第二，那些外文杂志国内不好买，你肯定不会无缘无故收集；第三，你说过，工作是为了证明点什么；第四，那天晚上吃宵夜，你告诉我，以前你觉得配不上关靖,现在你在学着改变。我自然就理解成,收集杂志和努力工作,都是你为关靖做的改变,做个更好的人才能配得上关靖。"

有理有据,要不是宫磊活生生地坐在我身旁,我都快被自己的缜密分析征服了,昂首挺胸,等"对方辩友"逐一反驳。宫磊却没说话,幽深眸光含笑,灼灼盯着我看了会儿,又靠近过来想亲我。严肃!严肃!我下意识地捂住嘴。

"不准亲了!你吃的面里有葱花,影响口感。警告你,不要妄图用美色蒙混过关,不解释清楚,我心里不踏实。"

宫磊完全不吃我这套,抽回身,抬腕看看表,发动车子:"想听我解释,就早点回去。我走了,你回家吧。"

"真回不去,不能对我爸妈食言。"我拉动车门,愁眉苦脸地嘟囔,"回去也没用,辞职信都发了。"胳膊一紧,又被宫磊扯了回去,对上他的肃杀神情,我喉头发苦:"培训考核发挥失常,我想着早晚也是被炒,不如自己主动离职。而且,那晚我送你回家,被人看到了,咱俩的绯闻估计已经人尽皆知。"

宫磊微愣:"什么绯闻?"

一个工作狂两耳不闻窗外事也正常,我指指自己,又指他:"传我陪睡太子爷,搏上位。"

"哦,这样啊……"他倒毫不在意,尾音拖曳出深意,似有不满地道,"你已经进宫锐了,我还没睡过,亏了点。"

月黑风高,香车美人,乱开玩笑,很容易犯错误的!

我瞪宫磊一眼,好言相劝:"这样吧,你我各退一步。你听我的别开夜车,明天再走。我就听你的,回去,不过要缓几天,我得想好理由说服我爸妈。"

他为难地皱起眉,沉思片刻:"我再退一步,等你说服你父母,我们一起回去。"

"不忙着工作了?"我一问,顿觉自己傻到冒烟,"好啊你,故意等着我主动说要回去。恭喜你,成功了,找酒店休息吧。"

目的达到,宫磊安抚一般拍拍我脑袋,心情甚好:"我已经订了。提醒你一句,我可以等你,不过耽误的工作回去要加班补。你如果不想我太辛苦,就别让我等太久。"

这才刚聊几分钟,又耍手段,又出言威胁。照此发展,总有一天我会被宫磊吃得死死的,太有辱新时代独立女性的风范了。

"那可不行,难得回家一趟,我要好好陪陪我爸妈。你等不及,请先走,反正咱们也还没确定关系。"

"形式这么重要?"他挑眉。

"对,对女人来说,形式很重要。"我抬起高傲的下巴,坚定道。

"来来来,我说给你听。"宫磊扳正我的肩膀,表情郑重,目光深情,声音低沉,"安佳佳,做我女朋友,好吗?"

"知道了,等我考虑考虑。"我强忍内心狂喜,拿起姿态。

"再说一遍!"

"你不是在学着接受,并不是每件事的结果都尽如人意。顺其自然,不强求,不强……唔!"

结果,我还是没能逃过宫磊的"武力"攻势,败下阵来。

3

烈日炎炎,湖水粼粼。

我和我妈打着伞,像哼哈二将一样,围着我爸,左右各坐一边,陪他钓鱼。

既然决定回去,宫磊又有工作在身,就不要再犹豫,耽搁时间。工作没了可以再找,但我不想谈远距离恋爱,与对彼此有没有信心无关,不存在必须分离两地的客观因素,当然应该在一起。

爱情,一个永恒的话题,自有人以各种方式赞颂它的崇高与伟大,而普通人的爱情,还是踏实一点,平淡一点好。

我爸妈便是最佳的实例,性格迥异,爱好不同,也没多少共同话题,一样恩恩爱爱几十年如一日。看到他们,我又觉得婚姻其实没有那么可怕。父辈们并不比我们见过更多的世面,有着更高的智慧,婚姻之于他们,根本不是道难修的课题,只是生活的一部分,平凡而世俗,琐碎而长久,无需太多言语的相守相伴,只偶尔拌拌嘴。真希望,我未来的婚姻能像我爸妈一样,踏实不呆板,平淡不乏味。

"爸妈,我昨天见过周志齐了。"

"啊,伤着人家了?"我妈探头望过来,满脸担忧。

我真佩服她连续剧看太多,想象力丰富:"妈,你女儿可是遵纪守法的好公民。没伤着,残了而已。"

"胡闹!"我爸盯着浮漂,压扁嗓子发出一声低斥,怕惊着湖里的鱼似的。

挪到我爸身旁,帮他打伞遮阳,他倔强拒绝,钓手打伞,成何体统。我嘴里称是,没有移开伞面,招呼我妈也坐近点,有话要说。

"我见周志齐,向他打听了下咱这儿的就业情况,不容乐观啊。我毕业三年多,现在回来,还要你们托关系帮我找工作,会不会有点丢人?"

我爸斜我一眼:"怕丢人,让我们养你一辈子更丢人。"

"你又耍什么小心思？"心细如发的我妈音量稍抬，被我爸嘘了一声，忙又放低，板着脸对我道，"一天一个主意，安佳佳，你给我安安心心老实在家待着。"

"待不住啊。好歹也工作了那么久，我不想半途而废。不能因为遇到一点点困难，就打退堂鼓，自暴自弃。毛主席也说过，'世上无难事只要肯攀登'，对吧，爸？"

我妈先接过话："对什么对。来的路上你一直看手机，妈跟你说话也听不见。收不回心，是不是在那边交男朋友了？"

怕宫磊一个人无聊，我就发了几个周边景点信息给他，微信里顺便聊了几句。没能逃过我妈的火眼金睛，我心虚地笑笑："要是没有，我能回去吗？"

"万一又黄了怎么办？呸呸呸！我不管了，问你爸。"

我妈搬着小马扎坐到附近阴凉树荫下，拿出手机，瞧她乐呵呵的模样，没准又在抢红包。我不禁想到了走进第二春的黄太后，都与时俱进，乐于接受新鲜事物。我想，我性格里倔强固执的遗传基因一定来自我爸。多少年了，我爸仍坚持不上网，不用智能手机，赶不上时代发展便主动内退，以钓鱼为乐，过着朴素简单的生活。

说服我爸不容易，我妈这招实在是高。

临时抱佛脚，我翻着手机找毛主席语录，投其所好："爸，毛主席说'中华儿女多奇志，不爱红装爱武装''妇女能顶半边天''时代不同了，男女都一样'……说明毛主席他老人家也赞同女孩子出外闯荡。爸，你从小还教育我，做事要持之以恒，不可以轻言放弃。一个人在外地工作是不轻松，让你们替我操心，可我也不想依赖你们过一辈子。"

我爸眼睛一直守着浮漂，默默听完，没有说一句话，似乎专注于钓鱼，可浮漂突然剧烈摇动，他却不提杆。我连连喊着有鱼，他也不为所动,而是看准时机,顺着浮漂滑动的方向,不慌不忙地斜提钓杆,一条大鱼扑打着水花,跃出水面。

筋疲力竭的鱼儿入网,湖水恢复平静,我爸搓着饵料,才慢慢开口:"女大不中留。自己注意身体,平时想着点给家里来电话,别老敷衍了事,说你什么都挺好。工作要认真,态度要谦虚,不要怕吃亏,吃亏是福。谈对象要慎重,多了解,多接触,自己多留点心眼……"

我嘴里嗯嗯着,不住点头,等不到我爸说完,我就情不自禁地抱住了他。我爸僵着身子,低声嗔怪,嫌我一点女孩子的样子也没有,催我赶紧松手别耽误他钓鱼。我像个耍赖任性的小孩,偏将他抱得更紧。

凑到我爸耳边,我悄悄道:"爸,我有没有说过,我最爱你了。"

"哼,嫁出去以后,你就不会这么说了。"

"佳佳,你爸吃醋了。"

我妈高举手机要给我们拍照,我眼疾手快拉起我爸粗粝的大手一起比剪刀,全然不顾他的强烈反对。迫于两位女将的"淫威",我爸最终屈服,乖乖就范,欣赏着照片,我和我妈不住夸我爸年轻,风采不减当年。他似乎充耳不闻,继续专心钓鱼,纹丝不动间,嘴角却微微上扬,不自觉地笑了。

一家三口又回到各自位置,不言不语,静静地相互陪伴,享受温馨天伦之乐,看阳光强烈,水波温柔。

前前后后几天时间而已,我对一句话有了最深切的体会——生命在于折腾。

本来抱着一颗诀别之心,带着满身风雨逃回家乡这个世外桃源,想做个"不知有汉,无论魏晋"的逍遥客,谁知现在又如涅槃重生,再度启程,重回滚滚红尘。只因为,亲手折腾没的友情又失而复得,没想着折腾的爱情竟也不请自来。希望总在最绝望时悄然现身,乐此不疲地折腾我这肉体凡胎,让我荣幸之至又啼笑皆非。

一切太过戏剧化,我忍不住便入戏太深,无法自拔。

前脚我爸妈走远,后脚我就溜出候车大厅,坐进早在路边等我的车子里。做贼似的蜷缩进副驾驶位,担惊受怕地扭头回看,一抬眸,好巧不巧被我爸妈看个正着,面面相觑。

宫磊趴在方向盘上,盯着我直笑:"安佳佳,你戏太过了,演得像要跟我私奔。"

我边系安全带,边道:"你别说,高一的时候差点真和小男朋友私奔。"

"哟,主动交代情史。"宫磊收回准备发动车子的手,摆出副洗耳恭听的样子。

我掬起一脸讪笑:"情什么史啊!正儿八经就谈过周志齐一个。高一叛逆期,全班刮起一阵'早恋'风潮,赶上有个同班男生向我表白,我看他长得帅,稀里糊涂就答应了。他是学渣,月考倒数第一怕被父母骂,约我一起私奔。我们俩逃了晚自习跑到火车站,准备南下去看海,结果你猜怎么着?"

兴致盎然的宫磊问:"被发现了?"

"错错错。"我卖关子直摇手指头,自己先笑够了,才开口:"那家伙一定动作片看太多,居然一分钱不带,说要带着我爬绿皮火车。我当场吓跑了,我还是个十六岁的花季少女,我可不想早早命丧铁轨。后来把这段糗事讲给周志齐听,他还夸我头脑清醒,关键时刻没冲动犯傻。"

"周志齐……"宫磊低低呢喃着,若有所思地道:"那天送你回家的人是他吧?"

如果我恶趣味地故意言语暧昧,宫磊会不会吃醋?想想又觉得这样太幼稚，纯属没事找事，于是我老实地点点头："我们一起吃了顿饭，还不可思议地聊到了你。刚分手那阵，我想着再见面，准会气得捅他两刀呢。宫磊，在你悉心教导下，我真觉得自己成熟了。谢谢你。"

接收到我最诚挚的目光，宫磊回以浅笑："谢谢我就你来开车，昨晚没怎么睡。"

"啊，又是我开！"拦住准备下车的他，我欲说还休，媚眼都快翻出花了，"想我想到睡不着？"

"看了一夜优化图纸。"

丢下句大煞风景的话，宫磊利落下车。恼自己小白，不能因为宫磊长得像偶像剧男主角，就把自己当玛丽苏女主角。我认命地推开车门，迎上宫磊一张俊脸，又不禁惋惜，暗忖，莫非这厮没谈过恋爱，不懂恋人间的小情趣。

故意赖在副驾上不动，我抱臂大谈交换条件："让我开车可以，你也要礼尚往来，如实交代你的情史。"

宫磊没说话，一个凌厉眼神就把我撵下车，灰溜溜地窜到驾驶位，开车上路。万事万物相生相克，一遇到宫磊，我以往的女斗士风采便荡然无存。张嘴想为自己挽回点颜面，视线落到已闭目小憩的宫磊身上，我又心软了，不忍打扰。

周志齐说得对，我的性情顽固不容易被改变。可宫磊做到了，用他最十足的耐心，以最柔韧的方式改变了我，远比浪漫情趣和甜言蜜语更能打动人心。

Chapter 15
如梦如幻月的旅途

女人嘛,就是这样情感丰富,又过于丰富。
比起记得,人总是更善于遗忘。
或许这就是人生,不断变换着身份和场景,不断学着适应与习惯,不断老去,不断临近死亡。

1

宫磊一觉睡了四个多小时,醒来便喊饿,催我找服务区吃饭,难得的孩子气十足。开车时精力高度集中,两脚沾地时才感觉腰酸背痛,草草吃了几口毫无味道可言的快餐,我往休息厅的沙发里一瘫,再不想动。不多时,宫磊也在我身旁坐下,递来瓶矿泉水。我顺势倒向他的肩膀,舒舒服服地闭上眼睛。

"待会儿我来开。"宫磊环过我的腰,轻声道。

果然是众人垂涎的肩膀,枕起来触感极佳,我享受地连眼睛都懒得睁:"没事,你要没睡够,接着补觉。反正我回去也没班上,可以好好睡一觉。"

"你辞职信是什么时候发的?"

我被问得一愣,想了想说:"放假前一晚,十点来钟吧。我当时情绪真的太消极,万念俱灰。"

"查查邮箱,说不定能撤回。"

"估计来不及了,人事上班第一件事肯定是查收邮件。"嘴里不抱希望地说着,我还是掏出手机登录邮箱,不出所料收到了回复邮件。

我点开，朗声念出："'离职申请不符公司流程，请按流程重新提出申请'。不会吧，我是有多失败，离个职也离不了。"

"培训考核结果也公布了，你通过了，被安排到琥珀城项目。"宫磊抽走我紧盯着不放的手机，"现在选择权在你手里，离职或继续留下。"

值得高兴的结果，可我根本高兴不起来，反而更沮丧："你不要告诉我，和你一点关系没有。宫磊，说真的，我现在对自己完全丧失信心。没有你，我一无是处。"

他眸光带嗔，似恼非恼："你在质疑我找女朋友的眼光？"

"对啊，为什么是我？"

"你表白了两次，我看你长得漂亮，就勉为其难答应了。"

明明知道他在一本正经鬼扯，我还傻乎乎地觉得挺开心："我喜欢你的肤浅。可是……"

"走吧。"不等我说完，宫磊牵着我起身，"你不是想听我的情史吗，路上告诉你。"

我和宫磊交换位置，重新出发，沿途远山近水，风景怡人。不切实际地想，永远这样一路而行该多好，像生死与共，去往世界尽头的亡命天涯。延时发作的青春叛逆期，就算我有这样的冲动，身边人也一定不会陪我疯，因为我们都过了为爱情不顾一切的年纪。

侧首望向宫磊，俊朗眉目沉静如水，真是帅到我心坎里去了。咬一口服务区边买的新鲜李子，酸中带甜，我不自觉地嘴角上扬。

"你笑什么？"宫磊斜睨一眼，朝我努努下巴，无声抗议我不能吃独食。

递去颗又大又红的李子，宫磊就着我的手咬了一口。我故意幽怨哀叹："怕待会儿听了你的情史受刺激笑不出，所以趁现在多笑笑。"

"不至于。"他目不斜视，唇角晕开淡淡笑意，"认识你的前几天，我刚和谈了一年多的女朋友分手。"

　　合着当初大家都是天涯沦落人，同病相怜，何苦彼此为难啊！一想到被他毒舌到内伤，我的胸口至今隐隐作痛："哦，怪不得那时候你老看我不顺眼，倒霉撞你枪口上了呗。怎么样，遇见我这个失恋女，有没有让你心情好一点？"

　　"啧啧，听你这口气，有点舍己为人，普度众生的意思。"好像等不及我慢悠悠的动作，宫磊抽走我手里的李子，继续道，"我和她是和平分手，心情虽然谈不上好，也没有烦心到拿你寻开心的程度。不过，我承认，看你气得张牙舞爪的样子确实有趣。"

　　我突然很不想把我掏钱买的李子分给他吃，不爽地撇撇嘴，问："为什么分手？"

　　"我们通过家里长辈介绍认识。像你说的，门当户对，背景环境相仿，也算谈得来，但好像两个人中间缺少了点什么。后来她遇到喜欢的人，提出分手，然后平淡结束。"宫磊轻点了点鼻梁，仿佛掩盖自嘲笑容，万万没料到自己是被甩的那一个，"也可能我还是太理智了，没情趣，不浪漫。"

　　"也可能因为你一直对关婧念念……"

　　话到一半，宫磊毫不留情地把半个李子塞进我嘴里："吃醋了？"

　　虽然真相暂不明朗，但宫磊放着特意回国的关婧不顾，千里迢迢来找我，是摆在眼前的事实。单凭这一点，我不可能吃醋，抱着讨论交流的良好心态，思索着道："宫磊，我一直在想，你和关靖会不会因为太了解反而没新鲜感？不像我，新鲜到你都想体验我的生活了。"

　　"挺会夸自己。"

　　宫磊半张嘴示意还要吃，我想也没想，就把沾了自己口水的半个李子又原物奉还。他愣了下，无奈一笑，认命地吃起来。我很满意，伸手拍拍他肩膀以示鼓励："懂了吧，这就叫情侣间的小情趣。如果我接下来问你，甜不甜，你要回答，没你甜，就是小浪漫啦。有没有觉得女人天生比男人更懂得恋爱之道？不过，你最好别跟我说肉麻的话，我会不适应，还是习惯和你打嘴仗。"

"遇到你之前，我也没发现自己话还挺多。"

车子通过隧道，路灯在宫磊脸庞投下忽明忽暗的光影，恰如其分地印证了他说的话，人有很多面，有些不为人知，有些不为己知。宫磊的过去我不曾参与，不禁有些羡慕同他青梅竹马的关靖。

"咱们言归正传，说说你和关靖吧。"

宫磊看出我难忍好奇，故意考验我耐性般，只笑不语。不能纵容他以欺负我为乐的恶趣味，我索性不催不问，闭目养神，忽然脸上一暖，某人温热指腹像逗小猫似的，在我脸上轻蹭起来。

我没动，也没睁眼："不想说，就专心开车……你掐我干吗？"瞪向宫磊，见他笑得一脸愉悦舒畅，我没好气地道："你真不用担心我会吃醋小心眼，我没那么蠢。你们要能在一起早在一起了，不用等到现在。"

宫磊笑得更开心，又摸了摸我的脸，才收回手："我不谈她，是因为你分析得很对。我们太了解彼此，而且太相像了，小时候一样争强好胜，长大了一样热爱艺术，但她比我活得更纯粹，也更精彩。"

想到关杜说的那句"身不由己"，我从宫磊无波无澜的神色里，读到了一丝别样情绪："你羡慕她？"

"嗯。她现在的状态就是我大学时代最梦寐以求的，带着相机走世界。你那天在电梯里说的话，让我感触很深。比起你和你的同学，我无疑是幸运的，毕竟过了那么几年想要的生活。"

尽管他近在咫尺，眉眼清晰，我又觉得宫磊离我很远，还有我没看过的，不了解的很多面："你收集关靖的作品，是为了缅怀过去的自己？"

"不全是吧。"宫磊沉思片刻，"一方面我是她的粉丝，很欣赏她的摄影才华。另一方面，我也想通过她来激励自己努力工作，我还是改不了胜负心重的老毛病。"

"宫磊，你把我说糊涂了。"聪明劲儿一过，我又呈现出云里雾里的茫然状，"难道那晚上吃宵夜，我分析的不对吗？你说你开始学着改变，不那么理智地看待爱情，难道不是指你对关靖的感情？"

"我难道就不能指我对你的感情？"宫磊反问，见我保持不变的迷茫表情，上瘾似的又捏我脸，"看来我对你的智商估计还放得不够低。对自己有点信心，我也不是突发奇想爱上你的。"

"那是什么时候？"我拉着他的手急问，一想到那晚他那些难以理解的潜台词，立刻严肃以对，"不许再绕弯子说些我智商理解不了的话，时间，地点，言简意赅。"

"说了今晚上咱们能开一间房吗？"

"啊！为什么要开房？"

我眼睛都瞪圆了，宫磊倒面色如常："你四个小时只开了不到三百公里，有你在身边，我不想疲劳驾驶开夜车。"

太有道理，我竟无言以对。

"不想知道了？"宫磊唇边勾起的浅笑，幽深黑眸里闪着熠熠光芒，比他的话更能蛊惑人心。聪明人学东西就是快，刚还说自己没情调，不浪漫，这会儿已经会撩人了，我真想夸他进步神速。

谁怕谁，我又不是十六七的小姑娘："你说吧。"

"你第一次表白，明知道你在撒谎，我还是心动了。"

宫磊，你赢了！

One night in "和平旅店"，我留下许多情。

一座高速路边的无名小镇,一家叫"和平"的小旅店,一间五十块的标准间。

墙壁斑驳,吊灯昏沉,嗡嗡作响的老式空调,我和宫磊就在一张晃起来便摇摇欲散架的弹簧床上,完成了一场翻云覆雨的快乐事。

克制啊,克制。拉住他游走在不安全地带的手,我说:"聊聊天呗。"

宫磊没说话,利落撤离,只是环在我腰间的手仍坚守阵地。

"从理性角度分析,我们真的不合适。"忽的腰头吃痛,宫磊下手忒重,我咬牙道,"你让我继续说完嘛。我想好了,不离职,辛辛苦苦培训三个星期,不能没有用武之地。不管能不能把工作做好,总是该有点事业心,才勉强配得上你。而且你也说过,不喜欢没有职业追求的女人。"翻身望向宫磊:"所以,咱俩的事能不能暂时保密?"

他不点头,也不摇头,只问:"暂时是多久?"语气里有明显的不满。

我竖起一根手指:"等我凭自己实力卖出一套房子。别的你能帮我,这个应该帮不了了吧。"

他笑笑:"想帮,一样可以。"

"别,千万别。你知道我和林媚私下叫你什么吗?'人间精华'。我知道我努力一辈子也赶不上你,可我也不想做个'人间糟粕'。"见宫磊蹙眉,我伸手帮他把眉头轻轻舒展开,"你说让我对自己有点信心。长相身材,身家背景我没办法改变,只有在工作上加把劲了。你帮我已经够多了,没你我也进不了宫锐,你就当我自欺欺人,找个机会证明自己吧。"

宫磊不动声色地沉默了会儿:"你亲我下。"

"为什么?"我愣愣地问。

"色欲熏心，没准我就同意了。"

"魅乱君心，江山不保，我是个罪人呐！"

隐隐嗅出阴谋的味道，我呜呼哀哉地欲下床逃跑，刚动了念想，人已被宫磊稳稳按在身下……

2

一夜辛勤劳作，我和宫磊都睡过了头，日上三竿才匆匆起床退房，随便找了家路边摊吃早午饭。

安宁的晌午，小菜清汤，我和宫磊好似一对寻常的小镇夫妻，吃完饭，便各自上工，然后又在夕阳余晖中，手牵手回我们的小家。

憧憬着美好而平淡的生活，我咬着筷子，痴痴发笑。

"回去住我那儿。"宫磊头也不抬地道，没听到我回答，他面带愠色看过来："你想都别想继续和关杜住在一起。"

"不想不想。"之前实属走投无路不得已，现在则有更切实的顾虑，我坚持道，"可也不能住你那儿。亲也亲了，睡也睡了，说好的暂时保密，不许反悔。"

"还住你朋友家？"

我为难地不知如何回答。尽管过错被原谅，我却很明白，曾经那个好到不分你我的纯真年代已一去不返。与友情是否真挚，是否坚实无关，只是我们都变了。

也许看出我情绪陡然低落，宫磊也不急于赶路，牵着我慢慢悠悠地走上一条石板小道。道路两旁的石渠里流水潺潺，奔向远处艳阳下白墙灰瓦的小村落。那里安静祥和,像真正与世隔绝的世外桃源。

"要是永远不用回去,该多好。"不由自主地,把这两天一直心间打转的念头说出口,感觉到宫磊收紧握着我的手,我朝他轻松一笑,"我也就想想,逃避不是解决问题的方法。我还欠林媚一声对不起。"

宫磊不语,带我坐到一棵枝繁叶茂的古榕树下。树枝间结满红布条,随风摆荡,仿佛树前虔诚许下的心愿也幻化成风,飞入天庭,神明可见。

中国人的宗教观是见庙就进,见神就拜,相信那么一句心诚则灵。我也不能免俗,双手合十,闭眼,口中无声祈求回去以后一切顺利。

耳后一暖,宫磊的唇贴上我的耳朵,问:"许的什么?"

怕叨扰举头三尺的神灵,我轻嘘一声,又默念数遍一切顺利。宫磊不再追问,从身后环住我的腰,下巴抵着我的头顶,将我环绕于他的气息内相依相偎,安安静静等我许愿。

"我也不想回去。"仿佛不经意地,宫磊轻吐出几个字。

我蓦地睁开眼,微怔了下,敏感意识到可能与宫卉有关,转过身想问,又不知从何启齿。宫磊一双黑眸探进我的眼底,他收紧双臂,倾来吻了吻我的唇角。一个带有安抚味道的亲密举动,竟比床间欢愉更令我悸动,我不由地伸手圈上他的脖子,贴近他,主动索取更多。

陶醉入梦,只羡鸳鸯不羡仙。

吻得正尽兴,我的手机响了。想装投入没听见,宫磊先理智地放开了我,侧过身松动领口,散散撩拨起来的火。我也脸热心跳,深呼吸平复微喘气息。等调整完毕,铃声也戛然而止。摸出手机,想着如果是无关紧要的来电就不回了,一看是林媚,便重拨回去。

"安佳佳,你火车坐反了吗,还不到!"

这两天过得乐不思蜀,彻底忘记我人应该在火车上。一经林媚提醒，算算时间早该到站了，我却还在路途上沉湎美色。摸着仍有些发烫的嘴唇，我心虚地问："你怎么知道我回去了？"

"你妈昨天打电话告诉我的。阿姨说你又恋爱了，怕你遇到第二个周志齐，向我打听你男朋友的情况。拜托，咱俩还感情破裂着呢，我怎么知道你又和谁好上了。等等，不会吧……"手机那端的林媚像嗅出什么苗头，"安佳佳，你不会半道下车跟你男人跑了吧？"

没来由地后脊背发凉，林媚一定是属背后灵的，瞎猜也能猜得神准。我一时应对不能，说不出话，她更加确信自己的猜测，兴奋不已地道："我靠，太浪漫了！那男人是谁，我认识不。人间精华？一定是他！"

"这个……"余光瞟了眼身旁的宫磊，嘴角噙笑也在等我的回答。暗叹着国产手机通话质量堪比扩音喇叭，我吞吞吐吐地道，"嗯，嗯，没错……你别激动啊，好好好，一定回去如实交代。"

林媚对我的回答表示高度满意，挂断电话，宫磊也表现出同样的肯定态度，揽过我的肩，奖励似的轻啄了下我的面颊。

我扳正宫磊的脸，一字一句地道："林媚说，不准我见色忘义，让我回去还住她家。等什么时候把我和她的感情修补好了，什么时候再和你谈感情。"

宫磊并无不悦，拉下我的手握于掌心，重新踏上石板小道原路返回："你和你朋友的事我听高修潼说了。"

"他和宫卉……"犹豫不决，我还是没问出口。

"分居了，修潼提出来的。"宫磊猜到我未尽之言，平静地说，"宫卉不同意离婚，只同意分居。我来找你那天，她一个人出国散心了。很巧，池以衡也在同一个国家出差。"

我不意外宫磊对池以衡的动向了若指掌，却读不透他的置身事外，更不理解宫卉前后不一的态度，不禁问："你真打算不管了吗？宫卉先提出离婚，为什么现在又不同意了。"

"管不了。"宫磊答得简单，朝我笑得温柔，"别胡思乱想。这几年宫卉被修潼宠坏了，修潼对她百依百顺，她对修潼予取予求。她自己不懂得珍惜，谁也管不了。"

从宫磊的话，联想到同样爱与被爱的吴迪和林媚，我忽然明白了宫卉的用意。她把高修潼对她的爱，当成最后一条退路。如果无力挽回池以衡，她还可以退回高修潼身旁，继续他们的婚姻，继续她的予取予求。

可是，真有那样不计回报，包容一切的爱情吗？那是爱情，还是济世悯怀的慈悲心？释迦摩尼舍弃儿女私情，清净六根，历尽艰辛才修炼出一颗度化有情众生的慈悲心肠，所以他成了佛陀，而我们，都只是人而已。

"宫磊，我和池以衡聊过，他们没可能复合，他还让我去劝宫卉放弃。我拒绝了，告诉他，就算宫卉做傻事，你也不会置之不理。"我停下脚步，与宫磊面对面，"她不会真的做傻事吧？"

"不会。"宫磊干脆摇头，"宫卉没有她自己想象中那么爱池以衡。她更爱她自己，觉得全世界都应该围着她转，所以才会钻牛角尖，破坏你和朋友的友情。你不生她的气？"

"你果然色欲熏心了，她可是你的亲妹妹。"我踮脚尖，狠狠啵了一下宫磊的额头，挽起他的胳膊慢步前行，"没什么生不生气的。我不是受害者，会出现这么多误会和问题，我自己也有错。而且不管宫卉做了什么，害林媚失去孩子的人是我，我都不知道该怎么修复和她的感情。"说着心情又变得沉重，不自觉地收紧手臂挽得更紧，只有宫磊可以给我面对困境的力量和信心。

宫磊默了会儿，似不满地道："和你谈个恋爱，不光要保密，还得排队等你先修复好和朋友的感情。安佳佳,你是不是太委屈我了?"

瞧他表情认真不像开玩笑,可我还是没忍住笑出声,整个人轻松不少,拍着他的肩头好言安慰:"既爱之,则安之。你肯为我受委屈,证明我魅力大。放心放心,林媚还等着戴我的大钻戒自拍留念呢。"

"有人着急想结婚了……"他低声呢喃,托起我的手指,上下一番掂量,"说吧,多少克拉能套牢你的心?"

认识这段日子,总算看到点霸道总裁的气质。我笑得更开心:"看你诚意咯,反正你有钱,再大我都不嫌大。"

宫磊也笑:"还挺实在。"

"你不会真以为我想结婚吧。我爸说了,谈对象要慎重,多了解,多接触。我们认识也没几个月,真正相处的时间更少。不过这两天……"我给了他一个不言而喻的笑容,真真效率第一,进展神速。可再快,一谈及婚姻,又令人踌躇不前,"说老实话,我挺害怕结婚的。宫卉分居了,林媚和吴迪不知道有没有复婚的可能。"

"他们是他们,我们是我们。"

这个道理我明白,可忍不住带入自己做对照。就好比读爱情小说,看爱情电影,会在虚构的情节里欢笑流泪,与和自己毫不相干的主角们同喜同悲。读大学时的林媚更甚,常常边哭成个傻子,边骂自己傻子,假的也信。

女人嘛,就是这样情感丰富,又过于丰富。

思及林媚,我又想到了她的定量爱情理论,因为深爱过周志齐,也曾担心自己无法全身心投入下一段恋情。然而当新恋情降临时,我才发现自己的担心有多可笑,有多多余。比起记得,人总是更善于遗忘,忘记过去,现在则会变成全新的体验。新鲜的人、新鲜的感觉、新鲜的话题,所以,其实每一次恋爱都是初恋。

前路困难重重，暂且放到一边，我抬起头对宫磊说："我们谈场简简单单的恋爱吧。"

他微笑点头："好。"

3

结束两天一夜梦境般的二人世界，回归现实，简单吃顿晚饭，我和宫磊便各奔了东西。他去项目工地加班，我回林媚小二居。家门久敲不开，林媚手机又关机。赶路大半天我也累了，懒得再挪窝，于是就地坐在门前，刷微信打发时间，等她回来。

突然刷出一条周志齐的动态，简洁但意味深长的五个字——"缘，妙不可言"。

猜到他和相亲的小学同学可能有实质性进展，我一个电话打过去，恭贺他二次脱单。周志齐在那头不停笑着道谢，告诉我，他们小时候还有那么段两小无猜、青梅竹马的纯纯情谊。他催我也赶紧行动去追高人，那天吃饭就看出来，我没嘴巴上讲得那么洒脱。我也不停笑，不加隐瞒地如实相告。

聊着聊着，聊到大学曾经形影不离的四个人。一对闺蜜，一对兄弟，两对情侣，也是唏嘘，也是感慨。物换星移，我和周志齐分了手，又找到各自的幸福，而林媚和吴迪却同林鸟变单飞燕，如今感情依旧扑朔迷离。

"本来我没打算表白，昨晚吴迪喝多了，给我打电话，劝我珍惜眼前人。他哭了，说真的很爱林媚，他们还有复合的可能吗？"

乐天派吴迪真的很少哭,如果不是最痛苦最难过的时候,怎会留下男儿泪。一吵架就喝酒倒是他大学就落下的老毛病,屡教不改。以前有周志齐和宿舍的一帮哥们儿作陪,现在大家天南海北,只能靠手机倾诉。再等几年,一个个结婚生子,被更多生活琐碎所困,也许连打电话的时间也开始匮乏,变得无人可诉,无泪可流。或许这就是人生,不断变换着身份和场景,不断学着适应与习惯,不断老去,不断临近死亡。

心头莫名涌上一阵伤感,这些天发生过什么,我也一概不知,无从回答周志齐的问题。他会意我的沉默,闲聊两句后,道了再见。

头顶的声控灯灭了,黑暗中又添几分空虚,突然很想给宫磊打电话,没什么想说的,只听听他声音也好。刚解锁手机,隐约从哪里传来那首熟悉的《冬季不下雪》,下一秒电梯门打开,林媚看着手机从里面走出来。她一抬眼,正巧撞见手机幽幽荧光反射下的我的脸,吓得花容失色惊叫一声,退了半步。声控灯亮了。

看清是我,她拍着胸口怒嗔:"安佳佳,大晚上装神弄鬼吓谁啊!"

一个多星期没见,林媚消瘦不少,估计达到了"身高一米七,体重不过百"的目标。妆容太美太精致,看不出气色。脚蹬十寸高跟,穿着修身红裙勾勒出她的曲线曼妙,性感又妩媚,教科书一样的约会装扮,绝对能勾起男人兴趣,展开联翩浮想。

"约会?"我问。

"吃分手饭。"

我起身到一半顿住,没头没脑地问:"和吴迪?"

"他有什么资格和我分手。"林媚瞪我一眼,低头找钥匙开门,随口道,"和金融男。"

我拿不定主意要不要追问,带着满腹疑虑和她前后脚进屋。林媚甩掉高跟鞋，把皮包往沙发上随意一扔，直接进了卫生间。我走进客厅，蓦地顿住脚步，望着熟悉的陈设，只觉时空错乱，好似从不曾离开，也像久别归来。

皮包里又传来刘天王标志性的颤音，林媚在卫生间里喊了句"帮我接一下"。瓮声瓮气，估计在卸妆洗脸。手机显示吴迪来电，我走到门口，问林媚要不要接。她揉着洗面奶瞄眼屏幕，无所谓地道，想聊就接，不想聊就挂了。我正好想告诉吴迪我回来了，便站在原地，接通手机。

"林媚，你终于肯接我电话了。"吐字含糊囫囵，一听便知又喝高了。

林媚喜欢吴迪微醺时的眼神，但讨厌他饮酒无度。我转过身背对林媚，压低音量："吴迪，我是安佳佳，你还好吧？"

"哎哟，佳佳你回来啦！"那头响起他一连串洪亮却苍白的笑声，"出来撸串喝酒，我给你接风，磕头谢罪。"

"你一个人？别喝了，早点回家。"

"回家，呵呵，我哪儿还有家啊。"依然在笑的吴迪，话语里已透出苦涩，"我爸妈知道孩子没了，就没给过我好脸色看，怪我冲动，不该和林媚离婚。"

婚礼敬茶时，吴迪妈妈曾拉着两位新人的手，嘱咐他们早点要孩子。从吴迪的话想到那天场景，我不禁内疚："对不起，是我不对，让叔叔阿姨难……"

话没讲完，手机被一把抽走。林媚眼睛瞪着我，嘴却冲着手机故意扬声道："你要说对不起，也是对我说。"而后，对吴迪说话的口气更是苛刻："你少跟我这儿发酒疯。该干吗干吗，别一天到晚给我打电话，我没闲心伺候你。"说完，锁屏，又把手机丢还给我，径自跨出卫生间。

我像条紧跟不舍的尾巴，随着林媚又走进厨房。她洗了两个苹果，扔给我一个，然后开始烧水煮面。靠在料理台边，我仔细打量起她。明艳彩妆卸尽，露出一张因气血不足而显得病恹恹的脸蛋，面如死水，眼神黯淡。一样漂亮迷人的五官，却再不是以前那个表情生动，喜怒哀乐都写在脸上的林媚。

"法国菜分量又少，一道一道上菜又慢，根本吃不饱。"她盯着锅里的水，忽而开口抱怨起来，"每天拿着好几万的名牌包挤地铁挤公交，我都快累死了，就怕包被划坏。拿人手短，贵重礼物收多了，我还要挖空心思还礼，得有品位上档次。跟着去私人会所，参加品酒会，怕被人笑话，端着样子不懂装懂，更累。"

熟悉的言语句式，不久前林媚曾说这就是她所向往的生活，现在却被她一一否定。素面朝天的她，像千帆过尽，生出了超然无物的淡泊，有点看透人世浮华的意思。

"所以你和金融男分手？"我小心地问。

她啃口苹果转过来，与我并肩靠着料理台："不是。他知道了我离婚还流产。说是不介意，转口又告诉我，就算他离了，也不会和我结婚，不想从一个牢笼里出来，又跳进另一个。我问他，拿我当什么，炮友吗？他倒会说话，说爱我才不愿用婚姻束缚我。哼，做女人真悲哀，对付男人的武器永远只有两个，婚姻和孩子。"

沉默蔓延，林媚失神地望着地上某处，而我也一言不发，不知该说些什么。

水滚开了，我默默将面条下入锅里，又加了些青菜，卧了两个鸡蛋。

林媚扭头望了望，唇角微弯："你这煮面的习惯和吴迪一样。"

我也笑笑:"谁让你爱吃呢。"

"还是你们最了解我啊!"她轻叹口气,又垂落眼眸,似自言自语般道,"我好像自己都不了解自己。我以为自己可以不要爱情和婚姻,可金融男一说不会娶我,我突然又觉得害怕,没有了保障。金融男和吴迪不一样,和他相处,我做什么,说什么,都要看他的脸色。他稍微一皱眉毛,我就担心是不是自己哪里出错了。真他妈累!"

"对吴迪呢?"

"对他……"林媚莞尔,面庞上有了淡淡光彩,"我跟吴迪闹情绪,任性发脾气,是因为我潜意识里认为他一定会原谅我。不管我再怎么闹,他也不会离开我。作吧?作得婚姻都没了,孩子也没了。"

伸手想抱抱她又收回,盛起热腾腾的面条,我说:"先吃点东西。"

林媚是真的饿了,吃得又快又急,还发出了她最反感的吧唧声。好像在金融男面前谨慎伪装太久,终于得以回归本我,便要抓住一切可能,尽情释放宣泄。

一大碗面见底,林媚脸色微红,恢复了些血色。我拿起碗筷,见她又开始走神,便催她早点休息。等收拾完出来,她依然坐在餐桌边,保持着刚才恍惚模样。我倒杯水递过去,她骤然苏醒般握紧我的手,拉我坐下。

"我不想睡,你陪陪我。"她看似累极,半趴在桌边,望着我,"佳佳,你不问点什么吗?还记着我说过不准你干涉我的隐私?你做得到,我做不到,天天盼着你回来,我好有个说话的人。"

她在笑,而我却笑不出来,心拧拧地疼:"林媚,有句话,我早该说了。对不起,害你失去孩子。"

"那是意外。不摔那一跤,孩子也留不住。"她顿了顿,直摇头,

"你对不起我，我呢，对不起吴迪。住院那几天，他没日没夜照顾我，我发再大脾气，他也不吭声，只会像傻子一样对着我笑。他越这样对我好，我就越觉得对不起他。"

我沉默片刻："复婚吧。"满肚子的话汇聚出口，只剩这一句。

"我不敢，佳佳。伤他那么深，他能一点不计较吗？一旦复婚，他能当什么都没发生过，还像以前一样爱我吗？不会的。别说复婚，我连他的面都不敢见。"

所有的恶言恶语，原来都只是色厉内荏。我揽住低低啜泣的林媚："前些天吴迪给我打过电话，他想复婚的，不敢提，也不知道该怎么提。你别再对他说那些口是心非的话了，两个人抽时间，好好谈谈吧。你愿不愿意复婚是其次，最重要的是不要再这样下去，继续伤害他，伤害你自己。"

她一个劲儿点头，泪眼汪汪地看向我："你陪我去见他，好吗？"

"不。我可以陪着你哭，听你说想说的话，但你和他之间的问题，还是要你们自己解决。"手边没有纸巾，我就着胳膊狠狠帮林媚抹去眼泪，"你又不是没骂过我笨，不懂爱情。我再自不量力管你们的事，不是更添乱？我可不想再和你来一次感情破裂，很伤元气的。"

林媚嫌弃地推开我的手，破涕为笑："人间精华把你调教得不错嘛，看来我可以放心把你交给他了。"她抬起纤纤玉指："记得啊，大钻戒一定要借给我戴戴。"

"好好好。"墙上挂钟直指十点，我拉她起身往房间推，"该睡美容觉了，就凭我家林媚的绝色天姿，再迷晕一次吴迪，小菜一碟呀！"

"那当然，老娘这脸蛋这身材，行走江湖多少年，还从没失过手！"

Chapter 16
若即若离花的等待

不管科技有多发达，通信技术有多先进，这个世界永远不可能变成一个所谓的地球村。至始至终和平与炮火共存，富庶与贫瘠共存，安居乐业与命如蝼蚁共存，生活与生存共存。

1

　　和林媚同床共枕，一聊又是几个小时。好像又回到了无忧无虑的大学时代。那时每逢寒暑假归校，第一天晚上我们必定会挤一张宿舍小床，喋喋不休，不知疲倦地聊天，好像要把整个假期没聊的话一次聊个够，直至破晓天明。

　　提及医院与宫卉的狭路相逢，林媚骂我是个轻易认输的窝囊废，至少也该甩她一耳光。可冷静一想，宫卉到底有什么错？她只是善于利用人性的弱点，对吴迪说了个事实，提了个建议，信不信、听不听在吴迪。之后发生的种种，也与她毫无干系。我们不至于圣母到与她握手言和，但大可以和以前一样，敬而远之，保持距离。

　　林媚顾虑重重，问我怕不怕宫卉这个小姨子在背后使绊子，破坏我和宫磊的感情。带着她的疑问，我回到房间。林媚有心，将房间提前收拾得干干净净，新换了暗格纹的床品。吴迪说得对，她骨子里是个会过日子的女人，却又抵不过浮华诱惑，心有不甘。有过这段刻骨铭心的经历，相信她会更了解自己，明白自己想要的到底是什么。正如我经历了工作的不顺，感情的突变，从颓废到振作，才认清自己到底有多坚强，又有多幼稚。宫卉呢？或许也正经历着能令她更了解自己的事情吧。

时间一晃而过，接近凌晨两点。仍处于高度活跃中的大脑迟迟迎不来睡意，我只好躺在床上数绵羊。没数几只，枕边手机响起微信提示音。谁和我这么有缘，同时失眠。看到是宫磊发来的微信，我不自觉地笑了。一张住宅小区的夜景照片，普普通通，看不出有任何特别之处。盯着照片，正纳闷宫磊这浪漫玩得有点高深，我猛地醒悟，跳下床手忙脚乱地换衣服。

急急忙忙冲出小区，果不其然，路边停着那辆熟悉的黑色轿车。宫磊双手插于裤袋，倚靠着车门，以偶像剧男主角最迷人的站姿，出现在我的视野里。微笑看我走近，然后在一臂的距离，伸手带我入怀。

夜深人静，我主动献吻，吻得像青草依依的山间瞬间变山花烂漫。忘我投入的一记长吻结束，我们额头相抵，气息杂糅而混乱，不由自主地露出笑容，如同一对情窦初开的少男少女——背着家人，偷尝禁果，既刺激又紧张。

"为什么不直接给我打电话？"坐进车里，我好奇地问。

"这个点，我怕你睡了。发张照片，你即使没看到，也能证明我来过。"

见他仍穿着晚饭分别时的那身衣服，我不由皱眉："加班到现在，那你还过来！又不是超人！"

他无所谓地笑笑，牵起我的手缠绵轻啄，低沉呢喃："想你了。"

动人的情话和举动，我陶醉数秒，忽然察觉他好像有些不对劲，好像在跟我做着依依不舍的道别。捧起他的脸，四目相对，我问："你是不是有什么话想对我说？"

"看来我的色诱失败了。"宫磊失落地开起似真似假的玩笑，回避我的问题。我再度不满地皱起眉头，他便伸手帮我抚平，眸光温柔似水:"我有点事,要出国几天,就是想来对你说声再见。"

拉下他的手,女人的第六感令我越发不安:"很急吗,非得现在说再见?"

"嗯,宫卉出事了。"我听得一怔,没等追问,他反握住我的手,先解释道,"她没做傻事。池以衡是路桥工程师,到刚果做援建。昨天刚果政府军和地方不明武装组织发生交火冲突,当地援建工作人员受到使馆保护,暂时安全。然而宫卉走的是旅游签证,我一个小时前接到池以衡的卫星电话,她不在酒店,失踪了。"

也许怕我跟着焦虑,宫磊神色平静,语速平缓,可我仍从他眉宇间捕捉到一抹无法掩饰的忧色。我不愿让他在这个时候,还要分出心神安抚我的情绪,尽管心头已开始方寸失措,仍尽我所能地保持镇定。

"你一个人去吗?"

"还有修潼和一个熟悉当地局势的朋友,他会设法带我们入境。"

"什么时候走?"

"天一亮。"

突然之间,我就沉默了。明明知道有很多话要说,想问他此去是否安全,是否会得到使馆帮助,是否能随时和我保持联系……我却怎么也问不出口。感觉眼泪快夺眶而出,我一把抱紧宫磊,逼自己不准流一滴泪,这会太像生死离别。不吉利。

他轻抚着我的后背:"放心,我……"

我不想听,多听一个字就会流泪,就会不分轻重地哀求他不要去。于是我疯狂吻上他的唇,没有节制,没有止境。天亮前,留给我们的时间不多,我不顾一切地带宫磊来到我的房间,我的床上。语言无法表达的不舍和眷恋,我交给自己的身体讲给他听。宫磊给了我最激烈的回应,用他的汗水,他的低吟,他炽热如火焰的深情眼神。

云起云落，潮涨潮退。

宫磊离开时，深深亲吻我的额头，如他从未说出口的长情告白。我假装熟睡，一动不动，等他真的离开，才倏地睁开眼与黑暗对视，任由克制已久的一滴眼泪滑过太阳穴。我们没有说再见，但在灵肉巅峰，有对彼此许下一个承诺。

我说："等你回来。"

他说："好。"

我信他不移。

工期最忙的时候宫磊突然离开，原因不详，宫锐上下传得沸沸扬扬。有说他不愿受家族庇佑，独自创业；有说他不惜放弃身家，也要为爱远走；更有甚者，编了一出豪门恩怨，说公司明争暗斗，他沦落无辜牺牲品的三流电视剧戏码。众说纷纭的传言中，唯独没有提到宫卉在刚果失踪，我推测是被严密封锁消息。

人们口中有了新的谈资，我和宫磊的绯闻如急流勇退，真变成了谣传不攻自破。我顺利进入琥珀城项目，由于没有实际工作经验，我被安排站A位。一个没有太多技术含量，只需要服务周到热情的岗位，一边观摩学习老员工的工作方式和流程，一边做好基础的接待服务，笑脸迎人，端茶倒水，发放资料，配合项目宣传活动。

跑前跑后，忙碌一点也好，至少工作时间我不容易胡思乱想。宫磊在埃塞俄比亚转机时，给我打过一个简短的电话报平安，直到今天整整六个日夜过去，我们再没有联系。英文里有句谚语："No news is good news"，得不到宫磊的消息，我只能用它来安慰自己。

可再怎么逼自己投入工作，也难免会恍惚走神。有时候掬满职业化的笑容，看销售大厅熙熙攘攘，人来人往，听他们谈论房价，谈论日常琐事，莫名间，我便会生出一种不真实的疏离感。想到那个战火纷飞的非洲国家,觉得自己仿佛身处另一个截然不同的世界。

原来,不管科技有多发达,通信技术有多先进,这个世界永远不可能变成一个所谓的地球村。自始至终和平与炮火共存,富庶与贫瘠共存,安居乐业与命如蝼蚁共存,生活与生存共存。

轮岗吃饭,我独自坐到角落,盯着鱼缸里几条金色大鱼,又走了神。它们悠哉自在,供人观赏,是否也透过玻璃鱼缸,打量着我们这些直立行走、自诩智力高等的生物。说不定还在偷偷窃笑,你们为房子碌碌奔波,为房款讨价还价,磨破嘴皮,而我们简单到只需要一片水域,便可悠哉度过一生。

"姑娘,知道这是什么鱼吗?"

伴随着说话声,从鱼缸另一侧走出位汗衫短裤的鹤发老人。我认得他,售楼部的"常客"。据老同事说,这行为古怪的老头是个鱼痴,隔三差五就来这里看鱼,谁也不搭理。有同事礼貌过问是否有购房意向,他板着脸一个怒目瞪回去,便又旁若无人地围着鱼缸打起转,闷头一看好几个小时。售楼部是公共场所,只要不来砸场子,人人进出自由。老人家为鱼痴狂,也没妨碍到谁正常工作,大家也就由他自便,见怪不怪了。

鱼痴大爷主动和我攀谈,我有些意外。见他慈眉善目,也没像传说中那么凶,我便回以微笑,带着他的问题,细细观察起鱼缸里的大鱼。我爸是个垂钓迷,同时也爱好观赏鱼,无奈家中空间有限,没多余的地方养鱼,我爸只能去逛花鸟鱼市过过干瘾。我陪他逛过很多次,对观赏鱼的种类或多或少有些了解。

检索着记忆库,我渐渐有了把握:"是金龙鱼吗?"

"嗯。"鱼痴大爷点点头,眼睛盯着水中游动的鱼儿,抬手一指,"你再看看那条有什么不一样?"

这会儿我又觉得这位素未相识的大爷神神秘秘，有些古怪，但仍顺着他手指的方向看过去。经他提醒，那条鱼确实有别于其他几条，鱼身颜色不是金黄，而是微微泛出红色。

"那是红龙鱼。"鱼痴大爷再度幽幽开口，眼不离鱼，似如获至宝，"红龙鱼和金龙鱼幼鱼区别不大。这红龙鱼可比金龙鱼宝贝多了。"说着他戚戚叹口气："可惜了，你们养不好。以前常有孩子来看鱼，拍鱼缸吧？"

我才来一周，也不好说常常，倒是看到过两三次客户的小孩为吸引鱼的注意，用力拍打鱼缸。我点点头，好奇地问："大爷，你怎么看出来的？"

"你瞧瞧，那鱼眼睛是不是有点往下垂？这叫龙鱼掉眼，眼睛是心灵的窗户，影响美观。"

"大爷，你真厉害！"果然是鱼痴，我又问，"那怎么办？"

他得意地嘿嘿一笑，慢悠悠从随身背的包里摸出一个乒乓球："把这个放进去，鱼为了看到乒乓球，眼睛就会朝上翻，慢慢能调整回来。"

估计鱼痴大爷早有打算，怕有人阻拦，所以特意找上了我。对我来说不过举手之劳，大爷面带笑容，满意地频频点头。毕竟品种珍贵，我又问了他些养红龙鱼的小窍门，一来二去两人闲聊起来。我从大爷口中得知，他是个儿女在外的孤独老人，坐不住，也没别的爱好，所以常来这里转转，吸吸人气儿，看看鱼。

对着鱼痴大爷，我不自觉地便想到了黄太后。有阵子没联系，池以衡又远在局势动荡的刚果，我临时起意，决定下班后去探望探望她。

2

第三次来黄太后家,她照例做了一大桌子的菜,而吃饭的人只有我们俩。多日不见,黄太后憔悴了。黑发中翻出几缕白丝,人仿佛一瞬间老去好几岁,再不复以往的精神奕奕,连话也少了许多。

人丁单薄,我不想气氛太冷清,便笑着展开自以为轻松的话题:"阿姨,罗叔呢?"

黄太后刚端起的碗又放下了,一团愁绪随即拢上眉心,望着我张嘴欲言几次,终是被唉声叹气所取代。我看在眼里,什么都懂了,正想再换个话题,黄太后却不期然开了口:"他儿女不同意,说他老伴才去世多久,他就惦记着给他们找后妈。人到了我们这个年纪,只图个儿女幸福,家庭和睦。我和他一合计,孩子不同意,就算了吧。"

我为黄太后这样既朴素又无私的人生观,感到既可怜又可敬:"阿姨,追求幸福不分早晚,您也该为自己活活了。"

黄太后摆手一笑:"人老了,整不来你们年轻人的情情爱爱,找个伴只为有人陪着说说话,解解闷。找不到也没关系,我一个人过了几十年,也习惯了。快吃菜,看你吃得香,阿姨也高兴。"

为让黄太后高兴,我吃得特别起劲,还不忘哄她更高兴:"您要是这么说,我脸皮可厚了,以后会常来您这儿蹭饭的。"

"来来来,阿姨巴不得你常来。"黄太后不停给我夹起菜,"下回把你真正的男朋友带来,阿姨保证不像上回似的,故意刁难他。"

刁难也不怕,我相信我男人一定能应对自如。转念再一想,下回又是什么时候,仿佛遥遥无期。我又情不自禁地担心起宫磊,不知他现在到底处境如何。新闻联播里只寥寥数字,局势暂时稳定,丝毫消解不掉我的担忧，因为我不是电视机前事不关己的旁观者。

"孩子，怎么不吃了？和男朋友吵架？"

迎上黄太后关切疼惜的目光，我忙笑着摇头："没有，我们感情很好，从不吵架。"

"你呀，和我儿子一个样，把父母当孩子哄。国外都乱成那样了，他还跟我说很安全。"黄太后英明神武，有一双洞察天机的法眼。她坐到我身旁，帮我把垂落的长发挽到耳后，慈母一般和蔼可亲："佳佳，你来，我是真的高兴。本来呢，以为儿子回来，我就不孤单了。谁知道他又主动要求出国援建，一去又是一年。说是工作需要，可我不糊涂，他是被我催婚催怕了，想躲我远点儿。"

情绪逐渐低落的我，听到黄太后略带忧伤的一番话，再没办法假装微笑，默默放下碗筷，低下了头。满脑子都是自私的想法。如果黄太后不催婚，池以衡就不会去刚果援建。宫卉也不会追过去，不会失踪。那么宫磊现在一定还在我身边，和我谈一场普普通通的恋爱……

"我想好了，等他回来，再不逼他相亲，催他赶紧结婚。只要他喜欢，找什么样的我都不反对。哪怕再找个富家千金，我也由着他去。"

对，等他们回来，一切将恢复平静。池以衡会找到心仪的对象；宫卉说不定也会迷途知返，与高修潼和好如初；宫磊会兑现他的诺言，平安回到我身边，继续我们普通而平淡的恋爱……

经不起黄太后的再三挽留，晚饭后我又陪她聊了很久，关于池以衡的童年、少年，还有他和宫卉那场不被所有人看好的初恋。讲到自责之处，黄太后内疚不已，甚至掏心掏肺地表示，只要宫卉肯离婚，她可以不计前嫌，不再插手，让两个孩子重新开始。有好几次，我险些脱口而出告诉黄太后宫卉在刚果失踪了，最终还是选择守口如瓶，以免善良的她又多增几分担忧和歉意。

离开时天色已晚,我乘车回到小二居,林媚房间的门半掩着。房间里没有开灯,林媚背对我坐在床边打电话。听到她轻喊声吴迪,我从门口退了出来。

几天前林媚曾向我抱怨,好不容易下定决心找吴迪开诚布公地谈一次,吴迪却一反常态,找各种理由回绝。林媚问我为什么,我沉默无言。察觉到我的心不在焉,林媚追问,我只说新岗位工作压力大,对她的事我力不从心。对于我的事,她帮不上忙,又何必让她陪我一起读秒度日,牵肠挂肚呢。

洗完澡,经过林媚房间,里面传来啜泣声。我喊着她的名字,按开顶灯开关,林媚转身看向我,已哭成个泪人。

"出什么事了?"我大步走近,抽出纸巾帮她擦拭哭花的妆容。

她拉下我的手,越过我望着梳妆镜里狼狈又难看的自己,竟像个孩子般,无所顾忌地嚎啕大哭起来。我无奈也无解,不再多问,捧着纸巾盒坐在她身侧,一张张递上纸巾,又看着一个个混着鼻涕眼泪的纸团,被丢弃在洁净的地板上。

身旁人哭得伤心欲绝,我也忍不住落下两滴眼泪,为她,也为自己。

"安佳佳,你哭什么?!"林媚瞪着两只红肿的大眼睛,不满地问。

手背抹掉眼泪,我逼自己故作轻松,唇角上扬:"配合你呗。亲自帮你哭两嗓子,省的你哭个没完。"

"不好笑!"她嘴一撇,哇哇哭得更凶猛,攀住我的肩头,捶起我的胸,"安佳佳,你说我是不是作得太过分,连老天爷都看不过去,要惩罚我?!"

本来胸就没几两肉,我疼得忙抓牢她的小拳头:"到底怎么了?"

就着我的衬衫，她三两下蹭干净满脸的眼泪鼻涕，抬起头，抽抽搭搭地说："那天我在电话里凶了吴迪之后，公司一个暗恋他的小姑娘给他打电话，对他嘘寒问暖，非要去接他。他心里憋屈喝多了，越想我说的话越生气，就同意了。结果，他们，他们……开了房！！什么都做了！！"

"……"

我除了震惊，无言以对。

多少身心煎熬的日子，吴迪都挺过来了，谁能料到就在两人最有希望复合的一刻，意外发生，他酒后乱性，功亏一篑。又或许这并不是一场意外，因为爱情从来都预谋已久。就在吴迪谋划着如何与林媚重修旧好的时候，那个小姑娘可能也在谋划着如何趁虚而入，攻城掠地。

林媚哭坐到了地上，泣不成声："吴迪说对不起我，以后不会再缠着我了。可我还想着只要他说复婚，就立马答应，两个人以后安安心心生活，我一定要给他生个健康漂亮的宝宝……没有了！全部都没有了！我怎么办？怎么办？！"

"林媚，你给我站起来！"不知怎，我完全无法接受林媚又回到离婚时的怨妇模样，一股无名怒火窜上心头，强拉她站定与我面对面，"你哭哭啼啼有什么用！要是还爱他，不管发生什么，你都应该让他知道。不要像我一样，人走了没了音信，才发现'我爱你'三个字都还没说过！"

"走了……没音信……"林媚呢喃着，突然遏止眼泪，定住神，"人间精华走了？什么意思，他去哪里了？"

她一问，我猛然惊觉失言，慌乱道句没什么，逃也似的跑回自己房间。短短几步，仿佛耗尽全部力气，我靠着门板，身子一软又滑到地上，瘫坐着，任凭林媚怎么呼喊敲门也不理。狠狠流几滴眼泪，我又骂自己,不该也变成个怨妇。宫磊只是暂时联络不便,干吗要弄得好像永远没机会张口说爱。擦干泪深呼吸,我安定心房,爬起来打开门。

林媚一下扑过来,拉住我的手:"安佳佳,你别吓我,人间精华去哪儿了呀!?"

脸上挂起平静笑容,我如实相告。林媚听完也是又意外又感叹,人生无常,世事难料。她刚张口想安慰我,我敏锐洞悉,先申明自己目前心态良好,实在无需楚楚可怜地听些言语慰藉。林媚不依不饶,从自己房间抱来长颈鹿公仔,非要陪我睡觉,一同度过长夜漫漫。

可今夜注定无人入睡。

房间昏暗,只亮着一盏小夜灯。我和林媚头挨着头,相互依靠。她打横抱着最为珍爱的长颈鹿。我无意识地揪着长颈鹿耳朵,一不小心揪出一团棉絮,趁林媚发现前忙又塞回去。

"你赔!"林媚给了我个不痛不痒的肘击。

"没问题。等我卖出第一套房子,把你这宝贝浑身镶满碎钻,闪闪惹人爱,如何?"

林媚不屑:"不要,我就喜欢它的朴实无华,任劳任怨,任我折腾。"

"像吴迪一样?"我斜着眼睛问。

"嗯,像他一样。"林媚翻坐而起,依然抱着长颈鹿,贴着它长长的脖子,就像贴着曾经专属于她的温暖依靠,"佳佳,你为什么不能任性一点,求人间精华不要去?"

我也屈腿抱着膝盖,抵着下巴:"不是没想过,可我任性这一次,他父母会怎么想。不识大体,自私自利。我们两个家庭悬殊那么大,就算我们感情再好,也不能不考虑,不在乎双方父母的意见吧。"

"万一他父母像当年拆散宫卉和前男友一样,非要拆散你们,怎么办?"她不无担忧地又问。

我摇头:"还没来得及想,宫磊就走了。不过他说过,这点自主权他还是有的。"

"也对,娶媳妇不比嫁闺女。媳妇进门可以慢慢调教,闺女嫁出去肯定只有被调教的份儿,当然要选个对闺女死心塌地,能让闺女享清福的女婿。"

林媚头头是道,我听得直笑:"懂的挺多!你顺便分析分析,宫卉有没有可能和老公和好呗?"

"有啊!他冒着生命危险……"她话音一顿捂住嘴,靠过来拉起我的手,笃定道,"佳佳,你放心,他们一定会平安回来的。"

"我知道。"

宫磊答应过我,我坚信他一定会遵守诺言。

3

宫磊不在的日子,周而复始,一切如常。

在没能单独接待客户之前,我把对他的所有思念化为工作的动力,像做科研一样,不放过任何一次观摩学习机会,用心研究老同事们的销售方式。工作之余的空闲时间,我最大的乐趣就是和鱼痴大爷聊天,跟他学养鱼,也算陶冶情操,修身养性。

一天的工作结束,我最喜欢听林媚讲她这一天又是如何把吴迪追得面红耳赤,像个愣头小子。她甘于接受老天爷的惩罚,但不甘于吴迪被小姑娘追走,于是决定主动出击,使出浑身解数,也要把吴迪倒追回来。林媚信誓旦旦，一般手段追不回来，那就使用非常手段，睡也要把人睡回来。欣喜于她的变化，那个我最熟悉的风风火火、爱恨分明的林媚又回来了。

除此以外，我唯一要做的只是安静等待，等待宫磊平安归来。

有时想想，宫磊要是再不回来，以我心态真可以回老家东山尼姑庵，吃斋念经，常伴青灯古佛了。

有一天，关杜打来电话约我吃火锅，说关靖也想见见我。似乎没有拒绝的理由，我欣然应允。

被关靖的照片惊艳过，再看真人，仍觉惊艳。剪了一头短发的她，五官更加突出立体，漂亮又不失飒爽英气。她的性格更是豪迈，还未寒暄，坐下来先点了一箱啤酒，说要和我不醉不归。

"我好奇从小喜欢的男人，会爱上什么样的女人，所以让我弟约你出来。"关靖一巴掌把关杜扇到对面，自己坐到我身旁，品评审视般大方将我打量一遍，"一般吧，没我高，没我好看，也没我胸大。"

我喜欢她直接爽快的说话方式，说的也全部属实，我还没开口，关杜抢话道："肤浅！我佳佳姐有幽默感，有个词叫……内秀！佳佳姐，我细姐不懂欣赏内秀，我懂。"

"你懂欣赏内秀？你只懂欣赏Victoria's Secret内衣秀吧。"关靖白他一眼，真是用生命在吐槽自己亲弟弟。

"都懂不行啊！我来中国念书读了很多古文，《论语》《西游记》《三国演义》……"关杜如数家珍，要不是关靖打断，兴许他能数到明天早上。

"原版？"

"好像是彩绘注音版。"

"傻佬！"

"我傻佬,我会拼音,你个男人婆会咩?"

……

看这对姐弟斗嘴挺有趣,我没插话,不一会儿又改成广东版,我也听不太懂,面带笑容,帮他们把酒杯一一满上。关靖立刻宣布停战,临时征用关杜为专属服务员,负责倒酒下菜,她则端起酒杯,对向我。

"佳佳,我敬你一杯。宫磊走了快一个月,你辛苦了。"

虽然怎么听怎么像领导下基层慰问独守空房的军嫂,但关靖的中文程度明显高于关杜。我领会精神,笑着道不辛苦,与她碰杯一饮而尽。

关杜似乎想说什么,被关靖命令倒酒,又闭上了嘴。关靖问我酒量如何,我说还行,第二杯便又一滴不剩下了肚。关杜也拿着杯子要敬我。关靖嘴角掬笑,问我知不知道,她这个傻弟弟喜欢我,想追求我,结果被宫磊先追到手。

"嗯,听宫磊说过。"

"我磊哥高招!"关杜倒不觉尴尬,啧啧钦佩道,"他这招叫欲,欲……"

"欲擒故纵。"我接过话,替他完成成语填空。

"对对,欲擒故纵。"关杜端着酒杯站起来,一脸郑重其事,"佳佳姐,你放心,我不似我细姐喜欢做牛皮糖。你和磊哥拍拖,我祝福你们!永结同心,百年好合!"

关杜少有的严肃,我也顾不上他用词不当,举杯站起来,先干为敬,谢谢他的祝福。

"搞咩嘢,都唔结婚。"关靖瞪弟弟一眼,拉我坐下,"来,我再敬你一杯。"

一杯接一杯,这姐弟俩的演技实在不敢恭维。

我抽走关靖手中的酒杯,请关杜坐下,等看似欢乐热闹的气氛回归平常,才开口认真地问向关靖:"你除了想看看我是什么样的女人,应该还有别的事吧?"

关靖微愣片刻,旋即又露出爽朗笑容:"被你发现了。宫磊有告诉你,带他们入境的人是我朋友吗?"见我摇头,她解释道:"他是个钻石商,常年在非洲各国做生意,对刚果的情况很了解……"

"他也是我细姐的狂热追求者之一。"关杜抢白补充说明。

关靖看也不看他,抓起杯子扔过去,继续对我道:"昨天我联络上他。因为目前为止还没找到宫卉,他们可能还要多待一段时间。"

"哦。"总算得到一点关于宫磊的消息,我当然高兴,但心里却出乎自己意料的平定,冷静地思考着关靖的话,又疑虑重重地问,"既然你可以联络到你朋友,为什么宫磊不和我联络呢?"

关靖顿了顿:"那边通信不发达刚刚恢复正常,我也是很久才联络到他。宫磊和高修潼现在不在布拉柴维尔,已经分头去往南边城市追查宫卉的下落。他暂时无法和你联络,但是和我朋友一直保持联络。你不用太担心,一有什么新情况,我会第一时间通知你。"

除了等待,依然别无他法。我重重点头,给她一个从容轻松的微笑:"你朋友有没有告诉你,宫卉怎么失踪的。"

"问过她的前男友,池,池……"经我提醒,关靖接着说,"池以衡说宫卉是在从酒店去找他的路上,遇到武装交火,接着就下落不明了。他们找过布拉柴维尔所有的医院,只能确定没有收治过中国籍的女性伤者。不过有个好消息,据说有当地居民看到一个中国籍女性乘车前往南方,现在谁也不确定消息是否属实,所以宫磊他们只能先往南找。"

"唉——"一直托腮听我们说话的关杜,忽而老气横秋地发出一声长叹,"我搞不懂修潼哥,宫卉姐跑去找前男友,他们也分居了,为什么他还要去找她？"

"说你傻佬你不服气，因为爱。"

关靖说着与我相视而笑，我从她的眼神里读到自己心中所想——高修潼爱宫卉，所以责无旁贷，无关乎宫卉是否变心，无关他们的婚姻是否告急。

"佳佳姐，你爱磊哥吗？"关杜忽然之间又变得严肃非常，兀自发问。

"嗯，爱。"这一点毋庸置疑，我坦然回答。

"爱到什么程度？"关杜霍地站起来，也不管关靖横眉厉色，继续追问，"会不会像修潼哥对宫卉姐一样，怎么样都会一直爱着。"

我微微皱眉又舒展开，仿佛那晚宫磊用干燥温暖的指腹帮我轻柔抚平眉间忧伤："你是想问，如果宫磊一直不回来，我会不会因为爱他就一直等下去。不会。"

他一愣："为什么？"

不知怎的，想起黄太后"无我"的人生观，我平静地说："因为爱情不是人生的全部。"

"好吧，我听不懂。"似乎不满意我的回答，关杜失落地坐回原位。

关靖则再度举起酒杯："佳佳，我敬你。"

"好，不醉不归。"

有些话，尽在不言之中……

这一夜我大概真的醉了，不知何时回的家。晕晕乎乎醒来，林媚守在我床边，面带忧虑和疼惜。

房间微亮，一缝阳光透过窗帘落进来，清晨，正午或傍晚，我也不得而知。

太阳穴隐隐胀痛,我靠上床头:"我怎么回来的?"

"昨晚上你朋友给我打电话,我和吴迪去接的你。"林媚抽出枕头,妥帖地垫在我脑后,"佳佳,我能为你做点什么?"

"做点饭吧,好饿。"舔舔干涩的嘴唇,我揉着肚子说。

"就知道吃!"她低声嗔叱,即刻又柔声轻语,"吐了半宿,睡了一天,能不饿嘛。想吃什么,我让吴迪做。"

"你们和好了?"

"不然呢,我林媚什么时候失手过。"她拉开床头柜抽屉,似乎要寻找什么,头也不抬地问,"你的护照呢?"

我不解:"嗯?"

林媚又坐回床边:"咱们不是早就约好去马尔代夫。就咱俩,费用吴迪全包,你只需要自理大小便。"

我听得一笑:"为什么?要补蜜月,也应该是你们俩去呀。"

"哪那么多为什么,老娘乐意,想和谁去就和谁去。"林媚双手环胸,高抬下巴,女王气势十足,不容置疑地说,"你想去也得去,不想去也得去,就这么愉快地决定了。你赶紧洗澡,把你那一身隔夜饭的馊味洗干净,我让吴迪给你做好吃的。"

林媚旋身离开房间,我嗅了嗅左右肩膀,味道的确刺鼻。大喝一声替自己打气,我利落下床,刷地拉开窗帘,推开窗户。

这城市依旧车水马龙,熙熙攘攘,喧闹而浮躁,但我也看得见夕阳余晖染红天际的美,那么明艳,那么生动……

尾声
安佳佳的日记节选

宫磊离开的第三十三天　天气晴　心情阴

太久没有提笔写日记，简单的字落到笔下竟变得陌生，陌生得好像无法传达我自己，我的喜怒，我的哀乐。

宫卉回来了，形销骨立，但平安无恙。

武装交火事发突然，她坐在出租车里，亲眼目睹了无辜的司机身中流弹，当场身亡，吓得几乎晕倒。幸好被一对甘蔗农夫妇所救，带回了二百多公里外的恩卡伊。受惊过度，水土不适，宫卉染上了极有可能致命的疟疾，还好高修潼及时出现，找到了她。辗转离境，治疗休养，有高修潼的陪伴，她很快好了起来。

宫卉很幸运，逃过一劫。宫磊却没有回来，他去了更远的黑角市，杳无音信。

整整两个小时，宫卉一直在哭，不断自责，求我原谅。我都没哭，她有什么可哭的，抬手毫不留情地给了她一个耳光。高修潼，关靖，关杜都在，但没有人阻止我。或许我再狠狠骂宫卉一顿，他们依然会保持沉默，可我什么也没有说。

不去想生死，不去想永别，今天只是宫磊离开的第三十三天，我没有失恋，还爱着。

宫磊离开的第四十五天　天气多云　心情晴

今天我卖出了进宫锐以来的第一套房，容易到像从天而降的一笔意外之财。

鱼痴大爷买下顶层一套三居室，说要在顶楼建一个大鱼池，还说这就是他和黄太后的新房。无心插柳柳成荫，黄太后来售楼部找我，一面之缘，便和鱼痴大爷看对了眼。或许正因为鱼痴大爷性情古怪，不在意旁人眼光，所以不似罗叔有那么多儿女牵绊。两位老人进展顺利，要请我这个他们口中的"小媒人"吃饭。

黄太后感慨不已，原本打算撮合我和她儿子，到头来她先找到老来伴。一个国际长途打到刚果，非要池以衡向我道谢，谢我对她这个老太婆的关心照顾。手机里，池以衡告诉我，他们还没有放弃寻找宫磊，鼓励我别灰心，要相信宫磊一定会回来。

嗯，我相信。

宫磊离开的第五十八天　天气阴　心情阴

三个月的试用期结束，白色工作证变成了蓝色，意味着我正式成为宫锐的一名员工。我曾对宫磊说过，我就算不吃不喝也要通过试用期，成为正式员工，为宫锐服务。如今实现誓言，可惜他却不能与我一同分享这份喜悦。

宫磊父母从宫卉口中得知我的存在，关靖带我去见了他们，以女朋友的身份，但我的男朋友缺席，注定了这是一场特殊的见面。交谈中，他们提及已开始着手准备宫磊的葬礼，我严词拒绝出席，起身告辞。

宫卉夫妻追了出来，告诉我，希望渺茫。

我要继续我的生活，不会一直等待下去，但我会一直爱下去。

我的爱不死，我爱的人便永远活着。

宫磊离开的第六十四天　天气雨　心情晴
　　林媚从马尔代夫发来她和吴迪的合照，背景是人间天堂般的碧海蓝天，终于完成了她未完成的蜜月心愿。我替他们开心。
　　关杜今日返校，机场送别，他抱着我没羞没臊地哭了起来，说他很想他的磊哥，要不是关靖拦着不准，他一定飞去刚果，掘地三尺也要找到宫磊。我跟他打趣，没准宫磊正在哪儿掘地三尺挖钻石呢，我说过多大都敢收。他哭声更大，被关靖厌弃地一脚踹进安检区，走得一步三回头。
　　关靖约我喝酒，还是不醉不归，不知不觉又喝多了……

宫磊离开的第七十一天　天气晴　心情阴
　　我妈问，说好的谈了新对象，怎么谈着谈着，就没音信了。我还没想好怎么告诉他们，岔开话题，蒙混过关。
　　前日去林媚父母家吃饭，被问及男朋友。林媚吓得花容失色，也不管我吃没吃饱，撂下碗筷拉着我出门逛街。我笑她反应太大，她骂我故作坚强。
　　昨日去黄太后家吃饭，再度被追问，何时把人带给她过目。
　　看来这是个棘手的问题，亟待解决。

宫磊离开的第八十九天　天气阴冷　心情阴
　　工作顺利，拿到上月销售冠军，与同事聚餐，无聊至极。
　　见林媚父母介绍的相亲男，话不投机，无聊至极。

宫磊离开的第九十九天　天气晴　心情晴

难得的好天气。

"天空很蓝，云很漂亮，我看见快乐在对我笑"——万芳的一首老歌，我一路听着，一个最熟悉不过的身影忽然出现在视线里，从清晰到模糊。

"你回来了。"

"嗯。"